LE GRAND MOUTARDIER DU PAPE

Pourquoi ce titre ?

Pape en Avignon de 1316 à 1334, Jean XXII s'était entouré, croit-on, des services d'un moutardier chargé de relever les mets ou de masquer les saveurs putrides des viandes avariées. La fonction n'avait rien de particulièrement honorifique et pourtant le moutardier savait, paraît-il, se prévaloir habilement de son rôle. Il n'y avait pourtant pas de quoi se prendre pour le « grand moutardier du pape » !

Même si l'histoire n'a pas forcément des accents de vérité, elle est suffisamment aimable pour que l'expression survive !

Patrick Dalmaz

LE GRAND MOUTARDIER DU PAPE

ou

Les Tribulations de P'tit Louis en terre de Savoie

« Je suis de mon enfance comme on est d'un pays. »

Les Chants de la Terre

La Fontaine de Siloé

Ce logo a pour objet d'alerter le lecteur sur la menace que représente pour l'avenir de l'écrit, tout particulièrement dans le domaine universitaire, le développement massif du « photocopillage ».
Cette pratique qui s'est généralisée, notamment dans les établissements d'enseignement, provoque une baisse brutale des achats de livres, au point que la possibilité même pour les auteurs de créer des œuvres nouvelles et de les faire éditer correctement est aujourd'hui menacée.
Nous rappelons donc que la reproduction et la vente sans autorisation, ainsi que le recel, sont passibles de poursuites. Les demandes d'autorisation de photocopier doivent être adressées à l'éditeur ou au Centre français d'exploitation du droit de copie, 3, rue Hautefeuille, 75006 Paris.
Téléphone 01 43 26 95 35.

I.S.B.N. : 2-84206-208-6
©La Fontaine de Siloé - 2002
Couvent des Dominicains, Vieille-Rue, 73801 Montmélian Cedex
☎ 04 79 84 27 24   🖶 04 79 84 21 86

Pour donner la note...

> *Je suis de mon enfance
> comme on est d'un pays.*
>
> A. de Saint-Exupéry

Moi, c'est P'tit Louis. Comme maman est toujours malade, je reste chez pépé et mémé en Haute-Savoie. Pépé et mémé de la Hiaute veillent sur moi comme sur la prunelle de leurs yeux. Les rares fois où maman vient nous voir, c'est le bonheur. Mémé cuisine comme au 15 Août pour la fête de la Sainte Vierge, pépé passe les escaliers et la chambre à la Javel. Je mets des habits bien propres, mémé me frictionne les cheveux à l'eau de Cologne du Mont-Saint-Michel et j'attends maman, assis sur la pierre du seuil, dans le passage. Elle ressemble à la maman du petit Jésus, ma maman.

Elle est aussi fine, le regard aussi doux. Mémé dit que c'est du papier mâché et qu'on va bientôt voir le jour à travers. Elle se fait dorloter au sanatorium à Hauteville. Elle est en sana. C'est ce que mémé raconte au facteur quand maman m'envoie un petit mot. C'est marrant, mais le petit Jésus aussi a dû aller au sana, à Hauteville. La seule chose qui me fasse dresser l'oreille à la messe, c'est quand le curé dit « *Au sana in excelcis deo* ». Enfin, on verra bien. J'évite d'en parler à mémé parce qu'elle a peur que je me fasse trop travailler la tête.

Elle a des dadas, mémé. Elle n'insiste pas pour que plus tard je fasse des études. Il paraît que c'est bon pour ceux qui n'ont rien d'autre à faire. Pareillement, elle ne veut pas que j'apprenne à nager parce qu'elle a peur que je me noie ! Brave mémé. Elle ne sait même pas faire du vélo. Les études, j'y pense souvent. Je veux faire professeur des histoires. Mais surtout, bien sûr, je resterai au village pour être le professeur de pépé et mémé, d'abord. C'est pas compliqué à comprendre. C'est là que je suis bien.

On habite dans un passage. C'est plutôt une impasse pour moi, car je ne vais jamais au bout du passage. Au fond, il y a le Gaulois. Il me fait peur. C'est un ancien de la guerre de 14. Il a laissé une jambe au Chemin des Dames. C'est curieux que les dames ne la lui aient jamais rapportée. Il a dû aussi y laisser sa tête.

Quand le vent blanc souffle comme aujourd'hui, le Gaulois prend la mouche. Il est en pleine folie. Il bat sa femme, son commis, son chien et tous ceux qui lui tombent sous la main. À côté de nous, dans le passage, il y a aussi Jean le tailleur, un vieux garçon qui est un peu cousin avec nous. Plus bas, en allant vers le Gaulois, il y a les boulangères. C'est deux sœurs qui s'occupent, paraît-il, toutes les deux du boulanger. Il a de la chance le boulanger. Pépé dit que c'est un bienheureux de la cuisse gauche. Il faudra qu'il m'explique pourquoi. Enfin, on verra bien.

Elles sont gentilles avec moi, les boulangères. Quand je vais chercher le pain blanc du dimanche, elles me disent que j'ai de belles mains et des cuisses tendres comme de la rosée et qu'un jour elles s'occuperont de me déniaiser. Ça me fâche un peu, parce que je ne crois pas que je sois niais. Les grands rigolent bien fort quand je leur raconte tout cela sur le chemin de la messe. Il paraît qu'eux aussi, elles les ont déniaisés. On n'est quand même pas dans un village de niais. La maîtresse, que j'aime bien, fait tout pour qu'on ne soit pas niais. Madame Déconfin a remplacé monsieur Monmasson, l'instituteur retraité. Il vient tous les dimanches jouer aux boules avec ses anciens élèves. Comme il est grand invalide de la guerre de 14, il a une jambe de bois. Il ne l'a pas oubliée quelque part, la sienne. Ses anciens élèves lui ramassent ses boules et l'aident à jouer. Ils le laissent gagner la plupart du temps. Je crois bien que j'aimerai la Déconfin comme ils aiment monsieur Monmasson, mais voilà, les femmes ne viennent jamais aux jeux de boules. Je ne pourrai jamais la laisser gagner. Tant pis.

Je disais donc qu'on habite dans un passage. Il y en a des choses à voir dans le passage. Entre Jean le tailleur et nous, il y a la grange à pépé. Dans la grange, on trouve le char à foin avec deux ridelles comme des échelles rangées par côté, la remorque plate pour empiler les caisses de pommes de terre ou de pommes reinettes ou encore pour installer l'accordéoniste le jour du bal de la vogue, le char à banc pour les sorties, la brouette, les outils et des tas de trucs qui ne servent jamais mais qu'il faut bien garder au cas où. Au fond, il y a l'écurie au sol empierré, pour le cheval. À côté de lui, les deux vaches, et dans un recoin, les quatre chèvres. Ils sont bien séparés, mais pas bien loin les uns des autres pour se tenir compagnie. Au-dessus de leurs têtes, le foin et la paille sèchent en vrac sur un demi-plancher. Au milieu de la grange court une rigole, la *golauge**, pour conduire le purin jusque dehors, dans la fosse enterrée devant la cuisine.

En face de la grange et qui déborde en face de la cuisine, il y a le tas de fumier qui sent, qui suinte, qui fume les matins de fraîcheur et qui grandit un peu plus tous les jours. On est bien fier de notre tas de fumier. Plus il est grand et plus on est riche !

On y laisse aller les poules. On leur jette les pluches de légumes et on leur balance les vipères qu'elles se disputent comme des sauvages.

Derrière le tas de fumier, c'est le mur qui nous sépare des voisins. C'est des braves gens qui ont une fille qui m'agace. Une grande *ganivelle** qui reste toujours perchée là, à guigner ce qu'il se passe chez nous. Elle y fait *esqueprès* parce que derrière le tas de fumier, c'est là qu'on va poser la caque quand il ne pleut pas. Ça évite de s'enfermer dans la cabane des cabinets qui puent. Entre le tas de fumier et le mur, enfin, il y a les lapins que mémé recouvre avec une grosse toile les jours de gel ou de grand soleil. Un peu plus loin, en descendant vers le Gaulois et les boulangères, pépé a une cabane pour le bois, la *chape**. Les grosses bûches sont bien rangées. Pas de place perdue. Au-dessus, il entasse les fagots. Deux fois par mois, les gens du coin allument le four et chacun y va de son fagot. Pépé y cuit les pains, les tartes aux pruneaux séchés, les *culs-de-poulet**. Les tartes aux culs-de-poulet, c'est le petit Jésus qui vous fait pipi dans la gorge tellement c'est bon !

La séance du four, c'est une vraie cérémonie. Les femmes s'agitent comme des crevettes d'eau douce et les hommes font tinter les pots de vin rouge jusqu'à ce qu'ils ne puissent plus rentrer à la maison, sinon avec une *margot** des grands soirs ! Le four est au carrefour du chemin neuf et de la grange des voisins à la fille qui m'agace. Il a bien deux cents ans ce four. Pépé me raconte que son grand-père y avait fait des travaux. Pensez, c'était bien avant le temps où on est devenu Français. C'est dire. En face, l'autre côté de la rue, c'est le café à Phonsine, avec les jeux de boules. Quand je serai grand, j'irai chez la Phonsine avec pépé pour jouer aux cartes, taper le carton à la coinche sur le coin de la grande table de la cuisine, poussée, l'hiver, contre le fourneau où siffle la cafetière, la *débelloire** bouillante. C'est moi qui paierai la tournée avec mes sous de professeur des histoires. On boira des rouges limés en suçant un bâton de jus noir à vingt sous. Pépé sera content et mémé ronflera en nous voyant rentrer un peu mâchurés !

Vivement que je sois grand !

* Pour donner au récit la saveur et la richesse des langues de mon enfance, j'ai constitué pour toi, lecteur, amusé ou curieux, un petit bréviaire franco-lyonnais-savoyard. Ainsi, chaque fois que tu tomberas sur un mot en italique suivi d'un astérisque, tu pourras te reporter au glossaire en fin d'ouvrage.

PREMIÈRE PARTIE

LES JARDINS DE L'ENFANCE

I

J'ai beau dire, j'ai beau faire, mais je ne peux rien vous raconter tranquillement si je ne vous parle pas de Marie-Jeanne, d'abord. C'est mon amoureuse. Je l'aime et elle m'aime et ça, c'est beau. Elle a à peu près le même âge que moi. Elle vient de prendre ses huit ans. Elle va à l'école chez les sœurs et moi chez la Déconfin, à l'école de la République. Quand c'est les grandes vacances, on ne se quitte plus. Enfin, quand on peut, car on a bien du boulot dans nos maisons. Moi, j'ai les chèvres à sortir, à rentrer, à traire, les lapins à nourrir, les poules à engraisser, les légumes à laver à la fontaine, le lait à porter à la fruitière. Marie-Jeanne, elle doit balayer la cuisine, arroser la cour, préparer la soupe du chien, aller au lavoir, étendre la lessive, retourner les tommes blanches, trier les fruits, faire les lits, sauf celui de sa mémé qui se mouille toutes les nuits. Là, c'est sa mère, la Mâdeleine, qui y fait.

Les après-midi sont à nous. On va ensemble en champ les vaches sur le coup de deux heures du soir et jusqu'à cinq heures. Trois heures de vrai bonheur rien que pour nous deux. Tout de suite après le manger de midi, pépé, mémé et moi on fait la sieste, un petit *clopet**. J'aime ces moments de calme. J'ai l'impression que le Bon Dieu organise tout pour qu'on respire ensemble. Pépé ronfle comme un sonneur au bout de cinq minutes. Mémé s'assoupit en feuilletant *Le Pèlerin* ou *La Veillée des chaumières* et moi, je relis pour la dixième fois l'épisode de l'attaque du Pony Express conduit par Kit Carson aux prises avec les sauvages Comanches. Pépé me rapporte un Kit Carson au retour du marché d'Annecy, le samedi matin. Il l'achète avec la monnaie des patates qu'il a vendues au marché Sainte-Claire ou quai Jean-Jacques-Rousseau. Tandis que vers midi, le cheval sommeille sous son chapeau de toile en mâchonnant son avoine, pépé qui a bien freiné la remorque plate va boire un canon au café-tabac-journaux de la rue Sainte-Claire.

À deux heures moins le quart, mémé se réveille la première. Elle s'est reposée en bas dans la cuisine et tape au plafond avec le balai.

– Faut *t'abader**, *gone**. Il faut aller s'aider la Marie-Jeanne, si tu veux que son père te donne la bonne main pour les étrennes. Allez, *mode**.

Mémé est née Savoyarde de la Hiaute. Sa langue maternelle, c'est le patois qu'elle accommode avec du français bien à elle. J'aime bien l'entendre parler le patois avec sa copine Julie, son amie d'enfance qui vient boire le café les après-midi où il fait mauvais et qu'il n'y a rien d'autre à faire qu'à broder des cancans sur tout le pays ! Allez, puisque c'est l'heure de moder, alors, *faut bien modo* !

Pour la Marie-Jeanne à la Mâdeleine et au Gaston, je vais me *dégabouiller** le museau à la *couchette**. La couchette, c'est la fontaine où on tire l'eau pour la journée. J'y regarde une petite *larmise** qui s'infiltre entre les pierres moussues. Un jour, un grand m'a dit : « Si tu l'attrapes par la queue, elle te reste entre les arpions et tu peux mourir du poison. » Depuis, j'ai peur des petits lézards de la couchette.

Marie-Jeanne m'attend à l'entrée de l'écurie. Je suis en retard car les vaches, impatientes et qui connaissent l'heure, n'arrêtent pas de *beurler**. Fino, le chien est prêt. Il a une patte de devant prise dans le collier pour ne pas trop courater les bêtes. Une vache qui courate, c'est une traite de fichue et une volée de coups de pieds au cul comme s'il pleuvait des *éclapions** du toit !

Elle est belle, ma Marie-Jeanne. Pour moi, ce n'est pas Marie-Jeanne, mais Mison. Un petit nom rien qu'à nous.

Pendant une bonne demi-heure, nous gravissons le petit sentier qui monte au Créru, derrière les Crets, au pied de la Mâchurette, en lisière du bois des Pesses. Ce chemin, il y a au moins mille ans que les paysans du village l'empruntent comme nous. Nos descendants y mèneront aussi leurs vaches et les suivants aussi. C'est sûr, pourquoi voulez-vous que cela change ?

Nos descendants, on en parle souvent la Mison et moi. Parce que, bien sûr, je vais la marier. Au mariage, on a dit qu'il y aura pépé, mémé et puis ma maman et mon copain René et puis de son côté, il y aurait Gaston, la Mâdeleine, son oncle Joseph, son frère, mais pas sa mémé puisqu'elle ne se lève presque plus et qu'elle commence à décartonner. On se mariera à l'église d'Épagny, là où on va à la messe. On paiera un coup chez le père Midali, un autre chez la Marie-Louise et un dernier chez la Phonsine pour pas faire de jaloux. On fera le repas chez elle dans la cour, au bord de la route et pépé prêtera sa remorque pour installer Robert, l'accordéoniste. On a décidé que l'on fera la nuit de noces au Créru, là où on mène les vaches, mais, ça, personne ne le sait. Secret. On ne sait pas encore où on habitera. Peut-être que je construirai une cabane à Viéran, là où il y a plein d'écrevisses, où les truites sont toutes fofolles, à côté des pommiers à François. On aura tout pour être heureux.

C'est en arrivant au pré du Créru qu'un jour on a fait serment de se marier. Et pour sceller ce serment devant le Bon Dieu et ce pays qui nous berce, on s'est déculottés et on s'est montré nos zizis ! Je n'avais jamais rien vu de plus beau. En vérité, je crois que je n'ai rien vu du tout tellement j'ai eu honte et j'ai fermé les yeux. Quand j'ai vu sa culotte blanche en fil d'Écosse sur ses genoux, j'ai regardé par terre avant qu'elle ne relève sa jupe ! J'ai déboutonné ma braguette et j'ai sorti mon zizi en tirant dessus autant que j'ai pu de peur qu'elle ne renonce.

Elle n'a pas bronché et m'a simplement dit :

– C'est le même *péclet** que celui de mon frère !

Foi de péclet, le serment fut dit sur-le-champ. On pouvait commencer notre goûter. Fino travaille les vaches comme un vrai professionnel. Mison étale la nappe à carreaux rouges et blancs sur les énormes groins-d'âne que l'on rapportera pour la salade ce soir. Elle retire le couvercle d'une petite *boille** où repose la tomme blanche et translucide, noyée dans le petit-lait. On tape à tour de rôle à la cuillère en se calant les joues avec une tranche de pain grisâtre, bien serré.

– T'en gaves pas trop, *cacagnolet**, sinon t'auras la *cacavite** qui va te tordre le boyau.

Elle se moque de ma gourmandise ! Elle extirpe du panier en osier des marais d'Épagny une bouteille de menthe à l'eau gardée bien fraîche dans un journal mouillé. Je suis tout fou de bonheur. Les yeux mi-clos, je regarde le ciel à en éternuer. Mison se met à son ouvrage. Il ne faut pas perdre de temps. Elle sort un œuf en bois et entreprend une reprise au carré sur des chaussettes en grosse laine. L'Opinel n° huit à la main, je *snaille** une branche de noisetier et je vais lui graver un bâton à vache avec nos initiales entrelacées. Tout plan-plan j'assure mon ouvrage quand soudain je ne sens plus Mison près de moi. Elle a disparu, la belle !

J'aperçois un *bordiafe** à queue rousse qui part en couinant du bord d'un trou d'eau, une *gouille** d'eau de pluie où les bêtes vont boire, en contrebas du champ. J'avise la chemisette rose de Mison entre les herbes.

– T'es où, Mison ?
– Là en bas. Je suis *à cacaboson** au bord de la gouille. Je pose une caque. C'est la tomme fraîche qui m'a *encofaillée** !

Je ris à m'en faire péter la sous-ventrière. Elle se moquait de moi, tout à l'heure. Maintenant, c'est elle qui y a eu droit. Elle remonte, penaude, la culotte à la main.

– Je l'ai rincée dans la gouille. Regarde, c'est plus qu'une *panosse**. Je vais la mettre à sécher sur une pierre.

Je n'en reviens pas. Elle n'a plus de culotte. Du coup, je me sens tout *rebiollé** et quand même bien en peine pour elle.

– T'approche pas ! Je ne sens pas bon. C'était pas une pétole, mais une vraie courante. Je me suis torchée avec une poignée d'herbes. Il ne faut pas approcher d'une fille qui n'a pas de culotte, sinon, elle risque de devenir grosse…

La trouille m'a pris. Pourvu qu'elle ne devienne pas grosse trop vite. Je n'ai pas eu le temps de construire la cabane à Viéran. Moi aussi, j'ai le boyau qui glougloute. Un peu comme après avoir bu le *bidoillon** à la sortie du pressoir des pommes.

Le vin doux est redoutable et tout le monde a une tache au derrière en ce temps-là. Ma Mison est un vrai *bocon**. Elle pue. En rentrant, il va falloir qu'elle *s'abose** dans la cuvette. Toute mouillée de chaud comme elle est, elle va bien attraper la mort ! T'as beau faire, les odeurs ça reste. Pourvu qu'en rentrant on ne rencontre pas des catoles qui vont à confesse au séminaire. Comme dirait maman, ça serait le pompon ! On est rentré en retard. La culotte ne voulait pas sécher. Le vent a tourné. Il s'est mis à la bise. Le soleil a plongé derrière la Mâchurette en même temps que la lune encore pâlotte s'est montrée. Mince, elle boit. Demain, il pleut. Pourvu qu'on puisse monter au Créru. Tant pis, si on ne peut pas, on ira dans le foin chercher les œufs des *polailles** et on se dira encore des mamours et peut-être qu'on se montrera aussi nos zizis. Cette fois-ci, je regarderai.

En rentrant, penaud et en retard, je m'attends à écoper d'une *abadée** de première de la part du pépé. Il a dû aller porter le lait à la fruitière à ma place. Cela me fait mal au cœur de décevoir pépé, mais Mison avait vraiment besoin de son homme. C'est dans ces moments que l'on mesure l'amour qui nous unit. Une cacavite sournoise, une culotte comme une panosse, une torchée à l'herbe et c'est tout un amour qui peut s'échapper, pour un mot de travers. Tant pis, j'affronte. Je m'attends à deux ou trois coups de tavelles sur les *ratelles**. J'aurai meilleur temps de la boucler. J'irai manger dans le foin ou sous la remise, sur le plot, accoudé à la cognée. Je ne peux pas m'empêcher de penser à la Mison avec sa culotte dans la poche du tablier. Elle a sûrement eu droit à une fessée avec un bouquet d'orties. Elle est allée coucher sans manger, la pauvre chérie. Enfin, on verra bien demain. J'irai rôder du matin sous ses fenêtres. Pourvu qu'elle ne soit pas grosse...

La cuisine est silencieuse. La cafetière sifflote doucement. La pièce sent le petit-lait caillé et les choux épluchés. Mémé tourne le dos à la porte d'entrée. Elle charge

des bûches dans le fourneau. Pépé est à califourchon sur une chaise. Il roule un mégot avec du tabac récupéré dans des vieilles cigarettes. Pas un mot. Ça va être ma fête. Rien. Mémé se retourne et dit d'un coup :
– La Sandrine est morte.

II

La Sandrine, c'est Alexandrine. Elle habite avec ses parents de l'autre côté du chemin neuf. Un couple de vieux avec une gamine venue sur le tard. Pour moi, c'est une grande. Elle va sur ses vingt ans. Elle ne sort jamais sans ses vieux. Elle n'a même pas pu faire les conscrits avec les gars et les filles du village. Défendu. Ils sont venus lui porter le bouquet de fleurs. Le vieux n'a même pas ouvert pour leur payer le canon. Ils ont bien essayé de lui chanter la romance du pauv'conscrit. Rien n'a fait. Volets clos.

Mais moi, la Sandrine, je l'ai vue, le nez collé au carreau de sa chambre. Elle avait les larmes. Pauvre Sandrine, coincée entre la Léa et l'Henri qui la collent comme des poux de bois.

– Elle est morte de quoi, la Sandrine ?

Je me risque à casser le silence qui me fiche la trouille, d'autant qu'il fait presque nuit et que pépé n'a pas allumé le quinquet. Seules les bûches du poêle éclairent la pièce. C'est mémé qui répond :

– C'est pas pour ton âge, mais on te le dit quand même parce que t'es raisonnable et que t'as passé les huit ans. La Sandrine, elle s'est pendue dans la grange. C'est le pépé et l'Henri qui l'ont décrochée. C'est la Léa qui l'a trouvée en allant donner aux lapins.

Cré vingt diou de milliards de dieux, je ne suis pas près d'aller à la grange tout seul, maintenant. La mémé m'a coupé la chique.

– Et pis, elle est où maintenant ?
– Où veux-tu qu'elle soit, *cavagne** ! Tu réfléchis comme une *grolle**. T'as meilleur temps d'aller t'habiller. On va la veiller.

Pépé a parlé. Je grimpe *à borgnon** dans l'obscurité. La rampe de l'escalier branlicote. On va veiller la Sandrine. J'aurais mieux fait de ne pas me dépouponner trop tôt, j'y serais pas allé. Et Mison, est-ce qu'elle y sera ? Ça m'étonnerait, vu que le grand-père de la Sandrine et le pépé à Mison ne se parlaient pas, donc leurs pères, ils ne se parlent pas non plus. Normal. Elle avait bien bonne tête la Sandrine, à force de lire toute la journée. Le peu qu'elle m'a parlé, c'était pour me raconter la vie de sainte Thérèse de l'Enfant-Jésus en sortant de la messe à Épagny pour la première communion. Je ne me rappelle bien que d'une chose, c'est qu'elle sentait bon la lavande et qu'elle avait les dents bien blanches. Si j'y pense, tout à l'heure, il faudra que je vérifie.

Mémé a mis son châle noir en dentelle et ses souliers vernis noirs. Elle a de la peine à marcher. Heureusement, on ne va pas loin. Pépé a pris son chapeau de ratine noire et a brossé le col de sa veste en velours côtelé. Il a gardé ses galoches. Moi, j'ai enfilé les brodequins ferrés lacés jusqu'aux chevilles. J'ai tiré les chaussettes aux genoux et j'ai passé des culottes en velours marron. Par-dessus, j'ai mis la veste noire en drap que je gardais pour mon mariage avec la Mison. Tant pis, j'irai chez Machenaud à Annecy en acheter une autre pour l'occasion – quoique…

j'en ai vu une belle en toile dans le catalogue de Manufrance. On verra bien.

En route. C'est marrant, mais je ne suis pas mécontent de cette distraction. J'ai passé les huit ans et j'entre dans le monde des grands. Aller veiller un mort, j'y ai souvent pensé. Mais, quand même, j'aurais préféré aller veiller la mémé à Mison plutôt que la Sandrine. C'est plus normal.

Qu'elle est belle, Alexandrine ! Elle a une longue robe blanche et un chapelet en ivoire glissé dans ses doigts fins et bleutés. elle est coiffée en arrière, les cheveux en chignon avec une fleur blanche en papier retenue par une barrette en corne. C'est beau dans la pièce à l'Henri. Ils ont mis un lit au beau milieu. Sur une tablette, il y a l'eau bénite dans un verre et un rameau de buis du bois des Clés. Un Jésus sur un socle semble être au sommet du mont des Oliviers comme dans le livre de catéchisme. Léa est sur une chaise, les mains jointes, le visage recouvert d'une mousseline noire qu'elle relève chaque fois que quelqu'un entre. L'Henri est debout au pied du lit, les mains jointes, tête nue. C'est une bonne idée d'avoir mis le lit en bas. Ça meuble. La pièce sent bon la lavande. Comme la Sandrine à la messe de la première communion. Mémé se penche vers la Léa pour l'embrasser. Elles reniflent toutes les deux et *mouinent** ensemble quelque chose d'incompréhensible. Mémé asperge la Sandrine avec le rameau de buis du bois des Clés. Pépé fait pareil et me tend le rameau. J'hésite à mouiller la morte. J'ai peur de la déranger. Et si elle bougeait une narine à ce moment ? Finalement je l'asperge en faisant le signe de la croix comme le frère Narcisse m'a appris au catéchisme. Elle n'a pas bronché. J'ai dû réussir mon coup. Je suis bon pour recommencer une prochaine fois. Peut-être pour la mémé à la Mison ?

L'Henri s'est penché à l'oreille de pépé qui fait signe que oui. Il passe dans la cuisine et revient avec une bouteille de vin bouché et une assiette de gâteaux. C'est des biscuits à la cuiller. Chouette. Je n'en ai mangé qu'une seule fois. C'était à la mairie, quand le député est venu inaugurer le concours agricole. Le maire en avait fait acheter par la Phonsine dans de grandes boîtes en fer qu'il avait ensuite distribuées à ceux qui avaient donné la main pour ranger. Pépé en garde une, à la cime du buffet, pour mettre les sous du marché d'Annecy. Mémé sirote un café au lait et trempe un biscuit. Pépé se lèche les babines en aspirant tout doucement un verre de vin d'Algérie où il mouille son gâteau. Je savoure une lichette de vin de pêches de vigne. C'est fort et c'est sucré. J'ai chaud à la tête. J'irais bien dehors voir si Mison arrive. Il fait sombre, j'ai mal aux jambes et un peu au crâne. Si cela continue, je vais bientôt être saoul comme un cochon ou, comme dit pépé, saoul comme un Polak, mais je ne sais pas ce que cela veut dire. Tout le monde se mouche et renifle. Si je dois faire pareil, je vais être embêté parce que je n'ai pas pris de mouchoir propre vu que je me suis lavé les genoux à la couchette avec celui qui est dans ma poche. Tant pis, j'y vais de ma reniflure. Ça a l'air de marcher. Ce soir, j'en ai appris des choses.

Au beau milieu de la veillée, les boulangères et le boulanger sont arrivés. Les reniflures ont redoublé en même temps que les signes de la croix, et les paroles incompréhensibles ont *débaroulé** comme des boniments de *Bouèmes** qui veulent rempailler des chaises ou acheter des poules ou des hérissons. La plus jeune des boulangères s'est jetée sur moi et m'a empoigné pour m'embrasser à me gabouiller le museau. Elle s'est mise à *carcasser** vu qu'elle fume comme un sapeur. Même que pépé dit toujours que les femmes qui fument sont celles qui pètent dans la soie ! Je n'ai jamais entendu la boulangère péter. Je ne vois pas très bien où elle pourrait se mettre la soie en même temps qu'elle pète. On verra bien. En tous les cas, elle m'empoigne, m'embrasse presque sur le coin des lèvres, et en même temps elle me pince le bas du dos à me faire mal, cette vache. Toutes ces *lantibardaneries** devant la Sandrine, c'est un peu poussé quand même. Faudrait voir à ce qu'elle *tâche moyen** de se calmer, la boulangère. Faut pas oublier qu'« on doit du respect aux morts », qu'elle dit mémé quand elle va fleurir les tombes au cimetière des Rebattes. Et qu'elle te fleurisse ses parents et ses beaux-parents et l'oncle Jean et la tante Félicie, et s'il lui reste des fleurs, elle en colle à ses copains et à ses copines, chers disparus, trop tôt disparus. Au jardin, derrière la maison, il y a un carré de fleurs spécialement destinées à nos morts. Chaque fois que maman vient, elle lui en coupe un bouquet pour le sana. Elle va bien lui porter la poisse avec ses fleurs des morts !

Je suis las de contempler la Sandrine. Mes paupières sont lourdes. La Léa m'a donné une chaise. À mémé aussi. Pépé s'est endormi, calé entre le poêle et le buffet. Je somnole et me laisse porter par la torpeur. D'horribles pensées me réveillent en sursaut. J'ai cru voir maman à la place de l'Alexandrine. La gorge nouée, j'ai envie de pleurer et de courir au sana pour voir si elle dort bien ma maman. Jamais je ne supporterai de la voir comme cela, calée entre les oreillers, embaumée de lavande, aspergée par les voisins entre le café et le vin d'Algérie aux biscuits à la cuiller. Maman n'est pas un spectacle pour les voisins qui se mouchent sur les gâteaux en lorgnant le vin de pêche. D'abord, ma maman à moi, elle ne mourra jamais. Pas plus que pépé, mémé ou Mison. Peut-être qu'un jour, lasse d'être toujours malade, elle se retirera à petits pas de souris, le temps de se requinquer dans un coin où il fait toujours beau, où tout le monde est gentil, où tout le monde parle doucement de choses agréables et pendant ce temps-là, elle me soufflera à l'oreille tout ce que je dois faire de bien. Ma maman à moi, elle ne fait que le bien et elle ne veut que le bonheur des autres. Tout ce que je fais, c'est en pensant à elle, au jour où je la retrouverai et je pourrai la garder pour moi et on recommencera comme avant, du temps où elle pétait le feu.

Du temps d'avant sa maladie. Le soir, quand mémé me dit de faire la prière, je confie maman à la Sainte Vierge. Elle lui ressemble tellement. Quand je parle de maman à Mison, elle m'écoute. Elle me laisse parler des autrefois, quand j'étais tout petit, quand elle me faisait des *voyages** de mimis et que je voyais bien que cela n'allait pas fort pour elle. Elle a toujours fait semblant d'être heureuse pour que je crois au bonheur.

C'est tout cela que je raconte à Mison. Et ce soir, aux pieds de la Sandrine, j'y pense encore plus fort et j'ai envie de pleurer. Cette fois-ci, je renifle pour de bon. Mémé s'est levée. Elle secoue pépé. On rentre. On souhaite la bonne nuit à la Léa et à l'Henri qui remercient bien. Encore demain et puis, après-demain, on ira tous aux Rebattes à la sépulture de la Sandrine. On la descendra à côté de son pépé et de sa mémé. Mémé aura une tombe de plus à fleurir. Cette fois, je crois que j'irai avec elle pour l'aider et pas seulement pour me *baguenauder** entre les tombes comme un grand *gognand**.

Il paraît que le curé n'est pas trop content au sujet de la Sandrine. Elle s'est pendue avec la corde à foin, au-dessus de la cabane des lapins dans la grange. Elle a mis l'échelle contre la poutre et s'est accrochée à l'avant-dernier barreau avant de se jeter dans le vide. Le curé a dit que les *sissidés* doivent aller en enfer et qu'il ne peut pas dire une messe comme pour les autres. Si tous les sissidés sont comme la Sandrine, on peut dire qu'ils sentent bon la lavande et qu'ils restent toujours collés à leurs parents, qu'ils racontent bien l'histoire sainte et qu'ils vivent dans le silence. La prochaine fois que je rencontrerai quelqu'un comme cela, je lui demanderai si c'est un sissidé. Bon, voilà-t-y pas que le curé a changé d'avis. Heureusement. Comme la Sandrine était une bonne paroissienne, on va dire qu'elle n'ira pas en enfer. Elle apportait des fleurs pour mettre sur l'autel à l'église. Elle chantait à la procession du 15 Août. Elle arrangeait la crèche dans la chapelle du séminaire. N'en parlons plus. Mais, surtout, pas un mot à l'évêque d'Annecy. Il n'y a pas de danger qu'il vienne dans la classe de la Déconfin. Pépé a dit que les soutanes ne passaient pas par les portes de l'école de la République, ça risquerait de les froisser ! Il faut quand même faire attention, parce que mémé m'a dit de ne jamais dire de mensonges. Sauf des pieux mensonges. Mémé est très *croillante*, comme elle dit. Pépé, il ne croit plus à grand-chose depuis la crise de vingt-neuf. La crise lui a bouffé toutes ses économies et celles de son père. J'écoute religieusement quand il me raconte sa crise de vingt-neuf. J'ai bien du mal à comprendre. Mémé a des crises d'hémorroïdes et pépé la crise de vingt-neuf. Il en a donc quelques-unes d'avance. Comme dit le reporter à la radio, pépé mène au score ! Bon, on verra bien.

Ce matin, l'Ouisse, Louis le menuisier, est venu prendre les mesures de la Sandrine pour tailler le cercueil. Pépé et mémé vont aller assister à la mise en bière. Ils m'ont dit de garder la maison en attendant. Mémé est partie avec une couronne de fleurs mauves en verroterie avec une guirlande marquée « À notre chère voisine ». C'est le maire qui est allé avec son auto chercher tout cela à Annecy. Il avait pris les commandes et avait ramassé les sous d'avance. Comme a dit Jean le tailleur : « Pourvu que le maire ne se tire pas avec la caillasse pour voir les filles montée du Château ! »

Encore un mystère à éclaircir. Il faut dire que toutes les années, les conscrits partent à Annecy sur des chars à banc. Ils vont au conseil de révision. Je ne les ai jamais vus réviser avant, surtout ceux qui ne savent qu'à peine lire et écrire. Au retour, on les entend arriver depuis la route du pont des Crozets. Ils chantent des chansons qui font grimacer mémé et que pépé fredonne en rigolant. Ils ont sûrement réussi leur examen, vu qu'ils ont une cocarde marquée « bon pour les filles » ! Ils racontent chez la Phonsine qu'ils sont passés tout nus devant le médecin militaire et qu'après ils sont allés montée du Château.

Un jour, j'ai demandé à Guste, le fils du Gaulois, ce qu'il avait vu rue du Château. Il est bien brave, le Guste. Juste un peu *badru**. C'est pas des lumières qui éclairent sa cervelle. C'est plutôt la maison des courants d'air de ce côté-là. J'ai longtemps hésité avant de lui demander parce que je ne comprends pas grand-chose à ce qu'il raconte. En plus, il est myope. Il est toujours après essuyer ses culs-de-bouteille avec ses doigts sales. On ne voit plus ses yeux au travers. Tant pis, pour une fois, j'ai écouté.

– Alors, tu sais, P'tit louis, le conducteur du char à banc, c'est toujours un vieux garçon du village. Il reste près du cheval des fois que les gamins des Piémontais du quartier viennent l'embêter. Il va sonner à une porte, en bas de la montée. Une dame déjà d'un âge vient ouvrir et tous les gars suivent dans une pièce sombre pleine de tapis comme à l'église, mais c'est pas une église, milliards de dieux, non ! La pièce est parfumée et sur une table basse, il y a des verres et une carafe comme sur le catalogue

de Manufrance. La dame a servi une tournée et a dit :
« Buvez, mes biquets, c'est de la raide pour les hommes ! »
Quand on a fait claquer la langue, elle prend nos porte-monnaie et se sert dedans. Chacun doit payer la sienne.
Je ne dis pas comme on a vite été mâchurés. Quand on
est tous *fioles**, des filles arrivent du fond de la pièce et
s'assoient sur nos genoux. Elles se mettent à nous
papouiller de partout.

– Elle font quoi, Guste, les filles ?
– Elles nous inspectent de partout avec leurs doigts.
– Comme le docteur ?
– Tais-toi donc, tu me fais perdre le fil. Ça commence
juste à devenir bien. On beurle tous comme des vaches et
elles se déshabillent du bas. Elles nous demandent de
mettre une pièce de cent sous sur le rebord de la table.
Elles disent que c'est pour jouer. Et bien, figure-toi,
gamin, qu'elles disent qu'elles garderont la pièce si elles
arrivent à la prendre avec leur figue ! Comme je te le dis là !

– Des figues ?

J'en reviens pas. Le prix que ça coûte, et puis ça file la
cacavite.

– Pas celles-là, magnaud ! Celle qu'elles ont entre les
jambes ! Et pis boucle-la ou je ne dis plus rien. Tu me
croiras si tu veux, mais elles y sont toutes arrivées. On a
tous perdu cent sous. J'ai jamais vu ça. Au moment où on
a voulu mettre le nez plus près pour rattraper la pièce de
cent sous, elles nous ont mis à la porte en rigolant comme
des bossues. Dehors, il y avait d'autres conscrits qui
attendaient mais on était trop fiole pour les voir mieux.

C'est quand même des drôles de distractions ! Jamais
Mison et moi, on aura des jeux pareils. Et puis, les
figuiers, chez nous, ils ne donnent rien. Il fait trop froid.
J'espère qu'avec les pièces de cent sous, elles se paient
des figues fraîches chaque fois. On verra bien.

Bref. Pépé et mémé sont revenus de chez la Léa.

– L'Ouisse a fait du bon boulot. Les croque-morts vont se régaler. La petite est si légère. Et puis, il ne fait pas trop chaud. Elle n'a pas bougé et s'est bien conservée. J'ai eu peur que ça fasse comme avec le Tonin qui avait explosé du ventre quand on l'a mis dans la caisse. On était tous sortis pour renvoyer la classe sur le bout des escarpins. L'Ouisse m'a demandé le cheval pour le corbillard. C'est son commis, le Rigolo, qui conduira. Napoléon, ça le sortira un peu de ses habitudes. Ça va le promener d'aller chercher la Sandrine, de la mener à Épagny, puis aux Rebattes, et de revenir à l'écurie chez nous. Il n'y a qu'une chose, c'est que quand il ne sent pas ma main sur les rênes, il s'arrête pour pisser. C'est pas des giclettes de merle. Il va en foutre de partout. Gare. Il faut que je prévienne le Rigolo.

III

J'ai bien du mal à faire dormir les yeux ce soir. Je pense pêle-mêle à la Sandrine, à maman, au Tonin qui a explosé, aux filles de la montée du Château. C'est beaucoup à la fois pour passer l'été. Pépé ronfle dans la chambre d'à-côté. Mémé s'affaire en bas. Elle *grabote**, comme elle dit. Quand mémé grabote, c'est qu'elle n'a pas sommeil. Des fois, je descends en chaussettes et je pousse doucement la porte d'en bas des escaliers. Il faut la tenir fermée pour pas que le chaud se gaspille dans les chambres. J'observe mémé en cachette. Elle tourne en rond dans la cuisine, elle *vôge**. Elle enfile ses lunettes, ses *bisicles*, prend le journal, le repose, se met à trier un tiroir du buffet. Elle range un pot sur la cheminée. Le café, le sucre, la farine, le sel, le riz, les pâtes, les lentilles triées et le tabac à pépé sont dans des pots, bien au sec, à l'abri des fourmis, sur la cheminée. C'est des pots à carreaux rouges et blancs, tout ronds avec un couvercle surmonté d'un gros téton, comme le bout des nénés de la nourrice qui habite à l'angle de l'école.

Mémé m'emmène des fois chez la nourrice boire le café et voir les petits. La nourrice, c'est Joséphine, la Phine. Elle donne son lait aux tout-petits et elle garde des gones de Lyon qui ont besoin du bon air. J'aime bien jouer avec les petits Yonnais, comme les appelle la Phine. Ils me racontent comment c'est chez eux. J'ai bien une mémé et un pépé de Lyon, mais je ne les vois pas souvent. Ils habitent dans l'Ain, près de Lyon, mais comme ils ont tenu une épicerie à Lyon, je dis pépé et mémé de Lyon. Voilà tout.

Mémé m'a expliqué que la Phine, c'est comme notre vache, la Bardelle. Pour qu'elle ait du lait, il faut qu'elle ait fait le veau, le *mojon*. Sauf que les petits de la Phine, ils ne la bourrent pas par en dessous, mais sur ses genoux. Quand c'est l'heure du goûter, ils bourrent les gros nénés de la Phine qui ont des bouts comme les couvercles des pots sur la cheminée. Ils ont une grosse tache brune qui tient la moitié du museau du petit. C'est marrant. Il faudra que je demande à Mison qu'elle me montre ses nénés pour comparer. Je ne crois pas qu'elle a les mêmes. J'aurais bien vu. Son corsage, sous sa blouse, il est tout plat. Quand pépé a bu un petit coup chez Phonsine, il rentre avec le plumet. Ça se voit tout de suite, dit mémé. Dans ces moments, il me parle de la Mison et me demande si j'ai touché une fois ses œufs au plat. Ça me met en colère et j'en rigole quand même d'imaginer Mison avec les énormes nénés de la Phine ! Mémé fait les gros yeux à pépé qui s'endort vite *à bouchon** sur la table, la tête dans les bras repliés. J'en suis là quand le sommeil me prend.

Au matin, le coq, tout droit sur le fumier, s'est fait péter la *gargane** à rameuter ses poules. Celui des boulangères a répondu et puis celui du Gaulois. Quel concert ! Un trait de soleil traverse le volet. Il fait tiède à sa place sur le drap. Une grosse mouche bleue m'agace les joues. Pas moyen de la choper. Je ne le dirai pas à pépé

parce qu'il va me seriner la même chose que d'habitude :
« Les mouches bleues, elles choisissent toujours les plus belles merdes fraîches du matin ! »

Ça sent le café. L'odeur passe à travers les lattes du plancher. Il y a des jours larges comme mon petit quinquin et quand mémé balaie la chambre, la poussière tombe sur la table de la cuisine.

Quand je descends à la cuisine, pépé a déjà bien avancé le travail du matin. Mémé m'appelle :

– *Vin* vite, gamin, je t'ai fait un *gaufre**. Attention de ne pas t'*emboquer** !

Le lait bourru et tiède de la Bardelle embaume la pièce. Il laisse de la mousse sur le café. Je n'aime pas la peau du café. Quand mémé aura le dos tourné, je la balancerai sur le fumier pour les poules ou le chat de Jean le tailleur.

Aujourd'hui, on sépulture la Sandrine. Ça ne rigole pas. Il va falloir se laver un peu. Mémé a mis à bouillir l'eau de la bassine, au soleil, sur la pierre du seuil. Je me mets tout droit dedans pour m'astiquer les pieds et les genoux, après c'est les mains et les coudes. Le museau, je le frotte au-dessus du bassin de la couchette. Un coup de flotte dans les cheveux. Je frotte. Un autre coup de flotte pour rincer. Il n'y a plus qu'à peigner. Jean le tailleur, à cacaboson, dehors devant chez lui, est en train de frapper une lame de faux. Il fait briller la *daille** !

– Dis donc, gone, tu veux la fourche pour redresser ta tignasse ?

Il me vexe. Et puis, pourquoi il ne se prépare pas pour la sépulture de la Sandrine ? Je demande à mémé qui me répond que Jean a été dans les autrefois l'amoureux de la Léa. L'Henri, jaloux comme un dahu, ne lui pardonne pas. Il lui a dit hier soir qu'il ne voulait pas le voir au cimetière. C'est bien compliqué tout cela. Heureusement qu'avec la Mison on n'a pas toutes ces *embiernes**.

On est prêt. Du fond de l'impasse arrive le cortège de la famille du Gaulois. Ils sont tous endimanchés et marchent à la queue leu leu. Guste est en tête, le nez en l'air, les yeux clignés. Le Gaulois est serré de près par la Sophie, sa femme. Elle a dû lui faire prendre des remèdes pour qu'il reste calme longtemps. Il prend des gouttes qui rendent gentil et aimable, comme les carottes. J'en mange beaucoup, surtout si je dois voir Mison. On emboîte le pas. J'ai hâte de voir Napoléon au travail. Pourvu qu'il se tienne tranquille quand il va voir pépé !

On retrouve tout le monde devant chez l'Henri. Napoléon a des œillères et un panier muselière pour qu'il ne morde pas. Il a le chapeau de toile, vu comme le soleil tape dur ce matin. L'Henri a balayé la cour, rentré les poules et attaché le chien. Je suis tout retourné en apercevant Mison qui arrive avec sa mère, la Mâdeleine. J'ai fait comme si je ne la voyais pas, calé entre pépé et mémé. Il ne faut pas que les autres s'aperçoivent que Mison et moi on est des amoureux. Il y a la fille du voisin qui n'arrête pas de me bigler. Quelle garce, celle-là ! Elle voudrait bien tout faire capoter. Chaque chef de famille se plante devant les siens dans le cortège. Il y a l'Henri, pépé, le Gaulois, Moïse, Marion, Marcel à Fique, P'tit Jules, François, Tienne, Sylvain, le père Davoine, Théophile avec Blaise, son fils gaga, conscrit avec la Sandrine. Toute la compagnie se range derrière le corbillard. C'est le P'tit José et Rigolo qui conduisent. Rigolo est aux rênes et P'tit José tient Napoléon à la bride. C'est plus sûr, déjà qu'il a pissé à l'arrêt et lâché une *gamattée** de crottins devant la cuisine à la Léa. Ce sera bon à récupérer pour les géraniums. Quand pépé va au marché Sainte-Claire, à Annecy, il emporte toujours une pelle et un seau pour ramasser les crottins. Il dit toujours : « Laisse voir faire si j'en brasse pas un *bachat**, c'est toujours ça que les Prussiens n'auront pas ! » Notez qu'il dit toujours la même chose quand il a fini de casser la croûte ou de rentrer l'herbe le soir.

Bon, allez, on y va ? Napoléon a du mal à *se décabaner**. Quelle chique molle. Rigolo lui frotte le nez avec une *passenaille** pour lui faire écarquiller les narines. La Déconfin ne veut pas que l'on dise passenaille, il faut dire carotte. Moi, comme ça, je parle plusieurs langues. Mes cousines me disent que je suis un peu *polygrotte*. Quand je serai professeur des histoires, je pourrai chanter à mes élèves *La Marie su son pomi...* dans les deux langues. Le français de l'école et celui de chez nous. On verra bien.

Le corbillard est parti tout doucement. P'tit José et Rigolo essaient d'éviter les *golets** sur la route sans empiéter sur les bords pour pas verser le voyage. Manquerait plus qu'on *benne** la Sandrine ! On serait dans une belle *polinte**.

– T'avance, P'tit Louis, espèce de traîne-grolles. Tu veux point en moudre, aujourd'hui !

C'est pépé qui n'arrête pas de *gongonner**. J'allonge le pas, sinon, le Gaga à Blaise va me rattraper. Celui-là, il me fiche les chocottes. On dirait un singe des images de l'école. Il marche penché en avant, les bras ballants et la tête par côté. Il a toujours une giclette de bave qui lui pend de la bouche et qui traîne sur le col de la veste. Il n'arrivera pas à l'église sans avoir rempli le caleçon.

C'est réglé comme du papier à musique. Dès qu'il sort, il se laisse aller dans le froc. Blaise dit que c'est la joie. Tu parles d'une joie, surtout qu'après, il s'assoit dessus à l'église, ça lui dégouline derrière les genoux jusqu'aux chaussettes. Il paraît que quand les conscrits sont passés le voir, il était tellement content qu'il a bouffé sa caque.

Le Blaise l'a décaqué devant tout le monde à la couchette et lui, il arrêtait pas de se marrer. Pauvre Blaise, il est bien monté avec son Gaga. Sa mère est morte quand il était tout petit. Elle est morte de chagrin quand elle a vu ce qu'elle avait fait comme petit. La mémé dit toujours qu'ils auraient bien dû réessayer un coup, des fois qu'ils n'auraient pas raté le suivant. Quand le Blaise est aux champs, il attache le Gaga à un arbre ou à une roue du char et il le laisse bouffer de l'herbe ou de la terre. Il est tranquille un moment. Il y en a qui disent que le docteur lui donne des gouttes pour le faire dormir les fois où il est tellement énervé qu'il monte sur la chèvre pour lui faire des petits. Moi, je n'y ai jamais vu.

Au passage sur la route de l'église, les femmes font le signe de la croix, les hommes quittent leur chapeau et s'arrêtent. D'autres collent au cortège. Le curé nous attend sur le devant de l'église. Il se redresse, fier comme Artaban, le père curé. J'ai mis longtemps à savoir pourquoi le pépé qui n'aime pas les curés disait qu'il était fier comme Artaban. Je croyais qu'il disait bar-tabac. Pour moi, l'Artaban, c'est du gros rouge bouché que la Phonsine vend les jours de fête et, un jour, j'ai lu à la bibliothèque de l'école que l'Artaban, c'était un roi de Perse. Le père curé, un roi de Perse, laissez-moi rigoler ! D'ailleurs, je ne sais pas ce que c'est que la Perse, et pépé et mémé non plus. Ma maman, elle doit savoir. Il faudra que j'y marque pour lui demander quand je la verrai. J'ai un petit carnet dans le tiroir de ma table de nuit et je marque tout ce que je dois demander à maman. Dans mon tiroir, il y a la photo de maman quand elle soignait les prisonniers à la gare de Perrache, à Lyon. Elle est habillée en infirmière et elle a avec elle un gros nègre habillé en soldat qui la tient par l'épaule. Je l'aime bien, cette photo. Elle avait des joues comme des pêches de vigne, ma maman, et des yeux comme des braises. Il y a aussi un livre de prières, un *demi-sel* ça s'appelle, un Kit Carson, un bouton du tablier à la Mison et une bougie et deux allumettes qu'on frotte n'importe où. En dessous, il y a le pot de chambre, mais je ne m'en sers jamais parce que je fais la caque au fumier et que je pisse dans le jardin, la nuit, par la fenêtre. Pour Noël, je demanderai au Père Noël de pépé et mémé qu'il m'apporte une lampe électrique avec une pile. On verra bien.

Les croque-morts ont rentré le cercueil dans l'église. Les enfants de chœur accompagnent le curé derrière la caisse en bois. Je les connais tous les quatre. Il y a Dédé à Justi, le Robert au Rémi, Dominique-Piémontais et Angelo. Lui, il n'y a pas longtemps qu'il est là. Il est arrivé avec sa famille pour être commis à la grande ferme de la tour. On ne comprend rien à ce qu'ils *barjactent** tous. Le père, c'est un petit *raboulot**, carré comme une armoire du Val d'Arly, avec la peau noire et plein de poils noirs qui sortent de sa chemise. C'est pas des bras qu'il a, mais des pattes de singe. Il soulève tout seul les billes de bois pour les charger sur le char du Ouisse, le menuisier. Sa femme, elle est noiraude comme une moricaude. Elle ne dit jamais rien. À force de passer son temps penchée sur les raies dans les terres, elle marche à l'équerre. À part l'Angelo, l'aîné, qui va sur ses quinze ans, ils ont toute une *niarée** de gamins qui vont pieds nus. Il paraît qu'ils viennent du Sud de l'Italie. Le maire a dit un jour à pépé : « Ils ont été chassés par la famine. C'est pas des feignants, je vous dis. Ils ont passé l'hiver au bois, dans le Bugey, au-dessus d'Hauteville, à faire du charbon. »

Maman qui est au sana là-bas les connaît sûrement. Je lui demanderai. Il faudra que je regarde dans le calendrier des Postes où c'est l'Italie du Sud. Le calendrier, il est punaisé au-dessus de la pendule, dans la cuisine. Il est *cafi** de merdes de mouches, toutes celles qui *se sont faites piégées* par le papier tue-mouches qui pend à la poutre au-dessus de la table. Sur la photo du calendrier, il y a la grotte de Lourdes, là où la Sainte Vierge a discuté avec une bergère, la Bernadette, je crois. C'est mémé qui l'a choisi. Elle a donné une pièce au facteur et pépé lui a payé le casse-croûte. Quand le facteur est reparti, il était *graton** et le vélo est rentré tout seul à la poste d'Épagny. Il est marrant, le facteur. Passé un temps, il faisait la pantomime avec une boulangère. Dès qu'ils se voyaient, ils se faisaient *péter la miaille** sur les deux joues, sur le pas de la porte. Après, ils rentraient pour signer les mandats, à ce qu'il paraît. Et puis, mémé raconte qu'un jour le boulanger s'est réveillé et il les a surpris sur le pétrin. Depuis, il n'y a plus de mandats. Elle a quand même des sous, la boulangère. Elle est toujours bien mise. Elle ne doit pas manquer.

Angelo, je ne lui ai jamais parlé. À la grande ferme de la tour, il s'occupe des chevaux. Il y en a huit. Des percherons. Pépé dit toujours : « Le labour à quatre chevaux, c'est tout un art, mais faut avoir la charrue pour. »

Napoléon attend sous les chênes de la place de l'église, au frais. Le boucher lui a apporté un seau d'eau et la mère Midali, du café, a récupéré le crottin. Elle va avoir du monde tout à l'heure. L'Henri lui a déjà fait dire de marquer. Il passera payer dimanche prochain. Il a fait dire pareil chez la Marie-Louise et chez la Phonsine. On pourra se rapapilloter tranquille. Peut-être qu'il y aura aussi une tarte aux culs-de-poulet, à moins qu'on passe chez la Léa finir les biscuits à la cuiller. De toute façon, faudra bien qu'on soit rentré pour traire la vache et les chèvres.

Le temps est bien malade. Le ciel se mâchure sur la Mandallaz. On ne sait pas ce que ça va faire. *Ça morneille**

lanli-lanla*. C'est noir au-dessus d'Annecy. Ça ne va tarder de faire. Les mouches piquent. Si ça veut pleuvoir du bon côté, ça nous mettra de la paille dans les sabots.

Mison est entrée d'abord avec les filles et les femmes. La chorale est montée sur la galerie au-dessus des bancs. Le père Midali a pendu son chapeau au petit crochet du banc de devant. Il s'est endormi, comme d'habitude. La comtesse est au premier rang, sur son prie-Dieu marqué par une plaque de cuivre. Elle est raide comme un échalas. Elle tient son demi-sel dans ses gants en dentelle blanche. Sa gouvernante est à côté. Elle ne la quitte pas des yeux, des fois qu'elle s'envole. Une vraie Marie-bécasson, la gouvernante. Elle est bête comme ses pieds, la *grelu*. Nous, les gamins, on ne l'aime pas, parce qu'elle nous fait le catéchisme quand frère Narcisse est malade. Au moins, avec lui, ça se termine toujours par une partie de foot avec Justin, le jardinier du séminaire. Elle, elle nous refile des pénitences. Elle nous colle à genoux sur une règle en bois, les bras en croix. Si on baisse les bras, on recommence et on doit compter jusqu'à cent. Il y en a plein qui ne savent pas compter jusqu'à cent, alors on compte pour eux à haute voix et on se fait tous engueuler. J'ai souvent rêvassé qu'elle se prenait les pieds dans une ficelle et qu'elle s'étalait dans une bouse de vache, une bien fraîche et bien clairette du soir, quand les bêtes rentrent du Créru. Les bouses sont encore vertes et bien larges.

La chorale a attaqué le premier chant en latin. Personne n'y comprend rien, mais ça ne fait rien, il faut faire semblant. On bouge les lèvres dans tous les sens pour faire bien. Aux ordres du curé, on baisse la tête, on la relève, on s'assoit, on se redresse, on fait le signe de la croix et chaque fois qu'on bouge, je zieute en haut pour bigler la Mison qui se tient au bord de la balustrade. Tout dépend comme elle est, j'arrive à voir sa culotte blanche. Elle gaffe de ne pas me regarder sinon elle se fait pincer les ratelles par la Mâdeleine qui connaît le manège. Elle a bien dû faire pareil dans les autrefois quand le Gaston était à ma place et puis la mémé et le pépé aussi. Il faudra que je leur demande. On verra bien.

Maintenant, c'est la communion. L'Angelo tient le vase aux hosties. Le Dominique les passe au curé et lui, il emboque les paroissiens.

On y va tous. Quand on a l'hostie dans la bouche, il faut dire amen et rejoindre sa place, les mains jointes, lentement, comme si on retenait une cacavite foireuse. Quand l'hostie est fondue et qu'on a dit une prière, on peut regarder les autres. Quand je serai enfant de chœur, j'ai peur de ne pas y arriver. Mais j'ai hâte quand même parce que la famille du mort nous donne la pièce après la sépulture. Des pièces, j'en ai plus. Il faudra que j'en gagne parce que la Phonsine a reçu des Mistral gagnants et du coco Boer.

En arrivant au cimetière, il s'est mis à pleuvoir. Les vieux ont sorti les grands parapluies noirs. Des éclairs tabassent le Parmelan au-dessus d'Annecy. Les cloches d'Épagny tapent le glas en même temps que les sabots de Napoléon et les galoches ferrées des vieux. Tout le monde cancane à voix basse. Si l'orage arrive, ça va faire vilain. Le temps est malade. Si le *foutraud** lui prend, ça va grêler et Napoléon, il craint. En arrivant, mémé va allumer des bougies partout dans la maison pour nous protéger. Ça marche bien. J'ai les *agacins** qui me font mal. Les souliers sont trop serrés et un peu petits. Tout le monde se manie pour mouiner des choses à l'Henri et à la Léa. On fonce au café, chez Midali, pour se mettre à l'abri. Le curé a abrégé et a renvoyé les enfants de chœur. On n'a pas le temps de *broger** sur les malheurs des temps et que c'est les meilleurs qui partent les premiers, parce que ça je l'ai bien retenu. Il faut toujours le dire à la famille. Ça lui fait plaisir.

Finalement, *il s'est épluché** une bonne radée. Le soleil pointe son nez derrière la Tournette et le Parmelan au-dessus d'Annecy. On l'aperçoit à travers les pommiers aux Lâles. Le chemin du retour passe juste devant la petite école des filles. Les touffes d'herbe grasse, trempées de mouillé, s'abosent sur la route. On zigzague entre les flaques et les golets du chemin de terre. La journée est bien vite passée avec la sépulture à la Sandrine. J'ai les chaussettes trempées et les doigts des pieds tout ratatinés. Mémé est arrivée la première. Elle est remontée avec la Léa et l'Henri sur le banc du corbillard. Elle a fait du feu pour sécher ses souliers. Ça sent le cuir bouilli et la sueur dans la cuisine. Rigolo et P'tit José ont rangé le corbillard jusqu'à la prochaine fois chez l'Ouisse. Ils ont ramené Napoléon qui leur en a fait voir de toutes les couleurs en passant devant chez Camille. Sa jument est chaude. Il la tient fermée, mais elle n'arrête pas de beurler. Napoléon lui répond tant qu'il peut. Il a filé une ruade de première dans la porte de l'écurie au passage. Rigolo a failli finir à borgnon. Il fait beau dans sa colère !

Pendant que je me déculotte pour me mettre en sale, Pépé me prévient qu'il faudra coucher bonne heure. Demain, on charrie le bois à la Mâchurette. Cet hiver, quand y avait école, il a coupé un carré de fayards qui lui vient de son oncle Eugène. Il y en a bien quatre ou cinq moules. Il faut prévoir deux gros voyages. L'hiver, pépé va au bois avec Jean le tailleur, notre cousin-voisin. Ils montent à pied au lever du jour avec la cognée sur l'épaule et le *goyet** passé à la ceinture. Mémé charge la musette avec le casse-croûte et les allumettes. Ils font tomber les grosses branches à la hache. Jean le tailleur *défrache** les têtes au goyet. Ils ont chacun le leur. Les outils, c'est comme les femmes, ça ne se prête pas. On les a faits à sa main et ils sont affûtés à la manière de chacun. Ils chargent le feu au fur et à mesure et quand le tas de braises est bien haut et bien rouge au sommet et bien blanc autour au pied, ils y cachent des patates et un saucisson. Le saucisson, ils l'ont enrubanné dans un cornet de papier graissé rempli de *bacot**, le vin des vignes des Crets. Quand ils ont bien mangé et bu un canon, ils dégrafent le bouton du haut du pantalon, rotent un coup et s'adossent un moment contre une grosse bille de bois, le temps de faire un petit clopet ou de rouler une cigarette. Moi, je n'y vais jamais, parce qu'il y a école et parce que pépé ne veut pas. Il dit que c'est trop dangereux. Il se rappelle trop que le fils Mugnier y a laissé sa peau, avant la guerre. Un fayard a tourné sur son pied en tombant. Quand la tête a touché le sol, il a subitement relevé du pied et en un éclair, il a arraché la tête au fils Mugnier. Il paraît que sa cervelle *s'est éclafoirée** comme une omelette baveuse. Il y en avait de partout et le père Mugnier continuait à parler à son fils en lui tenant ce qui restait du crâne. Pépé s'en souvient comme si c'était hier. Le soir, à la nuit, si pépé est en retard, mémé se fait du mouron. Elle dit : « Jésus, Marie, Joseph, pourvu qu'il n'arrive pas le coup du fils Mugnier. » C'est pour ça qu'au bois, il ne faut jamais y aller tout seul.

IV

Pépé s'est levé sur le coup des trois heures pour donner à Napoléon. Surtout pas trop de grain, mais plutôt du bien sec de l'année passée. Le foin, ça suffit, autrement Napoléon va être tout énervé et ce n'est pas bon pour grimper à la Mâchurette tout plan-plan et surtout redescendre avec le voyage au cul. À cinq heures, il va le faire boire à la couchette ou au bachat à Morand. Napoléon prend son temps. Il aspire l'eau à grand gosier, laisse glisser, pète un coup ou deux et retourne tout seul à la grange pour se mettre à reculons entre les brancards du char. Il connaît les habitudes le Napoléon. Pépé lui glisse le vieux collier, celui qui ne craint pas les griffures des ronciers du chemin, sur la fin, là où c'est étroit. Il lui enfile les œillères et passe les rênes longues. Deux ou trois tours de brides autour des brancards et Napoléon est beau comme un sou neuf. Pépé installe les *ados** à l'avant et à l'arrière du char. Il laisse l'arrière couché sur le plancher et relève l'avant pour s'y appuyer en guidant. Il glisse le goyet entre deux planches et balance une corde au cas où. Un coup de rêne et Napoléon emmène pépé comme un conducteur de char romain des images du chocolat Révillon. Le char à quatre roues fait craquer les graviers du passage. La montée est longue jusqu'à la Mâchurette. Pendant que

Napoléon continue tout seul, pépé va chercher un paquet de papier à cigarettes chez la Phonsine. Du papier « au zouave ». Phonsine n'est plus toute seule. Elle a laissé le café à la Marie-Rose et à Moïse, mais elle les renseigne sur les denrées et les manies des uns et des autres. Comme elle dit, la Phonsine, elle va pouvoir mourir tranquille maintenant : « Le café est entre des bonnes mains, ni trop fines, ni trop blanches. » C'est marrant comme elle dit ça, la Phonsine. Je me regarde les mains. Elles ne sont jamais bien blanches, mais la Suzanne, la boulangère, dit qu'elles sont bien fines. De toute façon, je ne veux pas reprendre le café à la Phonsine, moi, je vais être professeur des histoires. Enfin, on verra bien. Pépé a rejoint Napoléon et grimpe à sa place de conducteur. Moi, je retourne à la cuisine. Ma journée s'annonce d'équerre. Il va pas falloir *lantibardaner**, autrement ça va *fiarder**.

Mon boulot, c'est de monter le casse-croûte à la Mâchurette. C'est bien que je n'arrive pas trop tôt parce que pépé va encore gongonner que je risque de me faire embugner par les branches qui peuvent débarouler. Mais s'agit pas d'arriver trop tard, parce que l'heure du casse-croûte s'annonce quand pépé est au sommet du voyage et que je dois lui faire passer les dernières branches. Je ne suis pas à une abadée près, mais j'aime pas faire rouscailler pépé.

Bon, est-ce que mémé a préparé le panier ? Il est sur la table de la cuisine. Dans le torchon, il y a un bout de cochon gras avec la couenne épaisse raclée, un morceau de tomme sèche, un quignon de pain noir serré et, à côté, une bouteille de bacot coupé avec de l'eau et un peu de grenadine. De la Lieutard que mémé achète à Annecy, rue Sainte-Claire. La bouteille nous fait la moitié de l'année. On en boit quand ma maman vient parce qu'il ne lui faut pas d'alcool. Des fois, j'en ai droit à un doigt avec de l'eau qui pique quand j'ai eu une image à l'école. L'eau qui pique, c'est mémé qui la fait avec un sachet de seltinées de chez la Phonsine. Ça me fait roter à en rigoler à me faire péter la sous-ventrière. J'ai idée que si je passe voir Mison, elle montera peut-être avec moi à la Mâchurette. Je ne vais pas tarder à y aller si je veux faire tout ce que j'ai à faire.

– Mémé, j'y va. A r'vi.

Elle aime bien, mémé, quand je lui parle dans son patois. Elle me répond :

– *Attinchon le bocon d'cayon et le bocon de fourmaze et poui la botoille.*

Vu que je suis polygrotte, j'ai tout compris. Mais oui, mémé, je fais attention au cochon, au fromage et à la bouteille. J'y veille comme sur la prunelle de mes yeux. Je vais couper par les Vions. Mais avant, il faut que je passe devant chez Gustave à Dubeule, le coiffeur. Tatave, il me fiche les chocottes. Il n'est pas plus coiffeur que moi je suis capucin, mais ça lui vient de son armée quand il est parti soldat. Là-bas, comme il ne savait rien faire d'autre que tuer les cochons et vu que celui qui tue les *caillons**, il sait les *bucler* recta, on en a fait un coiffeur. Depuis, il est coiffeur au pays et on passe tous chez lui. C'est un vrai *suppice* ou *sluppice*, je ne sais plus comment on dit. Il taille à grands coups de rasoir jusqu'à ce que l'on n'ait plus un poil sur le caillou. Après, c'est plein d'écorchures et ça gratte vilain. Mémé, elle dit que c'est bien propre et bien pratique. Pépé, il me dit que le matin je me peigne avec une pantoufle. Quand je sors de chez Tatave, je m'enferme trois jours sans voir Mison. J'ai peur qu'elle ne veuille plus de moi.

C'est tout fermé chez Tatave. Tant mieux. Je bifurque entre les maisons, je prends une petite coulée entre les pommiers et j'arrive dans les Vions. Les Vions, c'est notre planète Mars à mon copain René et moi. Imaginez un carré d'herbe grasse et haute, jamais fauché, de cinquante mètres sur cinquante. De partout, il y des vieux pommiers à moitié crevés qui donnent des petites pommes toutes véreuses mais douces comme la Sainte Vierge qui vous fait pipi dans la gorge. Dans un coin, il y a la chape à Guste, une petite grange à moitié écroulée où René et moi on cache tous nos trésors. Lui, depuis sa maison, il peut surveiller toutes les allées et venues dans les Vions et quand les Piémontais s'y aventurent, on rapplique vite fait des fois qu'ils nous piquent quelque chose. Il est mieux loti que moi parce qu'il a une lampe électrique qu'il s'est bricolée tout seul. Il la laisse dans la chape parce que comme elle est à moitié écroulée, on n'y voit que bornicle.

En sortant de l'autre côté des Vions, j'arrive pile dans la cour à Mison. Elle est assise devant la maison avec la Mâdeleine. Elle n'a pas bronché en me voyant. C'est la Mâdeleine qui attaque d'équerre.

– Eh, P'tit Louis, tu viens nous donner la main à racler les *cornifles* ?

Elles sont en train de racler des cornichons à mettre en bocaux au vinaigre blanc. C'est des bocaux « Le Pratique » avec des caoutchoucs neufs qui viennent de la rue Notre-Dame, à Annecy. Il y en a sûrement pour cher.

J'ai pas le choix. Si je veux la Mison pour moi tout seul tout à l'heure, il faut bien que je racle deux-trois cornifles. Ils sont gros comme des diots, les saucisses aux herbes du boucher de Gillon. La Mâdeleine les recoupe en quatre avant de les empiler bien en ordre dans les bocaux. Chacun son boulot et les vaches seront bien gardées. Quand j'ai fini, la Mâdeleine revient de la cuisine et me dit :

– Quelle main tu veux, grand gognand ?

Je sais d'avance que dans chaque main, il y a un bonbon. Un pour Mison et un pour moi.

– La droite !

– T'as gagné, suce-le longtemps, t'es pas prêt d'en revoir !

C'est des bonbons qui viennent du *Fidèle Berger* rue Royale, à Annecy, des Pierrot Gourmand au lait. Je m'en lèche les babines à l'avance.

– Au fait, tu choisis le bonbon ou la Marie-Jeanne, parce que c'est pas les deux, aujourd'hui !

Et alors là, si elle pensait me coincer, la Mâdeleine, elle a tout faux. Sans hésiter, je lui réponds :

– La Marie-Jeanne !

Je repars avec les deux. Il y a des jours comme ça où si ce n'est pas le bonheur, ça y ressemble drôlement !

Nous voilà partis tous les deux. Je marche sur les nuages. Elle a son tablier à carreaux bleus et roses et un fichu sur les cheveux. Elle est belle et moi, j'ai des fourmis dans les gambettes. On passe devant le menuisier. Il y a les compagnons piémontais qui chantent à tue-tête. Ils chantent tout le temps, ceux-là. Ils sont en train de déligner un gros chêne posé sur la chèvre, le chevalet. Il y en a un dessous qui guide la scie, c'est le chef, et un perché dessus qui tire l'outil, c'est l'écureuil. La scie, le passe-partout, a des dents immenses. On l'appelle la belle-mère ! Moi, ma belle-mère, ça sera la Mâdeleine et je la respecterai toujours. Elle est tellement gentille. Elle me fait penser à ma maman. Des fois, ça me met les larmes aux yeux. On attaque la grimpette par le chemin des Gravines, au-dessus du Viéran qui roupille en serpentant dans le bois. La bosse du Créru cache le pied de la Mâchurette.

On arrive vers pépé juste quand il attaque le sommet du voyage.

– Vous avez encore bassouillé dans les gouilles du Viéran pendant que moi j'attends les commis !

Quand c'est comme ça, il ne faut rien répondre et se mettre à l'œuvre, vite fait, bien fait, sinon il va y avoir des coups de pied au cul qui ne se perdront pas. Pépé est fatigué et tout mouillé de chaud.

À la dernière branche du voyage, il a prononcé les paroles d'usage.

– Encore un que les Prussiens n'auront pas !

Il est descendu du char en se servant de l'ado de devant comme d'une échelle et en se tenant à la croupe de Napoléon.

Pépé n'a pas détaché le cheval pour qu'il ne mange pas les feuilles de noisetiers. Les feuilles fraîches, c'est mauvais pour les chevaux. Napoléon, s'il prend la cacavite, il peut en mourir. Un jour que des touristes de la ville étaient passés au village, ils avaient trouvé Napoléon qui attendait devant chez la Phonsine. Est-ce qu'ils n'avaient pas pris idée de lui donner des racines jaunes, des carottes. Bande de bourricots ! Déjà, le prix que ça coûte, les racines, c'est pas pour les chevaux. Quand pépé s'en est aperçu, c'était trop tard, le mal était fait. Les doryphores se sont pris une abadée de première, une remontée de bretelles en patois. Le soir, Napoléon n'a pas voulu manger. Il était coincé des boyaux et dans la nuit, ça a été le déluge. Il se vidait, Napoléon. Pépé l'a veillé toute la nuit. Au matin, il lui a refilé un bol de gnôle. Napoléon s'est fendu d'une grimace et a pris des frissons. La cacavite s'est calmée. Toute la journée, pépé l'a gardé au chaud. Napoléon, il a fait que péter à *emboconer* la grange à pas pouvoir y rentrer. On a eu chaud !

Pépé balance la corde par-dessus le voyage sur toute la longueur. Je la récupère derrière et je me pends après sous les yeux de Mison qui en a vu d'autres chez elle. On enroule la corde autour du tirant à l'arrière du char et pépé fait deux tours de cliquet. Pour finir le calage, il remonte et entortille un baliveau de noisetier autour de la corde, il fait le *playon*. Il faudrait pas que l'on benne le voyage à la redescente. Ça pourrait blesser Napoléon.

Pépé ouvre sa chemise sans col, celle qu'il garde pour se coucher, déboutonne son pantalon et desserre sa ceinture de flanelle qui fait trois tours sur ses reins. Il pose les galoches et éternue sept ou huit fois en crachant chaque fois. C'est le moment de rouler une cigarette tranquille, tout plan-plan. Il se frotte les mains, sort son Opinel n° 8. J'ai le même. C'est lui qui me l'a rapporté de la foire d'Annecy. Avec les deux couteaux, le marchand lui a offert un minuscule Opinel par-dessus. On le garde pendu à côté du calendrier des Postes. Je m'apprête à déballer le panier... Aïe, aïe, aïe... Misère de milliards de dieux... Je l'ai oublié chez Mison, au pied de la table aux cornifles. Le coup des bonbons m'a tellement tourneboulé les esprits que j'en ai oublié le casse-croûte ! Sainte Mâdeleine, priez pour nous ! J'ai le *corgnolon** qui se dessèche, les jambes qui grésillent, je crois que je vais pisser dans mes brailles. Je n'ai rien le temps de dire que pépé a déjà attrapé une verge de noisetier. Il a tout compris, le pépé. Le casse-croûte et le coup de bacot, il les voyait déjà gros comme une meule de paille. Il s'en reléchait les babines d'avance. Ça va fumer vilain, ça va fiarder. Ça fiarde.

Mison est déjà en bas du Créru. Elle n'a pas dit un mot et s'est carapatée comme une *dormille** au fond du Viéran quand on la réveille en la gratouillant sous le ventre. J'ai pas le temps d'esquiver le coup. Il pleut

comme vache qui pisse des volées de verge de noisetier. Pépé en rogne beurle comme une vache qui va poser le mojon. J'en prends comme les rats fruitiers qui bouffent les culs-de-poulet qui sèchent sur les planches vers le jardin. J'en reviens pas comme pépé me mâchure. Il a chopé le goyet et le brandit en gueulant en patois :
– Je vais te crucifier !
J'ai la peau du cul tout éclafoirée et les cuisses toutes *de bisangoin**, à force. Il va falloir qu'en cachette mémé m'y verse de la blanche et que je serre les dents. Quand elle va savoir ça, elle va faire vilain, elle aussi. Le manger des hommes, c'est sacré. À force de me cigogner par les oreilles, pépé se calme un peu. J'ai les feuilles comme des matefaims. Au moment où il reprend un peu son souffle, je cours me planquer derrière le char et là je me mets à chialer à ne plus pouvoir pisser pendant huit jours. J'en veux à pépé.

C'est pas ma maman qui m'aurait fait ça. Elle aurait bien compris et j'aurais juste reçu pour la forme. Normal. Au moment où j'ai pris envie de me tuer en me noyant dans la fosse à purin, j'ai cru voir Mison qui remontait sur le vélo de sa mère. Elle pédale en danseuse, vu qu'elle ne peut pas monter sur la selle si elle veut toucher les pédales. Elle rapporte le casse-croûte. Doux Jésus, qu'elle est belle !

Quand pépé est rentré avec Napoléon, j'étais déjà couché, tout cassé. Au matin, j'ai attendu qu'il remonte à la Mâchurette pour me lever. C'est Jean le tailleur qui portera le casse-croûte. Toute la journée, j'ai balayé la rue devant chez nous et j'ai remonté le fumier. Mémé m'a puni, comme ça pépé n'aura rien à redire. J'ai dit à mémé que j'étais trop fatigué pour manger la soupe et je suis remonté avant que le pépé revienne du bois. J'ai sucé un quignon de pain sous mes draps et j'ai pensé très fort à ma maman. Je crois que le lendemain, c'était fini. J'y ai quand même passé chaud surtout quand pépé m'a dit qu'il voulait me crucifier. Il n'a plus l'air d'y penser. Les deux voyages de bois sont bien rangés dans la grange, contre le mur à droite en rentrant. Il y en a bien cinq moules ; ajoutés à ceux qui sont dans la chape, en descendant vers le Gaulois, et tout le coupé d'avance, on fera bien l'hiver au chaud encore cette fois-ci.

À l'automne, à la chute des feuilles, c'est mémé et ses copines qui iront aux fagots sur les bords du Viéran. C'est les femmes qui fagotent. Elles savent bien faire et c'est pas fatigant. Pendant qu'elles fagotent, elles taillent la bavette et *font du rapiapia** comme elles veulent sur les uns et les autres. Mémé a un goyet rien que pour elle. C'est un goy italien à la lame longue avec la pointe qui regarde en bas. Les fagots, elles les coupent dans les vernes des bords de l'eau. Celles qui sont bien grasses, bien droites et pas trop hautes. C'est des bois rouges. Elles leur laissent les feuilles, fines et argentées. Ça fait crépiter le feu et ça augmente tout de suite le tirage du four. Quand elles ont fait un bon tas, elles chargent la petite carriole à deux roues, le *barreau* ; la plus costaude se met dans les manchons et les autres poussent ou s'appuient sur les rayons des roues. Arrivées au chemin, ça roule tout seul. Elles font des arrêts. Un café chez la Mâdeleine, un autre chez la Félicie, une tartine chez la Julie. Comme dit mémé : « Ça fait ben la rue Michel... ! »

Les fagots, on en garde dans la chape, chacun chez soi, et le reste est empilé dans le four, pour ceux qui ne peuvent plus aller au bois parce qu'ils sont trop vieux ou malades. Mais attention, il ne faut pas en profiter pour vivre sur le dos des autres en feignassant.

Si tu ne peux plus aller au bois, il faut que tu fournisses les allumettes et que tu paies le coup de bidoillon ou de bacot à ceux qui sont à la chauffe. Normal. Quand le vent tourne à l'orage et que la chaîne du puits tape la margelle, mémé dit que c'est le bruit des dents de ceux qui se les gèlent pour pas avoir participé à la chauffe. Bien fait pour eux s'ils caillent l'hiver ! J'aime mieux entendre cela plutôt que ce que dit ma mémé de Lyon au sujet de la chaîne du puits. Quand on entend pareil chez elle, elle dit que c'est l'âme des enfants morts en bas âge qui vient rôder. Alors là, j'ai franchement la trouille. C'est marrant ce qu'elles racontent, les mémés. Je ne sais pas si j'en dirai autant quand je serai pépé. Il n'y a pas de raison que ça change. Enfin, d'ici là, on verra bien.

V

Je suis bien content aujourd'hui parce que demain, c'est dimanche. Il y a la messe et j'y vais avec René et Mison. On va rencontrer les grands et après on ira au jeu de boules ou au jeu de quilles. Les boules, c'est chez Marie-Rose et Moïse ; les quilles, c'est chez la Marie-Louise, l'autre café. Comme j'ai besoin de deux ou trois sous pour acheter les Mistral gagnants et peut-être du coco Boer, j'irai sûrement aux quilles. Ça paie mieux. Le seul ennui, c'est que c'est le premier qui arrive qui enquille. Je vais être obligé de laisser Mison, parce qu'elle court moins vite que moi. Tant pis, je lui donnerai du coco.

Mémé est allé *du matin* à la petite messe au séminaire avec ses copines. Comme ça elle est tranquille pour la journée. Elle a tout son temps pour cuire le dîner du midi. Pépé, le dimanche, il ne fait rien. Il bricole par-ci, par-là, et surtout il lit le journal. Il ne l'achète que le dimanche chez Marie-Rose. Il a la lecture pour toute la semaine. En plus, la Zénobie, la bonne du curé, est passée vendre *Le Pèlerin*. Il y a de quoi faire avec tout ça. Il dit que les grands articles, ça l'énerve et ça lui donne mal aux yeux, alors j'en lis un peu à haute voix pour tout le monde. Je suis le premier en lecture chez la Déconfin. Mais, quand même, j'aime mieux mon livre d'école. C'est mieux que la politique à pépé ou les recettes de cuisine à mémé. Le soir, quand on n'a pas trop sommeil, ça meuble un moment. « Grave incendie à la Chambre au sujet des scaramouches dans le bled... » Pépé me reprend :

– T'es sûr que c'est un incendie ? C'est pas plutôt un incident et des escarmouches ?

Je verrais mieux une chambre en train de brûler à cause d'une lampe à pétrole qui a versé, mais il ne faut pas contrarier pépé sur la politique. Il est républicain et sait de quoi il parle, paraît-il. Je veux bien.

Mémé, la politique, elle s'en fout. Elle me dit toujours de regarder si on a des nouvelles du pape qui n'allait pas bien dans *Le Pèlerin* de la semaine dernière. Il s'appelle Pie XII. Le plus dur, ça a été de trouver à traduire le XII. J'ai trouvé dans un livre de calcul des grands qui traînait chez Mison. Pourvu qu'il ne meure pas avant que j'aie compris comment on lit les chiffres romains. S'il faut encore changer de Pie, je retrouverai bien dans le livre du frère à Mison. J'arrête pas de me marrer en lisant Pie. Je me dis que le pape, il pourrait s'appeler Margot ! Je n'oserai jamais le dire à mémé. Ma maman, elle, elle rigolerait bien, parce que dans tous ses malheurs, elle trouve toujours une petite place pour se dilater un peu la rate.

Et donc voilà, quoi. Avant de partir à pied à la messe à Épagny, on s'attend tous devant chez Marie-Rose. Il y a René qui descend. Il est passé dans les Vions pour voir si tout est en ordre. Mison monte de chez elle avec son frère. Il y a Fino qui suit à la gambade sur ses quatre pattes. C'est dimanche pour lui aussi. Les grands sont à part sur leurs vélos. Il n'y a pas un vélo pour chacun. Ils montent à deux ou trois par vélo. Des fois quatre. Il y a celui qui pédale sur la selle, un sur le porte-bagage, un sur la barre et un autre sur le guidon. Le dimanche après-midi, c'est souvent une fille qui est sur la barre. Je ne sais pas si un jour j'aurai un vélo. Je n'en ai jamais parlé à pépé. Il n'y en a pas à la maison. Allez, c'est parti, mon *boson* ! Deux kilomètres à pattes. On ne parle pas en kilomètres, mais en temps. C'est mieux, parce qu'un kilomètre avec Mison ou un kilomètre pour aller tout seul à la Mâchurette, c'est pas la même.

La messe, ça ne rigole pas. Il faut arriver à l'heure parce que le curé nous attend sur la porte. Si on est à la bourre, la Zénobie raconte tout dans les maisons et ça fait vilain après ! On vérifie qu'on a toujours la pièce dans la poche pour la quête. Mémé l'a prise dans la boîte en fer sur le buffet. C'est une pièce jaune de vingt sous. Comme dit pépé : « Une à la fois, ça suffit pour engraisser le curé ! »

En arrivant, le curé va en choper deux pour leur faire faire la quête. Quand ils vont passer entre les bancs, on va leur chuchoter : « Clergeon, clergeon, crapaud du bénitier, fifi du curé ! » Comme c'est chacun son tour, on y a tous droit un dimanche ou l'autre.

En filant à Épagny, on court à côté les grands à vélo. Ils ne vont pas bien vite, comme ça on peut écouter tout ce qu'ils disent. Il y a le grand Michel qui raconte qu'il a guigné sa grande sœur hier soir pendant qu'elle faisait sa toilette. La toilette du samedi soir, c'est toute une embringue. Chez nous, c'est pas compliqué parce que je suis tout seul et que je ne sais même pas quand pépé et mémé se lavent. En tous cas, ils sont toujours bien propres, vu que la semaine, ils ne sentent que la vache, la chèvre ou le cheval. C'est tout. Chez d'autres, c'est pas la même. La mémé au Julot, elle a de la barbe, de la moustache, il lui manque toutes les dents sauf un gros chicot noir sur le devant. Mais surtout, elle embocone des doigts. J'ai entendu dire que sous sa grosse robe noire, elle a trois jupons et que sa culotte, c'est le pan de sa chemise. Je ne l'ai jamais vue habillée autrement. Elle embocone des doigts. Il sentent la merde, mais pas celle de l'écurie et partout elle sent la pisse. Elle sent comme l'angle du mur du jardin où ça dégouline quand je pisse par la fenêtre, la nuit. C'est toujours au même endroit, alors ça reste. La mémé au Julot, elle sent comme là. Je crois que j'ai un peu compris un jour qu'on était en champ les chèvres avec elle. À un moment, elle s'est levée de son pliant, elle a écarté les jambes, elle a passé la main sous ses robes et elle s'est mise à pisser debout. T'aurais dit une vache arrêtée au beau milieu du pré ! Pas étonnant qu'elle coince comme ça !

Alors donc, le grand Michel, il raconte que la mère a mis à chauffer l'eau sur le fourneau dans le grand fait-tout. Elle remplit le baquet en tôle au milieu de la cuisine. Quand il est plein, tout le monde sort, sauf la mère, qui ferme à clé. Le trou de la serrure est tellement gros qu'on voit la lumière depuis dehors. Le grand Michel s'y colle les yeux et regarde tout jusqu'à ce qu'il prenne un coup de pied au cul par le père qui rentre de l'écurie.

Il raconte que sa grande sœur a des gros nénés tout gonflés au bout, mais encore bien rouges et sans tétons. Quand elle se les frotte avec les mains, elle les fait remonter sous le menton pour laver dessous. On a la trouille qu'il s'arrête de raconter. Quand elle se penche pour se frotter les *agotiaux**, il lui voit tout entre les jambes. Il dit qu'elle a des poils au cul comme sur le devant qu'on dirait du foin sec ou de la paille de fer à frotter les parquets de l'école. On n'en peut plus de se marrer, même si on n'arrive pas toujours à imaginer.

Ça se termine toujours par le coup de pied au cul, la tête dans la porte et la sœur qui se met à beurler de l'autre côté. Sa sœur, c'est la Jacqueline. Elle a pris ses quinze ans il n'y a pas longtemps. Elle va à la messe au séminaire le matin parce qu'elle doit s'aider la mère pour le dîner du midi. Ils sont huit à table avec les commis. Chez eux, c'est une grosse ferme. Comme dit pépé : « Dommage que tu sois trop petit, mon cadet, sinon, je te la marierais bien, la Jacotte. »

Qu'est-ce qu'il croit pépé ? Et la Mison, il en fait quoi ? Et puis, si je suis professeur des histoires, je ne serai pas le fermier des Fontanettes, chez la Jacotte. Doucement pépé.

Comme prévu, le curé nous attend. C'est René et l'Ignace qui ont droit à la quête aujourd'hui. Tant pis pour René, je ne pourrai pas l'attendre si je veux enquiller le premier. Je lui garderai un Mistral.

Aujourd'hui, la messe a été beaucoup moins marrante que d'habitude. Le curé a annoncé d'entrée qu'après l'épouvantable hiver que nous avions passé sous la neige et la glace jusqu'à fin février par des moins trente la nuit, les cieux ne sont toujours pas cléments (je répète ce qu'il a dit) puisqu'ils viennent de rappeler auprès du Seigneur notre frère Camille tombé au champ d'honneur dans les lointaines terres africaines pour défendre l'Algérie de nos pères. Il l'a dit tellement fort pour tenir réveillé le père Midali que ses paroles se sont imprimées toutes seules dans ma tête. Alors, ce que je lis à pépé dans le journal, c'est bien la guerre. Je n'avais pas compris qu'on était dans le coup jusque chez nous. Le Camille, il n'est pas du village, mais de tout à côté. C'est la route à droite en montant à la Mâchurette. Après on redescend un peu et on y arrive. C'est là qu'il y a une grande poste et la gare. C'est à Pringy. J'y suis allé une fois avec pépé pour le comice agricole. On était parti avec le maire dans sa Simca 8. Il avait fallu attendre que le maire soit défiolé pour repartir. Il avait tellement trinqué avec les politiques qu'il s'était abosé sur un banc sous les arbres et s'était endormi. On avait failli rentrer à pied, pépé et moi. Quand pépé parlait de l'Algérie après ma lecture des nouvelles, je ne faisais pas trop attention à ce qu'il disait, vu que je n'y comprends rien à la politique. Il parlait des bicots ou des biques. Moi, j'ai toujours cru qu'il parlait des chèvres. M'est avis que c'est autre chose. Enfin, on verra bien.

VI

À la sortie de la messe, j'ai grillé tout le monde pour arriver le premier chez la Marie-Louise. Les vieux sont déjà là, aux premières loges pour regarder jouer aux quilles. Le pot de blanc sur la table, dehors sous le tilleul, attend qu'on lui apporte son frère, ou bien, comme ils disent à la serveuse, la fille de la Marie-Louise :
– Zonzon, mets la bouteille au mâle !
Les hommes sont au fond des jeux. Les hommes, c'est les costauds, à la pleine force de l'âge. C'est ni les vieux, ni les grands, ni les gones. C'est les hommes, les pères de famille ou les vieux garçons. Ils ne vont plus à la messe depuis longtemps. Il faudra que je me renseigne pour savoir à quel âge on peut ne plus y aller. Ils zieutent le terrain en détail, soupèsent la boule de buis qui tient dans la main grâce à des trous pour les doigts. Par une savante bascule du poignet, ils se la collent devant les yeux et clignent d'un pour mieux viser. Un ou deux pas d'élan, sans dépasser la ligne et ils jettent. Les neuf quilles sont en ligne, côte à côte, trois par trois. C'est le Ouisse qui les a tournées il y a longtemps dans des branches de cornouiller. Les plus hardis d'entre eux annoncent le coup qu'ils vont faire. Ça leur donne des points en plus. Le fin du fin, le pompon, comme dit ma maman, c'est quand ils

annoncent la neuf ! C'est celle qui est bien planquée en plein milieu des rangées. Il faut la sortir par les cheveux, toute seule, sans qu'elle en fasse tomber aucune autre. Si c'est réussi, tout le monde applaudit et on dit au héros :

– Tu peux t'asseoir, les autres vont se rhabiller !

Chaque homme qui joue a droit à trois essais. À chaque partie, ils jettent la mise par terre sur le terrain, dans le sable concassé. Celui qui gagne ramasse en se baissant et il doit dire :

– Cré diou, le pognon c'est dur à gagner, la terre est basse et le ciel est haut !

Et les autres répondent :

– Et le bifteck il est même pas à niveau !

Et, tout à leur joie, ils jettent deux-trois sous à l'enquilleur qui passe son temps à redresser les quilles. Voilà comment on se paie des Mistral gagnants ou un citron à l'eau ! Et donc voilà pourquoi les places sont si chères aux jeux de quilles.

Comme ça fait un bon moment que j'enquille chez la Marie-Louise, j'ai ramassé à peu près quarante sous. Tous les copains sont arrivés et me bousculent pour que je leur laisse la place ou que je partage la gagnée. Finalement, je décide de lever les fers et de faire un tour du côté de chez la Marie-Rose et Moïse. Si je me débrouille bien, je devrais récolter une poignée de bonbons en relevant les boules de monsieur Monmasson.

C'est plus calme qu'aux quilles, du côté des boules. Il y a des hommes, mais aussi quelques vieux, des habitués et déjà des grands que les hommes mettent dans les équipes. Il y a moins de gueulards et de costauds qui s'en croient. Les boules, chez nous, c'est pas du tout comme chez pépé et mémé de Lyon. Ici, les jeux sont plus petits, les boules aussi, et le terrain est moins bien balayé. Il y en a qui disent qu'ils jouent à la pétante. Et c'est bien vrai qu'on entend les boules péter comme des coups de marteau sur l'enclume de Robert, le maréchal-ferrant. Même bruit. Chaque fois que ça pète, les joueurs braillent un coup. Il y a un truc qui est un peu pelant, c'est qu'il ne faut rien dire quand un tireur se concentre. C'est comme à la pêche. Botus et mouche cousue !

J'arrive quand Moïse en pointe une. Il la suit juste derrière, penché en avant pour lui parler de plus près :

– Roule donc, couleuvre de paillasse, avance *mé**, avance mé, là, là, là, va pian, va pian Joson... Oh nom de gu, elle a gratonné juste avant le petit... Ouisse va tirer, j'ai pas repris !

Et l'Ouisse se déplie sa grande carcasse de sur le banc. Il boit un canon de blanc, rejette son feutre en arrière, crache un coup, remonte son pantalon, choisit sa boule, la pèse, la soupèse, la nettoie avec son mouchoir, la repose, en prend une autre. Il se cale derrière le trait, le redessine avec le coin de sa semelle. Il monte la boule à hauteur des yeux, la recule, l'avance toujours à la même hauteur, ferme un œil. Il se redresse, recrache un coup, balance le bras et hop, partie la gobille, en plein dans le paquet. Il a tout fait casser. Moïse s'emballe :

– Cré vingt gu, *t'as fait un brochet** de trente, Ouisse, ils ont toujours le point. Regarde mon pied. Tu tapes là, tu fais le bec, faut qu'on se rapapillote !

Et rebelote, l'Ouisse remet ça. Silence dans les rangs. Moïse met de l'ordre

– Tu vas pas fermer ton clapet, Tatave, tu vois pas qu'on joue la gagne ?

Tatave, il a l'air de s'en foutre comme de l'an quarante, il est déjà à moitié cuit. Sa sœur va encore faire beau quand il va rentrer. Il va s'endormir dans la soupe, à bouchon sur la table. Ouisse recommence son numéro.

– Magne-toi un peu, Ouisse, t'es pas chez Médrano ! crie Justi qui n'aime pas perdre.

Et ça, l'Ouisse, il n'aime pas du tout :
– Çui qui cause quand je joue, c'est un tricheur.

Le ton monte. On va pas tarder à rigoler. Si ça continue, l'Ouisse, il va poser les boules. Il va y avoir une place à prendre. C'est tous les dimanches comme ça ! Monsieur Monmasson est plié dans son coin de banc, la jambe de bois tendue en travers du passage. Ouisse est énervé vilain. J'y vois pas beau. La boule s'envole à tout berzingue et paf... Moïse saute sur place :
– T'as fait un carreau, Ouisse, oh nom de gu, un carreau, mon cadet, pile dans la golauge. Ils ont les cuisses propres, maintenant. Va t'asseoir.

Justi, qui n'aime pas perdre, se voit déjà embrasser la Fanny. La Fanny, elle est clouée à côté la planche où les hommes posent les verres. Une vieille tôle toute rouillée sur laquelle on devine une grosse femme fessue qui remonte ses culottes et montre son trou du cul. Les perdants, ils doivent tous l'embrasser et payer leur coup de blanc. Mais comme finalement ils sont tous anciens copains d'école, ils payent tous leur canon. À midi pétante, ils disent tous pareil :
– Va p'tête ben falloir aller du côté de la soupe, sinon la Louise va rouscailler et ce soir, elle sera encore pas tournée du bon côté !

Pépé a taillé la bavette un moment avec monsieur Monmasson qui lui demande des nouvelles de ma maman. Pépé a l'air d'avoir du souci. Peut-être bien qu'il lui a raconté le coup du panier oublié chez la Mâdeleine. Je préfère me faire tout petit et rentrer tout droit.

J'aime bien le dimanche parce que mémé fait la cuisine plus que d'habitude. Posé sur la table dehors, il y a un mussy de haricots verts, des fayots du jardin, bien ramés. On va se faire péter le boyau, j'y sens. J'ai vu dans le garde-manger pendu sous la remise, dans le courant d'air, qu'elle avait pris du pâté au boucher de Gillon qui passe le samedi avec sa camionnette. Un pâté de foie de caillon, bien rosé et bien moussu, qu'on tartine sur une tranche de pain bien blanc. Le dimanche, on prend le pain chez les boulangères, pas celui du pétrin qui est dans le *pêle*, dans la pièce derrière vers le jardin. Un vrai pain blanc, craquant dehors et bien tendre dedans. Mémé dit que le pain du dimanche, il faut le manger tout de suite parce qu'il ne se garde pas. Il est vite bon pour les poules et comme il ne faut pas gaspiller, alors on le finit à la soupe du soir. C'est elle qui va le choisir.

Un pain pas trop cuit, pas trop pâlot, avec les deux quignons bien ronds, parce que comme ça, il y a plus de mie. Dans l'impasse, l'odeur du pain chaud passe sur celle du fumier qui est devant la cuisine. Ça sent depuis chez Jean le tailleur jusque chez le Gaulois. Vu qu'on est au milieu, on en prend pour la semaine.

Pépé a dégoupillé une bouteille de vin rouge. Il en met dans les trois verres et la range pour dimanche prochain :

– À la tienne, cadet, c'est ma tournée !

Il a l'air de ne plus penser au coup du panier. Il a moins rempli mon verre que les deux autres et j'en aurai pour tout le dîner avec un peu d'eau. Mémé dit que si on rougit l'eau, ça fait moins rougir les joues, après.

J'ai vu juste. Le pâté, c'est pour maintenant. Pépé en coupe la moitié d'une tranche. L'autre moitié, c'est pour ce soir. L'Opinel se régale dans le pâté. Pépé essuie le couteau dans le pain avant de tailler trois belles tranches. Il le repose bien à plat sur le torchon. Attention de ne jamais mettre le pain à l'envers... On ne gagne pas son pain les fesses en l'air, couché sur le ventre... Et puis, le pain retourné, c'est le pain du bourreau. Il n'est pas bénit...

C'est pépé qui le dit et mémé qui est bien d'accord. Moi, je me marre en douce, parce que pépé, il n'aime pas les curés, mais il parle du pain bénit ! Brave pépé.

Comme c'est dimanche, mémé s'assoit un peu plus longtemps pour manger. Elle reste à table avec nous. Elle a des belles mains, ma mémé. Toutes noueuses, toutes crevassées, mais bien blanches et les ongles taillés à ras. Le dessous du bout des doigts est plein de fines coupures qui ne s'effacent jamais, et pourtant elle a des mains douces, mémé, quand elle me passe la gnôle sur la poitrine quand je carcasse comme un bronchiteux. Elle a bien noué ses longs cheveux dans un chignon posé sur le dessus. Une belle épingle en os tient toute la charpente, comme ça elle met le chapeau du dimanche par-dessus. L'été, elle met un chapeau de paille noire, tressée, à large bord. Il brille dans le soleil. Deux fois par an, elle se lave les cheveux, mémé. J'aime voir ça, parce que c'est la seule fois où elle a les cheveux qui pendent jusqu'à la taille. Elle dit qu'elle a toujours gardé ses cheveux de petite fille. Elle les lisse presque un par un avec du pétrole et les fait sécher au soleil, derrière vers le jardin, pour que personne ne la voit avec les cheveux en bas, comme elle dit. Il a de la chance, pépé, d'avoir mémé avec lui. Et moi aussi. Comme ma maman est aussi belle que mémé, je me dis que j'ai la double chance. C'est comme aux Mistral gagnants, avec mémé et ma maman !

Après le pâté, il y a eu les haricots avec un morceau de jarret de veau. Pépé a coupé un bout de tomme sèche pour chacun et pour finir la tranche de pain. Je suis ras bord. Maintenant, il faut finir par un petit dessert pour mettre du sucre dans les veines. On retourne l'assiette parce que dedans elle sent trop la viande et mémé donne une cuillère de confiture de pruneau qu'elle étale au cul de l'assiette retournée. On finit en léchant le fond et après, chacun rassemble les miettes de pain au bord de la toile cirée de la table. Le tout dans le creux de la main et hop ! que je t'enfourne la picorée ! Pépé referme l'Opinel. On a fini… J'attends la suite qui ne tarde pas à arriver : « Encore un que les Prussiens n'auront pas… ! »

Pépé roule une cigarette avec le tabac humide du pot qui est sur la cheminée. Il a mis des bouts de carottes et des rondelles de patates pour que le tabac ne sèche pas. Il installe une chaise dehors, au soleil devant la porte. En contemplant son fumier, il va s'endormir pour le clopet du dimanche, plus long que les autres jours. Mémé rince les couverts dans un seau et va donner l'eau grasse au cochon qu'ils élèvent à deux avec Jean le tailleur. Elle tire une chaise à côté pépé qui ronfle déjà, met ses *bicyclettes* et attaque la lecture du *Pèlerin*. Pas pour bien longtemps, parce qu'elle va vite avoir fait de plonger elle aussi.

Il n'y a pas un bruit dans le passage. On entend même les abeilles dans la vigne au-dessus de la porte du Gaulois, en bas. Napoléon brasse un peu. Il s'ennuie le dimanche. Les deux vaches mâchouillent. Les chèvres dorment d'un œil et, comme d'habitude, les poules n'arrêtent pas de gratter le fumier. Ça sent encore un peu le pain chaud qui se mélange aux relents du pot-au-feu de chez la fille, l'autre côté du mur. On entend même l'Henri qui tousse dans sa cour. Depuis la sépulture de la Sandrine, il n'arrête pas de tourner. La Léa est inquiète. Pourvu qu'il nous fasse pas un mauvais coup de sang ou qu'il ne tourne pas gaga.

Je monte un moment dans ma chambre. Il n'y a que le dimanche que j'ai le droit d'y aller en journée, sauf si je suis malade, mais c'est pas souvent. Dans le silence des lieux, je vide mon tiroir. Je fait briller le bouton de la blouse à Mison, je dépoussière la couverture du demi-sel, je décorne les pages du Kit Carson, je contemple la photo de ma maman et de son nègre à la gare de Perrache.

C'est dans ces moments de calme que j'ai les larmes qui viennent plus vite. Il faut que j'arrête parce que je vais me faire du mal. Il y a longtemps que je n'ai pas de nouvelles de ma maman. Elle doit être bien au soleil à Hauteville. Elle aime surtout le soleil. Elle est gâtée en ce moment. Finalement ça me réjouit pour elle. On verra bien.

Dans un moment, j'irai faire un tour vers chez René et on ira dans les Vions, dans la chape. Je passerai chez Mison plus tard, parce que le dimanche après-midi, elle fait le repassage des bleus des hommes et elle nettoie le poulailler. Et puis, les hommes dorment aussi plus longtemps. Je vais peut-être essayer de dormir un petit moment. En montant chez René, je passerai chez la Phonsine, ou plutôt chez Marie-Rose m'acheter les Mistral. J'en donnerai un à René et un à Mison. Je n'aurai pas assez de sous pour le coco Boer. Ça ne fait rien. La prochaine fois.

C'est l'odeur du café qui me chatouille les narines. Mémé est en bas. Il y a la Julie qui est passée la voir et la Zénobie qui débarque avec le *Pèlerin* de la semaine. Les femmes attaquent un rapiapia en patois pur fruit, pur sucre, comme dit le facteur qui n'est pas d'ici. Il vient de la vallée de Thônes. Son patois à lui, ce n'est pas tout à fait le même. Il a été nommé par les Postes à Épagny, parce qu'il a pris du galon. Il espère bien remonter vite à la montagne pour devenir un jour facteur-receveur au Grand-Bornand. C'est sa vie là-bas, comme il dit, et puis il y a laissé sa chérie. Moi, ma chérie, c'est la Mison et je ne vois vraiment pas comment je pourrais la quitter pour travailler ailleurs. Quand je serai professeur des histoires, j'ai dit que ça serait au village. Rien d'autre. On verra bien.

VII

Comme c'est bientôt le 15 Août, mémé et ses copines préparent la procession à la Vierge de Bromines. Ça les turlupine des jours à l'avance. Elles n'arrêtent pas de brasser comme des biques qui vont poser le belin. C'est le moment de l'année où pépé n'arrête pas de gongonner comme quoi on va quand même pas perdre les esprits parce que la Sainte Vierge est, à ce qu'il paraît, née un 15 août. Il dit à mémé qu'à force de tourner ça dans sa tête, elle va bien, un jour, se mettre à *ferrer les poules* ! C'est pas un curé, son curé, mais le diable ! Et mémé lui répond que c'est fin comme du gros sel ! C'est la seule fois de l'année où il leur arrive de se bouffer le nez. Je me demande si pépé n'est pas un peu jaloux du curé. On dirait qu'il y fait exprès. À ces moments, il arrête pas de jurer comme un patier, pour un oui ou pour un non. Ça se voit gros comme une grange au milieu d'un champ qu'il y fait exprès et mémé elle ne marche pas, elle court ! Bref. Vendredi, le jour maigre, elles vont aller à confesse et à la prière toute la journée chez les sœurs de la Visitation à Annecy.

Dire si c'est un grand jour, il y a un car qui vient chercher les paroissiennes au séminaire. Frère Narcisse est chef de détachement et Justin, le jardinier, assure l'intendance, comme dit pépé. Ça va piailler comme des polailles dans le tagazou bleu et blanc de la compagnie de car. Il y a toutes les pratiques des environs qui se bousculent pour être de la première fournée. C'est le gros Tintin qui les conduit. Lui, pendant qu'elles vont aller à la prière chez les sœurs, il va se baguenauder toute la journée à Annecy. Il va encore revenir beau. Heureusement que le car connaît le chemin et que mémé ne verra rien. Si elles sortent un peu tôt, elles iront peut-être acheter un chapelet neuf et j'aurai peut-être des bonbons ou des petits gâteaux, par-dessus le marché. Comme dit mémé, le pépé, il peut toujours se gratter, il n'a qu'à être plus gentil. Mais moi, je sais bien qu'il aura un mouchoir tout neuf !

Le jour de la Visitation, mémé laisse le manger froid dans le garde-manger pour pépé et moi. Ce jour-là, il va en profiter pour aller désherber la vigne avec Jean le tailleur. En redescendant des Fontanettes, ils s'arrêteront à la ferme de la tour pour taper la causette et voir le matériel agricole et les huit chevaux. Il n'a pas vraiment besoin de moi, pépé, pour toute la journée. J'ai le droit de prendre le manger et de décamper où je veux, pourvu que je sois rentré à cinq heures et demie quand mémé revient. Cette année, René et moi, on a décidé d'aller manger à Viéran. En route, on trouvera sûrement deux ou trois cavagnes pour nous accompagner. Mison, elle garde la maison tant que la Mâdeleine n'est pas revenue de la Visitation. On sort en garçons, mes copains et moi.
Il fait une chaleur à griller les matefaims pas cuits. On s'installe à la Croisée, sur un banc de graviers. C'est un coin de paradis, connu des seuls explorateurs. Les grandes vernes font une voûte d'ombre au-dessus des

gouilles. L'eau est basse et moussue, sauf dans la gouille à Filoche où il y a un trou d'eau au pied d'un rocher qui affleure. Le casse-croûte est pendu au frais et à l'ombre sur une verne. La bouteille d'eau coupée à l'antésite à l'anis est coincée entre deux pierres, là où le Viéran courate un peu. Bon, c'est pas la même, mais il faut se mettre en chantier vite fait. Finalement, il n'y a que René et moi. C'est pas plus mal. On s'entend comme lardons en foire, comme on dit !

– René, t'as apporté la charogne ?
– Ben oui, mon cadet, t'as pas *sentu* le panier ?

René est chargé d'apporter la viande pourrie. Facile, il a un chat crevé chez lui depuis huit jours. Il l'a planqué d'abord au fond du jardin, sur le fumier des fleurs et des épluchures et après, il l'a porté dans les Vions, dans la chape, coincé sous le toit entre les ardoises disjointes. Dans ce cas, moi, je prépare le fagot. Une vraie fascine de braconnier ! Des vernes un peu sèches coupées à un mètre, pas trop serrées et liées avec des lianes de sureau et enveloppez, commère, c'est presque prêt ! Dans les interstices, on glisse bien serrés des morceaux du chat crevé qui commence à partir en brioche, bouffé par les vers. On lui a arraché la tête qu'on balance en face sur la berge embuissonnée. Les sauvagines vont faire un banquet. Ça pue à renvoyer la classe, mais c'est juste ce qu'il faut. Une grande liane pour attacher la fascine au bord et on la dépose au fond d'une petite gouille trouble. Voilà le travail, il n'y a plus qu'à attendre ces messieurs-dames ! Un petit coup de terre mouillée sur les mains, on rince et on peut attaquer le manger proprement. On partage tout, René et moi. Je goûte ses saucisses aux herbes. Je lui donne un morceau de pâté de tête. Je fais glisser avec son eau qui pique à la menthe et il tète mon antésite. Le bonheur, quoi !

– On s'en tire une jatte ? qu'il me dit le René.

Il y a intérêt, qu'on va s'en tirer une jatte ! Ça n'arrive qu'une fois par an, parce qu'on a le temps de récupérer et de ne plus sentir du museau. On va se fumer une liane de sureau ! Il en trie une bien grasse, bien droite, bien sèche, la coupe en deux morceaux égaux, dégage au canif la moelle au bout et avec un petit fil de fer qu'il a toujours, au cas où, dans la poche, il fait un petit canal pour l'air. J'ai pris mes allumettes que j'ai dans le tiroir de ma table de nuit. À nous le grand saut ! Il faut *déguiller** pour savoir qui commence le premier. Dessus prend ! On se met à deux mètres l'un de l'autre et on avance chacun à notre tour un pied. Les derniers coups, on tortille le pied pour pas laisser gagner l'autre. C'est moi qui commence. J'allume l'allumette, je la cache dans le creux de la main, comme j'ai vu pépé faire au bois. Quand la flamme est bien drue, je l'approche de la moelle du sureau et je tire et je tire et je tire dessus. J'ai les yeux qui me sortent de la tête, les tempes qui battent la générale, les éponges qui se consument avec l'air chaud.

– À toi, gone !

À moi de me marrer. Le temps qu'il devienne violacé comme un cul-de-poulet, je récupère un peu de souffle. J'ai du mal à le voir clair. Ça se brouille et j'ai les gambettes qui flageolent. Au bout d'un moment, on est complètement fioles. Qu'est-ce que c'est rigolo ! On balance la liane de sureau dans le Viéran et on va se mouiller la bouche et se rincer le corgnolon. Dure épreuve, mais indispensable, la fumerie entre hommes. C'est généralement à ce moment qu'on dégoise deux ou trois conneries grosses comme nous. Il nous échappe des gros mots dont on n'a pas l'habitude et qu'on entend dire par les grands sur le chemin de la messe et surtout qu'on ne comprend pas tous… Putain d'enculé, bite au cul, couille au cirage, nichons crasseux… Celle-là, on la comprend mieux ! C'est la joie entre nous.

– Faudrait peut-être taquiner la mémère, tu crois pas ? je demande à René.

On pose les souliers et on remonte les culottes. On rentre dans la gouille à Filoche à contre-courant, tout doucement, sans faire rouler les gadins du fond. Arrivés sur le gros caillou qui affleure, on s'appuie contre et très délicatement, on va sonder dessous avec le bout des doigts, en mettant la tête sous l'eau.

– T'en as senti une ?

– Sûr, une belle qui roupille !

La truite est là. Elle dort. Elle est gavée. On peut la chatouiller sous le ventre, ça la berce. Elle ne bronche pas. J'y vais le premier. Il ne faut pas se louper, sinon elle ne reviendra pas de sitôt. Je la caresse sous le ventre et je remonte tout pian-pian jusqu'aux ouïes. À ce moment, elle les ouvre et hop, emballez, le pouce et l'index enfilés dans les ouïes, je te la remonte à la surface ! Le roi n'est pas mon cousin. Je suis fier comme Bar-Tabac !

Il commence à faire moins clair sous les vernes. On va prendre du souci dans pas longtemps.

– Aide-moi à tirer la fascine, René !

On tire lentement, pour pas casser la liane bien trempée et surtout pour ne pas effrayer le cheptel. À mesure qu'elle émerge, on n'en revient pas. Elle est cafi d'écrevisses. Ah, les goinfres, elles sont collées aux bouts de charogne, à se bouffer entre elles ! Il y en a au moins trois douzaines sans compter les petites crevettes d'eau douce qui se sont invitées au festin. Il faut les arracher une par une et vite les balancer dans le panier avant qu'elles nous pincent ou nous échappent comme des savons de Marseille. Il y a quelques vieux solitaires qui doivent avoir des années de Viéran. On coupe la liane qui serre le fagot pour choper celles qui tètent au milieu.

On l'étale sur les gadins du bord et, surprise, il y a un invité pas prévu, un serpent d'eau qui prend sa part. Ah, la cavagne, il va y avoir droit celui-là. Il n'a pas le temps de se rebioller que René a le pied dessus. Je l'attrape par la queue et je l'éloigne à bout de bras. Il est en rogne le client ! Il se redresse à moitié, mais pas plus. Allez, on l'embarque, on le donnera aux poules sur le fumier. Ça les rend folles et elles jouent avec comme un chat avec une souris. Il va y avoir du spectacle gratuit ! C'est parti, les gones. On rentre avant que le car ne revienne de la Visitation avec son voyage de catoles et avant que pépé ne redescende de la tour. Quand on est tous les deux, René et moi, on deviendrait vite des petits malpropres, comme dit mémé ! On dit des gros mots, on a des mauvaises pensées qu'on n'a jamais tout seul. C'est marrant quand même !

Quand mémé est revenue, pépé et moi on avait mis la table, et surtout pépé avait mis à cuire la truite. Quelle surprise ! Je crois que ce soir, pépé est vraiment fier de moi. Du coup, il est reparti chercher la bouteille du dimanche. Tant pis, on va lui mettre une calotte plus tôt que prévu. Il faut bien ça, Monseigneur, avec la truite du Viéran ! Mémé qui veut me faire plaisir m'a dit qu'elle avait senti la truite qui cuisait depuis le séminaire. Elle savait que c'était à la maison vu comme le vent tirait les odeurs ! Elle est radieuse, mémé. Pépé n'a pas dit un mot sur la journée de curailleries, vu que la truite a tout emporté sur son passage !

Au dessert, mémé m'a donné un paquet de petits-beurre Lu et pépé a trouvé un mouchoir de Cholet plié dans du papier sulfurisé. Elle a du bon, la Sainte Vierge, quand même ! De deux choses l'une... Soit mémé est toute guillerette de sa journée et les petits-beurre et le mouchoir c'est sa joie, soit elle veut un peu se faire pardonner de nous avoir délaissés pour aller voir l'évêque. Enfin, tant pis, tant mieux, laisse voir faire, comme dit pépé.

Après les chaleurs de la journée, le ciel s'est mâchuré. Il va peut-être bien s'en éplucher une avant bientôt. Le vent tournant s'est levé. Les poules sont déjà couchées. Napoléon n'arrête pas de *ginguer**. Il agace les vaches et les chèvres. Il va falloir aller fermer la grange et l'écurie. Ça morneille vilain dehors. Les premières grosses gouttes bien chaudes éclatent sur la poussière du passage. Il fait de plus en plus sombre et ça me fait mal au ventre. La truite ne devait pas être tout à fait morte. Je crains les orages d'été. C'est pépé qui est allé fermer. Je languis qu'il revienne vite et qu'on soit rassemblés, toutes les portes calfeutrées. Un éclair et un coup de tonnerre bientôt suivi de plein d'autres. Pépé me rassure en disant que c'est le Bon Dieu qui joue aux boules. Mémé éclaire les bougies et tire le volet de la rue. Ça pète vilain dehors. On n'entend plus l'eau mais la grêle sur le toit d'ardoises. Les gouttières débordent.

Pépé risque un œil par la fente du volet.

– On dirait que le Viéran passe devant la maison !

J'ai une de ces trouilles. J'espère que maman a bien fermé chez elle au sana. Elle doit penser à moi parce qu'elle sait bien comme j'ai peur de l'orage. Je voudrais qu'elle soit là, avec nous trois.

Quand il fait de l'orage comme ça, je retarde le moment de monter me coucher. J'ai peur dans le noir. Mémé me laisse une bougie mais elle fait des ombres au plafond. C'est pire. Le plus embêtant, c'est que dans ces moments, je suis obligé de pisser dans le pot de chambre, et, le matin, il faut le descendre et balancer au fumier. Si la fille du voisin est sur le mur, elle ne manque jamais de rigoler, la patière ! Je voudrais bien savoir où elle va faire, la pisseuse. Elle est bien maline. Avec Mison, il n'y a pas toutes ces embiernes. On se pisse devant l'autre. C'est parce qu'on est des amoureux. Les amoureux qui se respectent, ils ont tous les droits sauf de trop se toucher de près pour pas que la fille devienne grosse.

Un jour, René a apporté un roman-photo dans la chape aux Vions. On a feuilleté comme des malades. Dans ces livres, les gens vont au travail tout endimanchés. Ils ne se mettent jamais en sale quand ils rentrent chez eux. Il n'y a rien de vrai là-dedans. On en a même vu qui promènent leur chien pour le faire pisser. Ça c'est fort ! Je nous vois bien, Mison et moi, mettre le Fino à la corde et lui faire lever la patte là où on a décidé. Il y a de quoi se marrer quand même. Les amoureux des romans-photos s'en vont dans la rue en se tenant la main. Si le garçon a peur qu'elle s'en aille, il vaut mieux qu'il la laisse tomber tout de suite. Le pire, c'est ceux qui se lèchent la bouche. C'est archi-dégoûtant ces machins. Ils se lavent comme une chatte nettoie ses petits. Ça a l'air de leur faire plaisir. Après, ils rient comme des gagas qui voient passer les mouettes du lac d'Annecy. Il paraît que la sœur à René, elle n'arrête pas d'en lire de ces trucs. Pas étonnant qu'elle ne dise jamais bonjour. Elle doit avoir peur de se faire faire sa toilette de chat par les grands ! On se marre bien, René et moi.

L'orage s'est calmé et moi avec. Je dis bonsoir à mémé et pépé. Je suis content, je vais pouvoir pisser par la fenêtre, comme d'habitude. Il faudrait que je demande à mémé si j'ai le droit de changer de culotte demain parce que quand j'agite le drap si je pète, ça sent un peu la charogne de la fascine du Viéran. Enfin, on verra bien. En attendant, je vais me faire dormir les yeux.

On dirait que mémé m'a entendu. Elle me crie depuis en bas :

– Change ta dépouille, cadet, aujourd'hui, c'est la lessive à bouillir !

Ça veut dire qu'il fait beau et que la bouilloire à linge est installée dans le chemin du passage devant la porte.

L'eau savonneuse monte en vapeur qui sent bon jusque dans la chambre. La lessiveuse est bien fermée et pépé charge en petit bois, des charbonnettes, le dessous du chaudron. Mémé a mis de la cendre de bois dans l'eau et une boule de bleu qu'elle achète chez Marie-Rose. Elle a râpé des copeaux de savon de Marseille avec le couteau à saigner les poules. Après, le linge est bien blanc et sent bon le propre. Elle l'étend au jardin sur le fil. Avant, elle passe la main tout du long pour enlever les caques d'oiseau. Avec le soleil bien dru, le linge est sec en trois coups de cuiller à pot. Elle plie et range sans repasser. Mémé ne repasse que les draps de lit pour les assouplir. Mais attention, les draps, les grosses chemises, les pantalons et les vestes de travail, elle les nettoie au lavoir deux fois dans l'année. Normalement, c'est pour bientôt. Elle se met d'accord avec ses copines pour tailler la bavette en patois en tapant le linge. Ça vaut le coup !

VIII

Aujourd'hui, mémé est aux cent coups. C'est la procession vers la Sainte Vierge de Bromines. Pépé dit que ça ressemble à une veillée d'armes. Il m'a expliqué qu'avant de monter à l'assaut des lignes ennemies, les vieux de 14 préparaient minutieusement tout leur barda. Le père Midali l'a raconté cent fois. Chaque fois, c'est pas pareil, mais il faut écouter sans bouger. Le père Midali, c'est un *néro* de 14. C'est ce que j'ai retenu. Il a fait Verdun. Dans son équipe, ils étaient cinquante-deux survivants. Après la bagarre, ils sont restés quatre. Tous des *zéros*. Moi, je crois bien que s'ils en ont réchappé, c'est loin d'être des zéros, mais plutôt des champions. Ils nettoyaient leur fusil comme la veille de l'ouverture de la chasse. Ils comptaient les cartouches et les rangeaient bien dans leurs poches. Ils salissaient exprès leur casque pour pas qu'il brille au soleil. Et surtout, à ce qu'il paraît, ils quittaient leurs souliers pour se masser les pieds. Le père Midali a dit qu'à Verdun, ils n'avaient pas quitté les souliers de quinze jours. Quand ils les ont enlevés, la peau des pieds venait avec les chaussettes. Il y a eu une double ration de pinard et une fiole de gnôle à ras bord. Ils avaient juste le droit de dormir debout en attendant les ordres. Un jour qu'il était un peu fiole, le père Midali, il a dit que le jeune officier qui commandait les a tous menacés avec son pistolet en leur disant que tous ceux qui renâcleraient à y aller, ils y passeraient. Moi, j'ai toujours cru qu'ils se battaient en chantant *La Marseillaise* et en riant. À la bibliothèque de l'école, il y a des livres où on voit les morts de Verdun avec un sourire jusqu'aux oreilles. Pépé m'a dit qu'il ne fallait pas croire le père Midali quand il disait cela. C'est l'émotion. Des fois, il se réveille la nuit, le vieux, et croit entendre les obus lui tomber à côté.

Il ne doit pas entendre grand-chose, vu qu'il est rentré de la guerre sourd comme un pot ! Enfin, bon, c'est veillée d'armes avant la procession. Mémé astique le chapelet neuf qu'elle a rapporté de la Visitation. Elle lave les galoches à la couchette parce qu'il y a beaucoup à marcher. On ne peut pas mettre les souliers du dimanche. Le rendez-vous est fixé sur la route de Saint-Paul, au pied de la montée. Le curé y est le premier avec les clergeons les plus anciens. Ils en sont à leur deuxième ou troisième procession. Des vétérans, comme dit pépé !

Par-dessus la soutane, le curé a passé une belle dentelle blanche. Les enfants de chœur ont mis la robe et leur dentelle blanche, eux aussi. Le plus grand porte un bel étendard avec une image de la Sainte Vierge, un autre porte le Jésus sur sa croix en haut d'une trique peinte en noir. Il y a déjà du monde sur la route. La population vient de partout, même de la montagne, au-dessus de la statue de la Vierge, en grimpant à Ferrières et à Cuvat. Tout le monde doit démarrer ensemble d'en bas. C'est défendu d'attendre la procession dans les prés. Attention aux tricheurs, le curé a l'œil ! Quand le curé trouve qu'il y a à peu près tout le monde, il se met en route. Et alors là, c'est le moment que j'aime le mieux. Les beaux chants à la gloire de la maman du Jésus semblent grimper la montagne plus vite que la procession. Ils enveloppent les pommiers de plein vent, glissent à travers les buissonnées de pelossiers et nous reviennent pleins de douceur. En visitant la Vierge au passage, ils se sont radoucis. Tous ceux qui savent les paroles doivent chanter. Il y a autant de voix de femmes que de voix d'hommes. C'est vrai beau. Ça me file la tremblote. Je ne voudrais pas que ça s'arrête et, c'est à chaque fois pareil, je ne peux pas m'empêcher de penser à ma maman. J'ai le cœur gros qui me remonte...

Le soleil commence à cogner fort. Les femmes ont rajusté leur voilette sur la tête. Les hommes ont noué leur mouchoir aux quatre coins et se l'installent sur le crâne. Les gamins prennent des poignées d'herbe cueillies à l'ombre pour se frotter la nuque. Les beaux chants de gloire n'arrêtent pas. C'est si beau que des fois, on a l'impression que ça nous aide à grimper, comme si on avait d'un coup des ailes d'ange dans le dos.

Arrivés à la statue de la Sainte Vierge, le curé s'installe tout droit, bien grandi, en regardant vers le bas. La file des paroissiens se tasse tout autour. Défendu de s'asseoir.

– Si t'es déjà fatigué, pense à ce que la mère du Jésus a souffert en regardant son gone à l'agonie, m'avait dit, l'an passé, Justin, le jardinier du séminaire. On ne vient pas là parce que tout le monde se croit obligé et fait pareil que les autres. Non, on vient là parce que ça montre que toutes les bontés du monde, on ne les ramasse pas comme des cailloux rien qu'en se baissant.

Je pense au père Midali, le néro de 14. Il a dû engranger du bonheur pour le restant de ses jours et la vie des rats avec ce qu'il a enduré à la guerre. Il a bien mérité de s'endormir à la messe. La Sainte Vierge veille sur lui.

Le curé attaque son discours. Là, c'est un peu longuet. Je regarde passer les mouettes du lac. Je mets en rogne un paquet de fourmis rouges en leur bottant le cul. C'est rigolo. T'as beau faire, elles reviennent toujours faire leurs devoirs, même si tu les bouscules. Le curé passe tout en revue : l'hiver 56 dont on se rappellera, la guerre d'Algérie qui nous a emporté le Camille, la loi sur les fermiers et les métayers, le relais de télévision qu'on a installé au sommet de la Mâchurette sur Ferrières et qui ne présage rien de bon pour la suite. La suite de quoi, on n'en sait rien, parce que la télévision, on n'a même pas idée de ce que ça peut servir, à part chez quelques riches en ville. Et encore, je suis sûr que des riches, il n'y en a pas par chez nous. D'abord, pour être riche, il faut habiter en ville. Il faut avoir une auto. Il faut acheter des cigarettes toutes faites, en paquets. Il faut être endimanché tout le temps et faire semblant de lire des livres compliqués tout le temps. La comtesse qui est au château, elle n'est pas riche, elle a du bien qui lui vient de famille. Nuance. C'est pas de sa faute.

Quand le curé a fini sa revue, ça rechante, on fait des *Je vous salue Marie* en pagaille, ça re-rechante. On se met à genoux dans l'herbe. Gare aux fourmis rouges ! On se fait des prières pour toute l'année et on lève l'ancre.

Là, c'est la joie parce qu'on peut aller où on veut. Les clergeons vont ranger l'attirail avec le curé. Je rejoins René et les grands qui, pour une fois, ont laissé le vélo sous la remise. Le grand Michel nous attire tous dans un coin. Il a un trésor dans les poches. Des pétards ! Oh, bon gu ! Pourvu qu'il ait réussi à piquer des allumettes chez lui. J'ai compris la suite de la politique. On va filer par les Crets, redescendre dans les saules, où c'est toujours bien trempé, et ça va donner vilain !...

René, les copains et moi, on a filé dare-dare. On a contourné les terres de la ferme de la tour et quand les grands arrivent, on est déjà aux premières loges, au sommet des bouquets de saules tout plan-plan, à cacaboson parce que c'est trop humide pour se poser.

Le grand Michel a sorti l'artillerie. Il a les allumettes. Les allouffes comme il dit. Ça va péter et éclabousser ! Au boulot, les gones ! On attaque une chasse aux crapauds de toute beauté. Quand on en a récupéré quatre ou cinq, on les porte au grand Michel. C'est lui le patron. Le grand Bernard tient un crapaud bien en main. Le Michel lui enfile un pétard à mèche dans la gargane, bien au fond. La bestiole se débat et se met à pisser dans les mains du Bernard. Michel y fout le feu et au dernier moment, le Bernard nous balance tout dessus ! Ah, le caillon, on n'avait pas prévu ! Le crapaud explose en plein vol. On prend de la boillasse de crapaud de partout. Chaque fois, le spectacle change. On cherche les morceaux de bestioles pour les porter aux poules. On appelle ces séances la guerre aérienne ! C'est rare que les grands nous invitent. Je crois bien que c'est pour qu'on ramasse les crapauds. Une façon de payer notre place aux premières loges. Qu'est-ce qu'on a rigolé !

Il ne faut pas qu'on traîne trop parce que pépé attend à la maison. Il a sûrement entendu la pétarade. Il va y avoir des questions. Mémé ne va tarder. C'est déjà quatre heures. On va faire le goûter du 15 Août. De toute façon, on n'aurait pas pu rester, vu que les grands nous virent vite fait.

– On a à faire, faut voir à décabaner maintenant, les gones !

Un coup, on s'est planqué derrière une butte de terrain, la moraine à Lavorel, un bourrelet de terre qui a servi les autrefois a limiter les terres. On a guigné les grands qui ont commencé à se déculotter et à se tirer sur le zizi jusqu'à le faire grandir et grossir comme c'est pas croyable. On s'est vite barré avant qu'ils nous voient. On en est resté là, pour cette fois-ci.

J'arrive à la maison quand mémé et pépé discutent de la procession. J'entends mémé qui raconte à pépé qu'elle a vu le Francis à Théodore serrer de près la Blandine à Félicie.

– Je suis bien à peu près sûre qu'ils *fréquentent**. Pour le coup que si le Francis la marie, la Félicie va bien en faire une jaunisse. Mais, c'est pas encore fait parce que le Simon à Félicie, il a pas dit oui. Il faudra déjà que le Francis aille avec le Théodore voir la Félicie et le Simon. Et ça, jamais, à mon avis. Le Simon, il va avoir vite fait de mettre une bûche toute droite dans la cheminée et de leur offrir un verre d'eau. S'ils comprennent pas le message, c'est qu'ils sont bouchés à la paille humide. Les jeunes se parlent alors que les pères peuvent pas se voir ! On aura tout vu, maintenant. Les autrefois, t'aurais jamais vu ça, mon pauvre Calixte ! Mais si les jeunes continuent à s'entreprendre comme ça, ils vont tout droit à la guerre, et les deux familles avec. Les terres vont leur passer sous la trombine. Si le foutraud lui prend au Simon, il va tout mettre en fermage. Il y en a qui cherchent les embiernes, quand même !

Mémé est en colère. C'est rare. Mais moi je m'en fous, parce que c'est pas contre pépé. Lui s'est contenté de répondre :

– Va bien falloir voir ce qu'ils vont voir. Ils ont pas fini.

C'est pas tout de *barjacter**, mais va peut-être bien falloir attaquer le goûter du 15 Août !

Une fois par an, mémé fait des pâtisseries qui lui viennent de sa mère et de sa grand-mère. C'est un des bons côtés de la Sainte Vierge. Tôt le matin, elle a préparé la pâte qu'elle a laissée reposer dans le pêle, la pièce du fond vers le jardin. Le four du fourneau est toujours prêt. Elle l'a un peu ouvert pour pas que ça accroche à cause de la trop grosse chaleur. En attendant, elle pose la pâte à même la toile cirée de la table qu'elle a saupoudrée de farine. Avec une bouteille pleine d'eau chaude, elle l'étale dans tous les sens. Quand elle est bien fine qu'on peut voir le jour à travers, elle passe la roulette à festons et découpe des petits carreaux à ourlets dentelés qu'elle va mettre à cuire sur la plaque. C'est les *carquelins* qu'elle a passés au blanc d'œuf. Ça ressemble aux bugnes de ma mémé de Lyon, mais c'est plus petit, moins gonflé et plus craquant. Avec le restant de pâte, elle fabrique comme des petits beignets. Dedans elle y enfourne des culs-de-poulet bien rougeots. C'est des rissoles, des *rzules*. Et ça, ça ne ressemble à rien d'autre, tellement c'est bon et c'est du spécial-mémé de la Hiaute !

Quand c'est juste cuit à point, on se fait péter les babines en trempant les lèvres dans un petit *cizelin* de vin de feuilles de pêcher de vigne. Quand t'as fini, t'as plus faim jusqu'au lendemain matin.

Tu peux roter un coup, ça sent encore mieux bon derrière toi !

Pépé dit qu'on dirait le petit Jésus en culottes de velours ! Mémé fait des petits tas pour préparer les boîtes en fer. Une pour la Julie, une pour la Phonsine, une pour Jean le tailleur et deux ou trois gâteaux pour le Gaulois. Le reste, pépé, mémé et moi, on s'y emboque tout. Comme elle dit tout le temps :

– Faudra que je t'apprenne la recette, P'tit Louis, mon cadet, parce que quand je serai au ciel, il faudra bien continuer. Ça ne doit pas se perdre, ces choses-là !

Moi, je ne me fais pas de souci, la Mison, elle doit bien savoir faire. Tout le monde fait pareil dans les maisons pour la fête de la Sainte Vierge. Et puis, pourquoi voulez-vous que ça se perde ces choses-là ? Et puis, mémé elle n'est pas encore au ciel. Je n'y pense jamais à cela. Jamais. Il n'y a bien que les vieux pour penser à ça. Qu'est-ce que je deviendrais si mémé était au ciel ? Elle attendra bien que je sois grand et puis même encore après. Enfin, on verra bien. Pépé, il dit toujours qu'il n'est pas pressé. Le Bon Dieu viendra le chercher quand ce sera le moment, mais le plus tard possible. Il dit aussi que ceux qui meurent trop tôt, c'est que le Bon Dieu a voulu leur apprendre à vivre ! Vu que pépé, c'est la crème des hommes, le Bon Dieu n'est pas prêt de s'en embarrasser. Et puis, il ferait quoi là-haut, toujours coincé entre deux anges ou avec saint Pierre qui lui *rabattrait* les oreilles avec des prières ? Pépé, il n'en connaît pas assez pour passer le temps, longtemps. Il a beau dire qu'on est bien peu de chose, lui il est tout pour moi, avec mémé, ma maman et Mison.

Quand on a tout torché les carquelins, les rzules et le vin de pêche, on balaie la toile cirée avec la main et on emboque les miettes. C'est déjà vers les six heures et c'est passé le dîner du soir. Après l'heure, c'est plus l'heure et puis, j'en ai plein les bottes après cette procession au soleil et la guerre aérienne. Je vais me faire dormir les yeux de bonne heure. On verra bien.

Après le 15 Août, les jours se mettent à rétrécir. Il fait de moins en moins chaud longtemps et le soir, il faut fermer la porte sur l'impasse de plus en plus tôt. Il faut fermer la fraîcheur dehors. Comme dit toujours pépé : « On ne chauffe pas les mouches ! » Le plus embêtant, c'est que quand la porte est fermée, on n'entend plus ce que font les voisins. Plus ça va aller, moins je pourrai faire ma caque dehors derrière le fumier et je n'aurai plus le droit d'ouvrir la fenêtre pour pisser la nuit dans le jardin. La chaleur du poêle monte et passe par la fenêtre. Toutes les nuits, pépé se lève pour remettre une bille dans le feu. Une grosse qui tient la nuit. Au matin, on met un coup de pique-feu dans les braises et c'est reparti comme en 14 !

On n'en est encore pas là, mais pas loin.

IX

Après le 15 Août, il y a trois gros boulots : le lavoir, le pressage des pommes et la vendange. Vu qu'on n'a pas beaucoup de foin à rentrer, on peut s'aider les voisins. On a presque tous le foin au Créru ou aux Gravines. Jean le tailleur a affûté les faux, les dailles, pour tout le monde. C'est le champion pour les faire briller. Il met, par-dessus le marché, une couche de suif de caillon sur le manche pour le nourrir. On le paye avec un litre de rouge ou une topette de blanche. Pour nous, c'est gratuit, parce que mémé lui donne souvent la soupe. Il est fortiche le Jean pour bien taper la lame et l'aiguiser tout d'un côté, là où elle va trancher l'herbe haute ou le trèfle ou encore la luzerne. J'aime bien les retours de la fauchaison. Ça sent la campagne qui se balade sur les chars. Les granges dégagent des parfums qui vous fiolent. Mais attention, on rentre l'herbe en vrac, bien frais et même encore humide, alors gare, quand il va fermenter ! Il se met à chauffer à ne pas laisser traîner les arpions dedans et il peut foutre le feu sans prévenir. Ça, c'est la catapostrophe. Pour éviter, pépé met des pleines semées de gros sel qui mangent l'humidité et font le séchage. Un lit de vert et une semée de sel et ainsi de suite. Un jour, le maire a apporté une sonde à foin qui doit faire le tour des granges. C'est le préfet qui l'a *faite passer* à tous les magistrats communaux. Il y a des fenils où la température monte à près de cent degrés. Ça fait peur, parce que si le feu prend, on risque de braiser comme des hérissons dans un tas de feuilles mortes brûlées. Le maire, il craint le feu comme la peste. Il dit aussi dans ses discours qu'il faut ramoner la cheminée avant que ça soit elle qui nous ramone ! Pépé dit que si le feu prend à la cheminée, c'est pas grave, ça va la ramoner pour de bon. Allez y comprendre quelque chose ! Moi, c'est pépé que je crois.

En attendant, la corvée du lavoir, c'est pour ce matin. Mémé garde plusieurs mois tout le gros linge empilé dans le pêle, sous l'escalier.
Les draps, les pantalons de travail, les vestes, les blouses, les robes grossières, comme elle dit, les chemises de nuit et de corps. On ne les change pas souvent, vu que c'est bien caché, mais, de toute façon, on a une pleine armoire. Quand le tas est bien gros, il faut prévoir le lavoir. Mémé commence ses consultations avec ses copines et elles fixent le jour. On va au lavoir en bande pour faire du rapiapia en patois et tailler la bavette en tapant les panosses sans trop se gabouiller. De toute façon, si une y va toute seule pour nettoyer son linge, c'est qu'elle a quelque chose à cacher !
Chaque fois qu'il y a lavoir, je me fais embringuer par mémé pour charger le *barreau*, le même que celui qui traîne les fagots. Il faut que je le nettoie un peu parce qu'à tous les coups les poules ont caqué dessus. Je récupère les merdes de poules pour les mettre au jardin et après je charge le vieux linge. Une corde passée par-dessus et un vieux drap pour finir que je noue aux quatre coins parce qu'on lave son linge ensemble, mais on ne doit pas le

montrer à tout le monde sur le chemin. Le linge sale, c'est secret de famille ! C'est moi qui tire le voyage jusqu'au lavoir. C'est pas bien loin. On va au début du chemin neuf, mais je fais un grand tour pour ne pas passer devant chez le Gaulois. Il me fout la trouille et ça me fait flique. Le lavoir est au bord du chemin. Il est bien abrité et quand les femmes sont penchées au-dessus des bassins, elles tournent le dos à la route. Personne ne peut voir ce qu'elles lavent. En arrivant, il faut se gaffer où on met les pieds parce que l'Angelo de la ferme de la tour, il vient toujours se poser derrière les bassins. Ça doit être plus commode pour lui qu'au cabanon de la tour !

Les femmes font faire trempette un grand moment au linge dans le premier bassin. Il va servir au savonnage. Gare à celles qui feront passer les eaux sales dans le bassin d'eau claire pour le rinçage ! Chacune apporte son propre savon. Quand on a bonne façon, on ne demande pas le savon de Marseille des autres. C'est pareil pour la planche posée sur le rebord ou pour la pelle à taper le gros linge. Chacune a son matériel et les vaches seront bien gardées ! Si elles veulent, elles peuvent étendre le linge dans le pré derrière. C'est un pré de la tour, mais le Tienne veut bien le prêter pour ça. En même temps, il vient faire une petite visite et il peut voir l'état des draps de chacun. Il écarquille grand ses gobilles en parlant de la pluie et du beau temps. Il n'en perd pas une miette ! La lessive au lavoir prend bien toute la journée. Mémé revient chercher un peu de manger pendant que je garde le linge. Si des Bouèmes venaient à passer, ils pourraient repartir avec des morceaux de guenilles.

Si je dois garder le linge de tout le monde un moment, je gagne des bonbons ou une pièce pour m'acheter des Mistral gagnants. Quand c'est bien sec, on replie tout en se donnant la main, on recharge le barreau et si le tas n'est pas trop de bisangoin on arrive tout plan-plan à la maison. Là, il n'y a que mémé qui sait ranger. Pépé et moi, on laisse faire. C'est un travail de femme ! Quand mémé est bien lunée, elle raconte deux ou trois nouvelles à pépé qui fait semblant de ne pas s'y intéresser. Si elle s'arrête de parler, c'est lui qui la rembobine pour qu'elle continue.

Quand il veut bien la faire marronner, il lui demande si elle a vu les draps de la Zénobie, la bonne du curé, des fois qu'il y ait des traces de pieds sur les deux bords du lit... Mémé démarre au quart de tour. Pépé rigole et donc moi aussi. C'est tout cela, le lavoir !

Tandis que les femmes en finissent avec leurs panosses, les hommes commencent à penser à presser les pommes. Ils ne vont pas y passer beaucoup de temps, parce qu'il n'y a jamais beaucoup de pommes, mais ça les occupe et leurs femmes disent que pendant ce temps, ils ne lantibardanent pas dans leurs arpions ! Des pommes, on en mange toute l'année. On les ramasse à l'automne et on les met à sécher sur des planches au courant d'air dans un coin de la grange près d'un lucarnon. Pépé dit qu'il faut leur enlever la queue, comme ça elles pourrissent moins vite. Mémé les donne au dessert, tant qu'on peut leur goûter le jus. Après, quand elles deviennent un peu blettes, elles les fait cuire en compote avec des poires et des coings, ou elle les mélange à la pâte de coings pour les garder dans les boîtes en fer, saupoudrées de sucre et découpées en cubes. C'est un vrai bonheur des babines. Elle n'oublie pas d'en envoyer une petite boîte à ma maman pour mieux la requinquer. C'est l'occasion d'aller à la poste. Ça prend au moins l'après-midi, le temps qu'elle raconte à tout le monde qu'elle envoie des pâtes de coings à Hauteville. Elle nous fait aussi des tartes, des *tâtres*, pour les dimanches où quelqu'un vient boire le café. Celles qui restent et qui commencent à vraiment blettir, elles les fait cuire avec une pincée de sucre roux et une lichette de rhum ou un verre de vin. Les pommes, c'est des petites Tochon, toujours véreuses. Comme dit pépé : « Mange bien, P'tit Louis, il y a de la viande bon marché. Faut n'en profiter ! » Le reste qu'on ne pourra pas tout manger, les hommes le pressent. Le pressoir, il est chez Marius à Marion. C'est un petit pressoir monté sur un chariot à quatre petites roues en fer, à rayons. On va le chercher et on le rend à Marius à Marion avec une bouteille de jus de pommes, le bidoillon. Le bidoillon, c'est du tout bon pour aller du ventre !

Quand tu sens que t'as envie de péter, il vaut mieux te retenir, sinon, tu foires le fond du grimpant ! Comme dit mémé : « Bois bien, c'est doux et ça *dégouille** les boyaux ! » C'est du pareil au même avec le vin doux de la vendange.

La vendange, elle est vite bâclée. On n'a pas beaucoup de rangs de vigne. Le raisin ne vient pas bien chez nous. C'est du Bacot qui pique vite. On ne peut pas le conserver, même dans les tonneaux soufrés. Tant pis. Le mieux, c'est comme font les hommes. Ils mettent tout le raisin en commun et ils partagent le jus. Chacun vient avec ses dames-jeannes en verre sur la remorque qui sert pour les boilles de lait. Il y en a même qui viennent carrément avec les boilles sur le dos et les remplissent directement. Le vin doux se goutte sous le pressoir, à la dégoulinante. On en a de partout et on colle des doigts et des bras jusqu'au coude. Tant pis, c'est bon. Le pressoir, il est garé dans la remise de la batteuse du syndicat agricole. Les hommes l'ont acheté en commun il y a des années. C'est

Justin, le jardinier du séminaire, qui l'entretient. Le jour du pressage, il le sort dehors sous l'avant-toit de la remise. Pendant que Justin donne les tours de vis, les hommes se font goûter le vin de l'an passé, pour ceux qui en ont encore. La brouette de Justin sert toujours pour en ramener un à la maison. Gare à ceux que leur femme guigne arriver ! Ça fait vilain. Le moribond, il se fait traiter de *sandrouille** !

J'ai l'impression que je n'ai pas vu la Mison depuis des siècles. Avec la porte fermée à cause des froids du soir, on ne voit plus passer personne et quand je passe vers chez elle, il n'y a jamais personne dehors. J'ai appris que sa mémé n'allait pas fort. Elle commence à décartonner vilain. Elle ne se lève plus. Mémé dit qu'elle fait tout sous elle, que la Mâdeleine est devenue blanche comme un linge, à force. Elle n'arrête pas. La mémé appelle sans arrêt. L'autre jour, elle a vu la Mâdeleine chez Marie-Rose, qui achetait des boules de gomme. Il paraît que quand la mémé beurle trop, on lui colle des boules de gomme dans le bec. Ça passe un moment de calme. La grosse embierne, c'est quand la boule de gomme est de travers. Elle craint de passer par le trou de la soupe. La mémé, alors, elle bat la générale. Il faut lui enlever le dentier et aller cueillir la boule de gomme au fond. C'est là que l'aïeule en profite pour serrer les mandibules et coincer la main de la Mâdeleine. Comme dit mémé : « C'est quand ils deviennent méchants qu'il faut se faire du mouron. C'est le commencement de la fin. Mais ça peut durer des temps et des temps. Des fois, ils font exprès de se faire dessous eux pour emmouscailler les autres. »

Si c'est pas malheureux de finir comme ça, une femme qui portait si bien et qui causait si bien. Une maîtresse femme qui y menait tout depuis la mort de l'Alphonse, son pauvre mari défunté. Moi, si je devais finir comme ça, autant que ça commence pas !

Pépé dit toujours qu'il aimerait plutôt être foudroyé en plein champ ou qu'un ardoise lui tombe sur la tête...

Quand je ne vois plus Mison, j'ai l'impression que le ciel est gris, que les vaches sont maigres, que les prés sont tout petits et que le village est si minuscule qu'on dirait qu'il est loin. Mison, elle donne des couleurs et de la grandeur à ma vie. Des jours, je crois qu'elle pourrait remplacer ma maman qui n'est pas là. Elle me fait le même effet. Mais c'est surtout quand je suis loin d'elle ! Si elle vient, alors c'est de nouveau ma vraie amoureuse. Comme je vous disais, dans ma vie, il y a mémé et pépé, ma maman et Mison. Ça meuble bien. Ça va durer toujours, bien sûr. Enfin, on verra bien. Toujours est-il que la Mison elle se fait rare. Les vaches ne sortent plus. Ah ! qu'ils étaient doux ces moments en champ les vaches au Créru ! Il n'y avait que nous et le temps qui nous coulait dans la main. Si on voulait qu'il s'arrête, il n'y avait qu'à fermer la main. Quand je m'endormais, le soir, j'avais l'impression que Mison habitait dans mon cœur et dans ma tête. En m'éveillant, c'est comme si je la réveillais aussi et mon beau rêve finissait quand je la respirais à côté de moi, en partant en champs. C'était la vie toute vraie qui revenait après le dormir.

Le fumier grandit vite quand les vaches, les chèvres et Napoléon restent à l'écurie. On l'avait presque raclé il y a quelque temps quand pépé menait des tombereaux en bordure du champ de patates. Quand le tas de fumier grandit vite, je me dis que l'école va bientôt recommencer.

X

Quatre années ont passé. Vite, trop vite pour un cœur toujours émerveillé de petit garçon qui pousse lui aussi comme les vernes du Viéran. Quatre années, cela paraît si peu de chose chez nous. Le temps s'écoule si doucement. Rien ne change vraiment. Il n'y a presque pas eu de morts. La mémé de Mison est toujours clouée au lit. À peine deux bébés de plus. Pas même un mariage. Ceux qui sont en âge de se marier habitent maintenant Annecy ou plus loin. On a parlé des émeutes à Alger, du nouveau franc qui n'est pas près de nous empêcher de dormir. On a juste deux ou trois catalogues de Manufrance en plus et du bétail en moins. Adieu les vaches et les chèvres. Pépé et mémé sont trop vieux. Ils gardent Napoléon comme un vieux copain de misère. Mison grandit, mais pour moi, elle est toujours la plus belle dans mon cœur.

Il y a trois écoles chez nous. Une qui ne sert plus à rien. On l'appelle la petite école. C'est là où pépé et mémé sont allés – ou plutôt non, puisqu'ils n'ont pas toujours habité là tous les deux. Pépé est venu avec ses parents et tous ses frères et sœurs en 1914. Ils ne venaient pas de loin. De Sillingy. Donc, la petite école, elle sert à mettre des outils de la commune, et l'appartement de la maîtresse est loué à des Piémontais. Il paraît même qu'ils ne paient rien parce qu'ils sont trop pauvres. C'est des assistés sociaux. Comme dit pépé : « Ça va bien qu'on était Piémontais jusqu'à il y a cent ans, sinon, on dirait que c'est tout pour les Pioustres, ici, dans la Hiaute. »

Pépé, il se rappelle bien quand son père lui racontait qu'il avait été de Piémont-Sardaigne avant d'être Français. Il avait troqué un roi contre un empereur, Napoléon III, comme notre cheval ! Ils avaient voté pour la France le 22 avril 1860. C'est la date de mon anniversaire, alors, je ne peux pas oublier. Les Piémontais, les Pioustres, c'est un peu nos frères oubliés. Il faut reconnaître qu'on ne récupère pas les plus marrants. Il n'y a qu'à voir Angelo de la ferme de la tour, celui qui caque au lavoir !

J'y pense, ceux de la petite école, ils vont sûrement aller à l'école avec nous ! Et puis, les petits frères et sœurs à l'Angelo, aussi. Ils ne vont sûrement pas se bagarrer pour être les premiers de la classe.

La deuxième école, c'est celle des garçons d'un côté et des filles de l'autre. Entre les deux, il y a la mairie. C'est là que l'on va tous ou presque. Elle est juste en face le séminaire et à côté le café de la Marie-Louise. À côté, il y a le pré aux pommiers de P'tit Jules et au bout, au carrefour des chemins, il y a une statue de la Sainte Vierge, la Madone on l'appelle.

La troisième, c'est l'école libre. C'est marqué dessus. Elle est un peu perdue au bout du chemin neuf sur la route de l'église d'Épagny, juste avant le *cemitière*. Ceux qui y vont, ils nous disent qu'on apprend mieux là-bas qu'à l'école de la République de Jules Ferry. Surtout, quand on en ressort on est plus poli parce qu'on y apprend à dire bonjour dans la rue, même à ceux qu'on connaît pas ! Tu parles. Ils font autant de prières que de lectures et il y a un petit Jésus dans chaque pièce. C'est les sœurs qui font l'école aux filles et les frères aux garçons. Il y a deux choses qui sont bien là-bas. Ils ont des cabinets qui ferment bien au loquet et une salle de théâtre avec une scène pour la fête de fin d'année et un rideau rouge en velours. Ceux de l'école libre, même à la récré, ils ne font pas de bruit. C'est toujours les mêmes familles qui y vont. Pépé dit toujours qu'il n'y mettra jamais un liard à l'école des curés. J'ai longtemps cru qu'il voulait dire qu'il ne leur donnerait jamais un bout de lard !

Pour n'oublier personne, il faut que je cite le séminaire. Tous les ans en octobre, quand les travaux des champs sont plus calmes, il reçoit sa fournée de futurs clergeons. Alors, eux, on n'a même pas le droit de les voir. Ils viennent de tous les environs d'Annecy. On va pas manquer de curés dans la Hiaute, vu le nombre d'apprentis. Quelquefois, ils mettent le nez sur le mur d'enceinte. Ça se finit toujours par des canardages à coups de pommes et hop, ils s'envolent dans leur clos. Ils ont de la place. Il y a même un pré avec des bois pour jouer au gardien de but de foot. Je connais, c'est là que je vais au caté avec frère Narcisse. C'est d'un triste chez eux. Tout gris. Il paraît qu'il ne rentrent chez eux que pour les petites vacances et encore, il y en a qui ne se rentournent jamais chez eux pendant des années. Rien que d'y penser, je me dis que jamais de la vie je ne serai curé. Qu'est-ce que je deviendrais sans pépé et mémé, ma maman et Mison ?

Le 1er octobre, on rapplique tous à l'école. Comme j'ai bien travaillé, la Déconfin a dit à pépé et mémé, à la fin de l'année dernière, que je pourrais essayer de rentrer dans la division des grands. J'en suis tout gabouillé le jour de la rentrée. J'ai peur de ne jamais y arriver. Pépé m'a bien dit qu'il ne pourrait pas m'aider parce que ce qu'il fallait apprendre, lui n'y avait jamais vu, même pas au régiment dans les chasseurs alpins à Bourg-Saint-Maurice. C'est là-bas qu'il a appris les choses de l'école. De son temps, on n'allait à l'école que s'il n'y avait rien à faire à la maison. Comme l'école était quand même obligatoire, il rattrapait l'hiver avec un maître qui venait faire l'école du soir. Mais le pauvre maître avait bien de la peine avec tous ces galapiats qui parlaient tous patois ! Mémé, elle, elle ne se souvient plus de rien. Elle dit tout le temps : « Comme c'est fait, c'est dégoûtant, ça se mélange tout à la sortie de la tête. Enfin, on verra bien. »

On a tous pris la blouse noire en coutil. La mienne sent le neuf et les plis sont tout brillants. Toutes les années je grandis bien et j'ai droit à une neuve que mémé achète chez le marchand ambulant qui passe deux fois par an avec son camion de souliers, de galoches et d'habits. Ils vient de l'Isère. Je ne sais pas où c'est vraiment, mais il a l'air instruit. Il dit toujours : « Vous en faites pas, chère madame, c'est du Lafont ! » C'est tout ce que je retiens et pendant trois jours, quand je parle à mémé, je luis sers des « chère madame » pour la faire marronner !

Le plus dur, ça a été de passer se faire rafraîchir chez Tatave. Tu parles d'un rafraîchissement. J'ai la tête qui me brûle encore des écorchures. Enfin, on y est tous passés sauf les Piémontais qui se font raser par leur père. Ils ne sont pas assez riches pour porter une bouteille à Tatave.

On a une musette en toile fine avec le goûter de la récré du matin et les mains dans les poches. C'est l'école de la République qui donne tout pour travailler. En échange, on doit être très studieux et faire honneur à notre famille et à notre patrie. La France a besoin de tous ses petits bras pour continuer à être prospère sur les cinq continents. Ce fut la dernière dictée de l'année. Je m'en rappelle encore. Il était dit aussi qu'en France, il y a de la place pour tous, dans les usines où les fils prendront la place du père autour des machines, à la campagne où le bonheur est assuré car tout le monde a besoin de la nourriture produite par les courageux paysans et leurs enfants, dans l'administration de l'État où les meilleurs élèves trouveront un emploi à la mesure de leurs compétences, et dans les colonies où le rôle essentiel de la mère patrie doit faire rayonner les bienfaits de la civilisation européenne. La dictée se terminait par quelques phrases bien senties du genre : « Il est vain d'essayer de se hisser à un niveau social supérieur à celui de sa naissance car on ne peut tous avoir le même génie. C'est la garantie de l'équilibre de la France. C'est comme chez nos valeureux soldats, il y en a qui sont faits pour commander et d'autres pour obéir. » Et là-dessus, on s'était quittés pour fréquenter les Crets ou le Créru, les berges du Viéran ou les Vions jusqu'à ce que les brumes fraîches d'octobre nous poussent à nouveau vers l'école de la République où nous allions prendre une nouvelle ration de certitudes rassurantes.

Nous étions si loin de la tumultueuse Algérie, dont nous ne connaissions ici que les oasis des livres de lecture ou du calendrier des Postes. La guerre d'Indochine n'avait réellement soucié que ceux qui avaient eu des enfants là-bas au combat. Chez nous, on avait moins bien digéré l'engagement des Italiens et l'occupation de la Hiaute pendant la dernière guerre. Nos parents nous parlaient plus des maquisards et de la Milice que des rebelles du *bled* dont nous ne savions pas grand-chose à moins de lire *Le Dauphiné Libéré* tous les jours. Mais comme pépé ne l'achète que le dimanche, c'est un peu juste ! De toute façon, comme disent nos vieux : « Qu'est-ce qu'on peut bien y faire ? C'est pas ceux qui décident en haut, à Paris, qui vont traire nos vaches, et c'est pas nous qu'on va leur piquer leur place. Tant qu'ils viennent pas nous rabattre les feuilles de chou pour s'en faire des ombrelles. De toute façon, ils mentent tous comme des ânes qui reculent. *Pointalaligne* ! »

C'est Moïse qui a le chic pour toujours dire pointalaligne, quand il a fini de parler. C'est tout ce qui doit lui rester de l'école. Comme il dit toujours, il y est allé en même temps que les courants d'air.

Me voilà donc installé devant le bureau de la Déconfin, sur le rang des grands. Je n'en mène pas large. À côté de moi, il y a René. Ça me rassure. Derrière, il y a Dédé la Cheville et P'tit Rigolo, le frère de Rigolo, l'apprenti du menuisier. J'y vois pas beau, vu que tous les deux ils ne tiennent pas en place. Comme dit la Déconfin, ils ont la danse de Saint-Guy. Ça promet des beaux jours. Au total, on est vingt et un avec les petits, les moyens et les moyens-grands.

La classe sent la Javel et le savon de Marseille. Les pupitres ont été frottés le dernier jour d'école. Camille, le garde communal, a passé un coup de peinture noire mate sur le tableau. À part ça, il n'y a rien de changé. Si, il y a du nouveau. Toute la famille des Piémontais de la tour est ensemble au fond, en rang d'oignons. La maîtresse a aligné toute la niarée parce qu'elle leur a fait faire des exercices d'écriture, de lecture et de calcul hier soir chez eux et ils n'ont rien su. C'est mémé qui me l'a dit. Elle a rencontré la fille du Tienne de la tour qui lui a tout raconté.

On est tous debout, à côté notre pupitre. Il y a déjà Dédé la Cheville qui fait la poule et le petit Mugnier qui rigole en se mouchant sur sa blouse. Du coup, il a un grand pacson de morve qui pendrouille. On dirait qu'un escargot lui a passé sur le noir des manches ! La Déconfin s'attrape sa première colère de l'année :

— Je vous demande de me montrer tous votre mouchoir. Sortez-le sur la table.

Mémé m'en a donné un à carreaux blanc et bleu foncé avec un ourlet tellement serré que j'ai du mal à le garder plié dans la poche. Il est tout beau. Elle me le changera à Noël. Dédé et P'tit Rigolo n'en ont pas, ni les Piémontais. Elle n'est pas contente, la maîtresse.

— Il faut un mouchoir pour demain, parce qu'on va apprendre à se moucher.

Nous voilà beaux. On est des champions pour se dégager les naseaux en bouchant une narine et en soufflant par terre.

— Maintenant, je vous dis que tous les lundis, il y aura inspection des mains, des pieds et des oreilles. L'hiver, je veux des chaussettes dans les souliers.

Tiens, ça c'est nouveau. Elle a dit que c'était pour une meilleure *Eugène* ; l'Eugène corporelle. Si ça continue, il va falloir se laver tous les jours. Enfin, on verra bien. Je suis sûr que pépé et mémé ne seront pas d'accord. Surtout l'hiver, il faut économiser l'eau. La couchette est gelée et l'abreuvoir des voisins aussi. C'est pas facile de faire fondre les pains de glace sur le fourneau et de garder l'eau.

Il en faut bien pour le café et les mamelles des vaches et des chèvres.

— On va distribuer les livres des grands. P'tit Louis, tu vas m'aider.

Rigolo fait semblant de péter avec sa bouche pour me faire marrer. Il y a déjà des petits qui rôdent autour des tables des Piémontais. Annunziata, la plus grande, leur balance une mornifle. Le petit Jojo se met à beurler. La maîtresse le ramène à sa place par l'oreille et dit à l'Annunziata qu'il ne faut pas se faire justice soi-même. Elle lui tire la langue dès qu'elle a le dos tourné.

– Je vous donne à chacun un livre de lecture, *Printemps au moulin bleu*. Rangez-le dans le pupitre. Je vous donne le livre de vocabulaire. Rangez-le, à mon signal. Je vous donne le *Choix gradué d'écritures*. Rangez-le à mon signal. Je vous donne le livre d'histoire de France et celui de calcul. Rangez-les à mon signal. Rangez ! Je vous donne le livre d'agriculture et jardinage de l'instruction primaire. Rangez ! Et prenez le plus grand soin d'un beau livre neuf, le *Manuel de la santé* du docteur Raspail. C'est un cadeau de Madame la Comtesse pour l'école de la République. Nous lui ferons une lettre de remerciements. Rangez ! Chacun a droit à un porte-plume en bois blanc du Canada et à trois plumes « gauloises » et à trois plumes sergent-major. Je distribuerai le reste au gré des besoins.

Qu'est-ce que j'aime l'entendre parler la Déconfin... « Au gré des besoins... » C'est beau ça ! Je me chante dans la tête : « Au gré des besoins, chère madame pointa-laligne... »

– P'tit Louis, tu rêves aux anges ! Prends ton livre de calcul et vous autres aussi. Tu lis l'exercice n° 1 page 34. Vous ferez ensuite cet exercice en classe en attendant la récréation.

Je lis. « Un cultivateur a acheté une pompe à purin et 3 seaux de tôle galvanisée pour 60 000 francs. Si la pompe a coûté 52 500 francs : 1° quel est le prix des 3 seaux ? 2° quel est le prix d'un seau ? » Moi, je peux vous dire tout de suite que s'il a acheté une pompe à purin, c'est une belle lantibardane, parce que le purin, on le tire au seau emmanché. Feignant et dépensier avec ça. Bon, enfin, tant pis, au boulot. La maîtresse a distribué un cahier de brouillon en papier gris, un cahier du jour en papier blanc, un crayon à mine de plomb et une gomme blanche qu'on nettoie en la frottant sur le dessous du pupitre. Il faut faire attention, parce que sous le pupitre, c'est là qu'on colle les crottes de nez tout au long de l'année. À la fin, ça fait une couche bien dure qui part en miettes ! J'ai bien du mal avec le problème parce que je ne suis pas d'accord avec une dépense pareille. J'ai jamais vu ça à la maison. C'est bête, mais ça me bloque. René a fini le premier. Dédé et P'tit Rigolo disent qu'ils n'y comprennent rien.

La Déconfin nous file une abadée et ça y est, on est privé de récré ! Elle sort avec les autres. C'est René qui doit surveiller la classe jusqu'à ce qu'on ait fini. Heureusement, il nous refile la solution. On a juste le temps d'aller faire pipi sous le préau dans la rigole qui court le long du mur. On regarde nos pipis disparaître par un petit trou jusque dans le fossé de la route. On n'a rien le temps de faire d'autre. Bien sûr, Rigolo a pissé sur les souliers du Dédé qui se met à lui tordre les *manoilles**. Ça *pioule** tant et si bien que la Déconfin met Rigolo au piquet contre l'armoire des livres de bibliothèque. De là, il peut faire des grimaces aux Piémontais qui lui promettent de lui couper le zizi à la sortie. Et pendant ce temps-là, le petit Mugnier s'est tellement gratté le nez qu'il saigne comme un caillon pendu. Lui, il beurle et nous, on rigole. La rentrée ressemble à toutes les autres.

La matinée est bien longue. Comme on a été puni, on n'a pas pu manger à la récré. Pour que mémé ne gongonne pas à midi, je vais laisser la musette dans le pupitre. Je mangerai à la récré du soir. Pendant que les petits font des lignes de *a* et de *A*, les moyens-grands dessinent un moulin à café que la maîtresse a descendu de chez elle. Elle a dit qu'il fallait veiller à bien dessiner le tiroir sinon on ne saura pas où mettre le café. Elle est bien brave la Déconfin ! Je l'aime bien parce qu'elle ne s'énerve jamais. Juste une abadée par-ci, par-là pour pas perdre la main. Des fois, je me demande si elle a un chéri qui la réchauffe. Elle est toujours toute seule et sa lumière reste éclairée tard le soir. Il y en a qui disent que la voiture du maire reste garée longtemps le soir dans la cour de l'école et que la Déconfin éteint quand la voiture s'en va. C'est normal, vu que la mairie est entre les filles et les garçons. J'ai entendu les grands dire que le maire, il faisait de la mécanique chez la Déconfin : « Il lève le capot pour voir le moteur et faire le graissage... » Elle a du courage si elle apprend en plus la mécanique. C'est pas un métier de femme ni d'institutrice. Enfin, bon, on verra bien.

Je rêvasse aux corbeaux qui volent sur le dos pour pas voir la misère, quand la maîtresse m'appelle pour lire la première leçon d'histoire. Elle prend pas de risques la maîtresse vu que je sais lire comme un évêque. À force de lire *Le Dauphiné* du dimanche et *Le Pèlerin* de la semaine, j'ai une sacrée habitude des écritures. En route pour la première leçon d'histoire. Ça, c'est mon régal, comme je veux être professeur des histoires, ça tombe bien. « Notre belle France s'appelait autrefois la Gaule. Elle était couverte de forêts et sans culture. Les Gaulois étaient presque sauvages. Ils étaient courageux à l'excès ne craignant rien sur la terre. Ils sont nos vrais ancêtres ; nous avons leurs qualités et leurs défauts. Ils disaient que la force prime le droit et "malheur aux vaincus"... ». La maîtresse rajoute qu'ils s'exprimaient comme les Prussiens en 1914. Au temps des Gaulois, ces paroles se comprenaient. De nos jours, elles sont la honte de ceux qui les prononcent. Bravo, maîtresse. Ça, c'est une parole d'instruit. Vivement que je parle comme cela.

Sur le soir, le soleil d'automne vient caresser les vitres de notre classe. La Mandallaz s'illumine d'un grand incendie et la forêt touffue qui l'enveloppe me fait m'imaginer qu'il y a peut-être encore des Gaulois là-bas au milieu. Nos Gaulois à nous, c'était les Allobroges. Dans les banquets, pépé chante quelquefois *Les Allobroges*, surtout quand il a un peu trop bu, quand il a le plumet ou le *tozon**, c'est pareil ! « Je te salue, ô terre hospitalière… La liberté, la liberté… » C'est tout ce que je retiens, mais pépé dit que c'est d'abord notre hymne.

Pour demain, il faut lire la page du traité d'agriculture sur les instruments de labour et la page 15 du livre d'Eugène corporelle du docteur Raspail. Je me dépêche de rentrer sans traînasser parce qu'après les devoirs, j'irai voir comment la Mison a fait sa rentrée de l'autre côté du mur de la mairie.

En arrivant, j'avise mémé et pépé qui discutent en patois. Ils stoppent net en me voyant et s'y remettent en français vite fait. Il y a une bonne odeur de polinte à l'ail qui flotte dans la maison. Le fourneau ronfle et la cafetière fuit. C'est mémé qui me saute sur les râbles d'entrée :

– Regarde-moi ce pati, t'es *gauné** comme quatre sous. T'as boutonné dimanche avec lundi. Les Bouèmes et toi, c'est kif-kif bourricot…

– Pas le temps, mémé, y a du grain à moudre !

Je lis tout fort pour tous les deux la leçon du docteur Raspail : « Aérez votre chambre à coucher pour vous débarrasser du produit de la respiration de la nuit et du jour, car les deux produits sont de nature contraire. La laine des matelas doit être entremêlée de poivre noir et de grumeaux de camphre. La couchette des enfants doit toujours être garnie de feuilles épluchées de fougère des bois. L'architecture rétrécit les appartements et la mode rétrécit les poumons. Un dandy n'est qu'un efféminé qui ne s'adresse qu'aux yeux. Il n'a ni la force d'être un bon époux, ni un bon père, tout juste un métis. »

– C'est quoi un métis, pépé ?

– C'est un nègre qui est noir clair !

Me voilà beau avec ça. La comtesse, elle *yoyotte** un peu de nous faire cadeau de vieux livres pareils. On n'y comprend rien et en plus les images ont l'air d'être sorties de la malle de journaux qui est au grenier. Ceux du tonton Gaspard qui collectionnait *L'Illustration* du dimanche. Ceux qui avaient la première page en couleur avec des dessins de catapostrophes effroyables. Je vais attaquer dare-dare le livre de jardinage, parce que si ça continue, Mison je ne la verrai pas aujourd'hui.

Page 33 : Des instruments de labour... Je lis. « Parmi les instruments aratoires, il faut placer la bêche en première ligne. Une bonne bêche a le fer corroyé d'acier, pas trempé trop sec. La houe est ordinairement carrée. Elle est appelée bêchard quand elle a deux dents plates. La serfouette a d'un côté une lame pareille à celle d'une petite pioche et de l'autre côté deux dents en forme de crochets... » Vu, ça, je connais. Le bêchard, on l'appelle chez nous le *bigue*. C'est pour les patates ou entre les rangs de vigne. Rien de nouveau pour le moment. Ah ! il ne faut pas que j'oublie. Demain, c'est moi qui porte deux bûches pour le poêle. L'école a son tas de bois, mais pour l'économiser et pour apprendre la solidarité, il faut qu'on porte chacun son tour deux bûches. Pépé va me les choisir dans le tas de la grange. Des belles qui tiennent bien le feu sans fuser, sans brûler trop vite, sans fumer, sans puer la pisse de chat, sans crépiter parce que le bruit ça distrait les élèves. Chacun est fier d'apporter les plus belles bûches. C'est là qu'on attend les Piémontais. On verra ce qu'ils vont nous bailler comme bûches, vu qu'ils doivent tout demander à Tienne. Allez, Mison, et après la polinte. Fissa, comme dit pépé ! Ça va fiarder.

XI

C'est marrant, mais depuis que l'école a recommencé, ça ne me fait plus pareil avec Mison. Je suis moins tourmenté de la voir ou pas la voir. Je l'aime toujours aussi fort, mais de le savoir, ça me rassure et ça me rend pépère dans ma tête. Même si je la vois moins, je sais que de toute façon, on est ensemble pour la vie. Après-demain, c'est jeudi. Chouette. Le matin, y a caté et l'aprème on ira donner un coup à Viéran avec René des fois que si les eaux sont pas trop froides, on culbute une mémère arc-en-ciel ! Une belle truite pour le dîner du soir, ça fera bien la rue Michel, comme dit pépé ! Les écrevisses, il faut plus y compter. Elles ont pris leurs quartiers d'hiver. Par contre, il restera peut-être bien deux ou trois chanterelles ou des trompettes-de-mort car le soleil a retapé un coup derrière la pluie, ces jours. Si ça va bien, on pourra toujours les porter au restaurant du pont de Brogny pour les clients du dimanche. Le patron nous glissera la pièce, de quoi boire un citron à l'eau ou même un petit blanc-citron. Mais, ça, c'est secret. Botus et mouche cousue ! Une petite lichette, ça vous requinque !

– Mison, t'es là ?

C'est la Mâdeleine qui vient me dire qu'elle est après ses devoirs. Je ne peux pas la voir ce soir. Demain peut-être. Milliards de dieux, c'est bien la première fois qu'elle me fait ce coup-là. Pourquoi elle n'a même pas pointé son museau, histoire de me montrer que je suis son amoureux préféré ? Elle va pas se mettre à s'en croire, celle-là, depuis qu'elle a les nénés qui se mettent à pousser !

J'ai bien vu que ses deux abricots secs devenaient deux œufs au plat. Il y a son tablier qui gonfle. J'ai même bien vu qu'elle commençait à avoir des poils aux jambes. Je ne lui ai rien dit pour ne pas la mettre dans la mouise. En fait, j'avais surtout peur de me faire remballer. C'est fou comme les femmes ont des poils aux jambes chez nous. Même la Déconfin, elle en a des longs et noirs qui courent le long de ses tibias. J'ai même vu que la grande sœur des Piémontais, elle en a plein sous les bras. Alors, ça c'est pas mal ! Les grands disent que les femmes poilues, c'est les femmes qui puent ! On verra bien.

Le frère de monsieur Monmasson, celui qui a fait gendarme au Dahomey, raconte que les négresses ont sur le ventre des poils comme de la paille de fer à frotter les parquets. Je sais que mémé n'aime pas ces conversations. Elle dit que ce n'est ni chrétien, ni charitable, et que ces pauvres indigènes sont comme le Bon Dieu les a faits. S'ils sont noirs, c'est pour punir leur race d'une faute grave. Mais on ne sait pas laquelle. Toujours est-il que la Mison, elle m'est passée sous le nez ce soir.

Jeudi, après le caté, j'ai chopé la Mison qui s'en revenait de chez les sœurs. Le cœur à fond de caisse, je suis allé tout près d'elle pour la respirer comme avant, comme en champ les vaches. Ah ! ses fossettes et ses joues peau de pêche de vigne et ses petites mirettes noisette et sa frange coquine sur le front ! Je chavire. On dirait qu'elle a grandi. Elle marche avec plus de lenteur. Elle porte toujours le même tablier, mais il la serre un peu plus en haut et puis aussi par-derrière. Tout d'un coup, je me sens tout bête. Ce n'est plus vraiment la même et pourtant il n'y a pas huit jours qu'on s'est vus longtemps pour la dernière fois. Bien sûr, il y a sa mémé qui bat complètement la breloque. Ça doit la soucier. Et puis, elle est chez les grandes et l'année prochaine, la Mâdeleine veut l'envoyer étudier chez les sœurs à Annecy. Elle s'y prépare dans sa tête, c'est sûr. Mais moi, elle m'a toujours dit que j'étais éternellement son chéri.

– Bonjour Mison…
– Bonjour P'tit Louis, t'es donc pas à Viéran avec René ?

Comment elle sait ça, la ganivelle ? Ça ne peut pas être moi qui lui ai dit. Il n'y a que René qui le sait.

– Mison, tu me manques. On retournera au Créru et à la Mâchurette tous les deux, hein ? Comme avant, hein ?
– Comme avant quoi ?

Bien oui… comme avant quoi ? Je ne sais pas pourquoi je lui ai dit cela.

– Ben, comme avant l'école, quoi. Comme pendant les vacances, quand on peut rester tout le temps tous les deux.
– Je ne sais pas.

Elle a pris un air mystérieux qui me fiche de ces chocottes. Je ne sais plus quoi lui dire. Moi qui pouvais lui confier tout et même le reste, je reste comme un grand gognand, les bras ballants à gober les mouches.

J'avale une grande bolée d'air, je me redresse, j'écarte les épaules et je bombe le torse, je torse le bombe, comme dit maman, et j'enchaîne :

– Tu te rappelles quand on s'est montré notre zizi, en champ les vaches… ?
– C'est loin, tout ça, on était petit.

On était petit, tu parles, il y a pas six mois qu'on l'a encore fait. Je commence vraiment à faire dans mes brailles. J'ai presque envie de pleurer. Je sens que je deviens triste et tout ratatiné. C'est elle qui parle d'une voix bien posée que j'ai du mal à reconnaître :

– En six mois, il s'est passé des choses que tu ne peux pas comprendre, Titi ; je suis devenue une femme, comme dit ma mère. Mon zizi, il est à moi, celui qui le verra, ce sera l'homme de ma vie pour toujours. En attendant, tu n'es pas près de le revoir. Un zizi de femme, ça se cache bien.

J'ai envie de revenir petit, comme avant avec ma maman là, tout près, et ma Mison, pas loin qui m'attend. Elle est où Mison ?

Qui peut me dire où elle est ? J'ai envie de beurler aux petits pois.

– Mais, c'est pas moi, l'homme de ta vie, hein ?

– Tu es mon amour d'enfance et ça, c'est éternel... Pour le reste, la vie et le Bon Dieu décideront. Compris ?

– Mais t'aimes qui alors, maintenant que c'est le Bon Dieu qui décide ; je t'avertis, le Bon Dieu, je ne l'aime plus, moi !

– C'est Pierrot la Cheville que j'aime.

J'en reviens pas. Je suis sur le cul. À cacaboson, tout comme deux ronds de flan. Pierrot la Cheville, le grand frère à Dédé la Cheville. Le frelot, on l'appelle. C'est pas croyable et pas possible. Non, pas Mison avec lui. Un coup pareil, ça m'*agoille**. J'ai plus d'air. Mison avec le frelot ! Il est compagnon chez l'Ouisse à la menuiserie. C'est un vieux. Il a cinq ans de plus que nous. Évidemment, j'aurai dû m'en méfier. Il travaille juste en face de chez elle et il arrête pas de jouer les jeunes premiers de cinéma. Il s'en croit comme Vérole Fline dans *Robin des Bois*, un film qu'on a vu à la fête de l'école libre à Noël dernier. Il s'est laissé pousser une petite charmeuse sous le nez, bien fine et bien taillée aux ciseaux. Quand il aperçoit une fille, il cambre les reins comme un matador face au taureau. Je ne peux pas me l'encadrer celui-là. En plus, pour faire le mariole, il a relevé le guidon de son vélo de course. Putain qu'il a l'air complètement barjot. Un vrai *jambelu** ! Mison a craqué pour lui. D'être devenue une femme, ça lui a tourné les sangs en eau de boudin, c'est pas vrai. Un matin, elle va se réveiller toute mouillée de chaud et m'appeler comme une bique après ses belins. Et, bien sûr, j'y cavalerai comme un pillot derrière la polaille, à me faire sauter un nerf. Si j'étais méchant, je voudrais qu'il la fasse souffrir comme je souffre maintenant. J'en bave des ronds de chapeau. Pourvu qu'elle n'ait pas de misère avec lui. Mais qu'est-ce que je vais faire maintenant ? Si je savais, je partirais rejoindre maman. Elle s'est installée dans un petit logement à Lyon, pas loin de pépé et mémé de Lyon. Elle peut aller respirer le bon air chez eux. Elle n'a guère la force de voyager jusque-là, vers pépé et mémé de la Hiaute. Je ne sais pas encore ce que je vais faire l'année prochaine. Si je vais au collège, il faudra que je sois pensionnaire. Alors à Annecy ou à Lyon, j'en ai plus rien à faire, maintenant.

Pépé dit qu'il voudrait des fois qu'une tuile lui tombe sur la tête pour en finir plus vite. Moi, je crois bien que la tuile, je viens de la ramasser sur le collet. Ah ! cré vingt dieux que ça fait mal par où ça passe.

— Oh ! René, ramène ta fraise, j'ai deux mots à te dire. Dis, la Mison, tu savais qu'elle allait avec le frelot ?

— Un peu mon neveu, mais comment tu veux que je dise des machins pareils. Moi, je ne sais pas faire. Et puis, les femmes, je m'en fous bien pas mal. C'est bâtons merdeux et compagnie...

— Pas vrai, pas la Mison, t'y sais bien.

— La preuve, *caquenanot**, t'es comme une larmise attrapée par la queue. Tout ganet à tourner en rond !

Il n'a pas tort, le Néné. J'ai l'impression d'être perdu comme un chien abandonné par les Bouèmes. Tout raplapla, tout sauvage et sans envie de rien. Ah ! me voilà beau, maintenant. J'invite René à boire un canon chez Marie-Rose. On ira taquiner la Fario un autre jour. J'ai du goût à rien. J'ai la cervelle qui fait des catons, tout éclafoirée. J'en ai plein les grolles aujourd'hui. Vivement demain qu'on recommence l'école.

Dans la pièce du café qui est aussi la cuisine et qui communique avec la boutique par une petite porte vitrée, il y déjà du monde. C'est plein de fumée des pipes et des cigarettes et plein de buée sur les carreaux de la seule fenêtre. La pipe, c'est pour les vieux. Ils ont appris à fumer la pipe pendant la guerre de 14, dans les tranchées. Il y avait distribution de tabac en grande quantité. Ils nous racontent souvent ces moments. Le tabac, c'était du gris, du gros-cul, qu'ils disent. Quand le toubib et les infirmiers venaient s'occuper des grands blessés dans la casemate, ils leur collaient la pipe dans le bec. Comme ils ne pouvaient pas les endormir, ils leur calaient une grande lichette de blanche entre les dents et après ils leur enfilaient la pipe. Quand la pipe tombait et se brisait, c'est que le type était mort. Il avait cassé sa pipe ! Les cigarettes, les mégots ou les cousues, c'est pour les hommes. Ils les roulent dans du papier « au zouave » et allongent une longueur de tabac haché. Ils sucent à pleine bave le papier et allument le bout de tabac qui dépasse du rouleau de papier trempé.

René et moi, on se coince entre l'angle du mur du fond et le poêle, debout sous l'étagère. La grande table est prise. Il y Robert l'accordéoniste et Xavier qui tapent une coinche contre Moïse et l'Ouisse. À côté, il y a le petit Roger, le fils de la maison, qui fait ses devoirs en face de la Tata, sa sœur, qui épluche les patates de la soupe. Marie-Rose, toujours debout, comme d'habitude, tourne le lait de la polinte. On n'a rien dit, René et moi, que les vieux nous ont déjà payé un blanc limé. Le verre est tout petit. Il y a trois centimètres de vin blanc en hauteur et un demi-centimètre de limonade par-dessus. Alors ça, c'est crément bon ! On s'asperge la corniole d'un coup. Il y a le Xavier qui nous dit :

– Dis donc, les gones, vous avez la dalle en pente, ça doit pas être facile de la monter en vélo. Remets-en un, la Rose, c'est la mienne !

Et de deux. Comme ça, on ne repartira pas boiteux. Je commence déjà à voir le petit Roger qui fait ses devoirs au plafond et la Tata qui épluche les cartes des coincheurs ! Si Mison me voyait... Et puis, je m'en fous... Elle n'avait qu'à pas.

– Marie-Rose, mets-en une pour la route, j'ai pas de feu à l'arrière de mon vélo !

C'est l'Ouisse qui a commandé. Là, je me cale carrément entre le mur et le poêle. Je suis fin fait.

– Vous allez pas ramer sur le gravier ! C'est la tournée de la Mamie !

Marie-Rose met la sienne. J'aurais pas dû. Là, j'ai carrément envie de vomir. J'ai les dents du fond qui baignent. Si je mets le doigt, j'y touche et ça redéménage. Ils se marrent tous. Je ne peux que les entendre. Je ne les vois plus. Brouillard sur les marais d'Épagny. J'entends encore Moïse qui dit qu'il faut me mettre des tuteurs ou des rames de fayots pour tenir la carcasse. Je suis dehors je ne sais pas comment. René m'a trimbalé derrière le café et m'a calé entre deux piles de caisses de limonade et la cabane des cabinets. Je ne peux pas rentrer comme ça. Gare à pépé et mémé qui vont sonner la générale au clairon. Sûr que je vais me torcher une abadée des grands soirs de vogue.

Je claque des dents mais je trouve que j'ai moins froid tout d'un coup. Je ne suis même pas mal du tout avec comme une couverture sur les guiboles et autour du cou. Il y a du chaud sur mes joues et dans ma bouche. C'est pas que j'ai vomi, milliards de dieux ! C'est la Jacqueline qui m'a guetté sortir. Ah ! la saucisse à ressort, elle me fait tourner en bourrique, la toupie. Mais voilà-t-il pas qu'elle m'a embrassé comme dans les romans-photos. C'est donc comme cela que ça fait. Ouïe, ouïe, la Jacqueline, une anguille, celle-là. Elle ne m'a pas défiolé, mais ça m'a requinqué. Recommence, Jacqueline ! Mince, elle est déjà partie. Je renvoie la classe contre la porte des cabinets, dans l'herbe de la cour. Quand j'arrive à la maison, mémé me fait boire un bouillon de poireaux. Pépé rigole dans son coin. Je leur dis bonsoir. J'apprendrai plus tard que Xavier était passé les prévenir ! Braves pépé et mémé.

XII

On s'approche tout doucement de la fin de l'année scolaire. Les clergeons du séminaire sont de plus en plus excités. L'autre jour, il y a eu bataille de pommes pourries par-dessus le mur. On a gagné parce qu'on en avait plus qu'eux et que la Déconfin avait beau crier, ça nous faisait ni chaud ni froid. Eux, ils ont pris une abadée de tous les diables par frère Narcisse. Il les a alignés le long du mur. On a tout regardé par le trou d'écoulement de l'eau dans la rue.

D'abord, ils ont eu droit à une paire de gifles chacun et ils ont dû dire merci. Après, Narcisse leur a fait baisser leur froc sur les chevilles et chacun a reçu une volée de verge d'osier sur les fesses. Après, ils ont dit un *Notre Père* à haute voix. Ensuite, pieds nus, ils ont couru dans les cailloux du clos en répétant sans arrêt : « Mon Dieu, je m'accuse… ! » Quand ils ont eu fini leur barnum, Narcisse les a envoyés en salle d'étude. J'ai su par Justin, le jardinier, qu'ils avaient été privés de manger du soir. Comme a dit Justin à pépé : « Ça fait des économies au séminaire, c'est pas plus mal ! »

Il y a un truc qui me turlupine depuis quelque temps. On a vu, René et moi, des messieurs endimanchés venir prendre des mesures aux Gravines, dans les prés qui descendent à Viéran. Ils ont posé des piquets de couleur, fait des croquis et même des photos. Ils sont venus dans une grosse voiture pleine de papiers et d'outils. On s'est planqué un moment mais il n'y a pas eu mèche de savoir ce qu'ils se sont dit. Fut un temps, j'aurais bien demandé à Mison qu'elle les veille passer, mais maintenant, macache, je ne la cause plus. Une fois, quand je sortais des Vions pour descendre aux serpents à Viéran, je suis passé devant sa cour. Elle dépouillait un lapin pendu sous l'avant-toit. Je l'ai bien regardée et voilà-t-y pas qu'elle m'a dit :

– Tu veux ma photo, P'tit Louis ? Tu pourras en donner une à la Jacqueline !

Je suis resté baba. Comment elle a su ? D'abord, la Jacqueline, je ne l'ai jamais revue, ni de près, ni de loin. Y a pas loin qu'elle soient de mèche toutes les deux. Des fois que la Mison ait envoyé la Jacqueline pour me coincer l'autre fois vers les cabinets à Moïse, y a pas la queue d'une passenaille. Plus ça va et moins je comprends les filles. J'arrive pas à imaginer que mémé et maman aient pu être comme ça. Non, c'est pas possible, elles sont trop bien, trop rangées comme il faut. Pas elles.

Là où j'ai vraiment eu gros sur la patate, c'est quand en arrivant dans les Vions, j'ai aperçu Pierrot la Cheville et Mison qui rentraient dans la chape. D'abord, la chape, elle est à René et à moi. On y garde encore des tas de trucs secrets. On ne peut y aller qu'avec notre permission et encore accompagné. Et eux, ils se croient tout permis. Ils s'y baguenaudent comme chez eux. J'ai surveillé tout leur manège. C'est sûr, ils y font des caillonneries que là, je ne comprends plus la Mison. Ils se roulent dans le vieux foin jusqu'à ce que les jupes de Mison soient relevées à force de se trémousser avec la danse de Saint-Guy. La

Cheville lui met les mains partout où je croyais que c'était défendu. Ça la fait rire cette ganivelle. Elle glousse comme une pigeonne au colombier. J'aime mieux m'en aller parce que je crois que bientôt, si ça continue, je fais foutre le feu à la chape. Ils iront *se bambaner* plus loin, ces gourgandins. J'aime mieux aller faire mes devoirs. Ça va me changer les idées.

Pour demain, il faut lire une page d'histoire sur l'âme de la France. « L'âme de la France existe et les défaites n'ont fait que l'exalter. Comme elle est pâle cette France ! Elle a versé son sang pour vous. Quelle est pauvre ! Pour vous, elle a donné sans compter… Et n'ayant plus rien, elle a dit : Je n'ai ni or, ni argent, mais ce que j'ai, je vous le donne… Alors, elle a donné son âme et c'est de quoi vous vivez. »

Pépé me l'a fait relire et il n'a pas aimé ce passage sur les défaites. Il m'a dit que les défaites n'ont jamais grandi personne. On est en train de perdre l'Algérie comme on a perdu l'Indochine et pépé n'accepte pas. Ceux de 14, non plus. Pour l'instant, l'Algérie, ça me fait une belle jambe. J'ai perdu Mison, mais je n'ai pas l'impression d'avoir perdu une guerre. J'aurais plutôt perdu une paix et Pierrot la Cheville n'est pas le vainqueur, c'est un mercenaire pillard, si j'ai bien suivi en histoire, cette année.

Passons au calcul. « Un commissionnaire expédie à Paris 500 kilogrammes de pommes de terre. Le destinataire, après avoir jeté 45 kg de pommes de terre gâtées, met le reste en sacs de 65 kg. Combien a-t-il de sacs de pommes de terre ? » Ouais. Bon, en attendant, je vais voir à préparer la dictée. « Ceux qui ont fait des actes de courage ne veulent d'autre récompense que l'estime des honnêtes gens et refusent l'argent que l'on peut leur proposer. » Pourquoi on ne peut pas avoir les deux ? Je ne vois aucune embierne dans cette dictée qui va sûrement bien se passer. J'entends déjà la Déconfin rabâcher pour les sourds et les lambins « ... des z'honnnnêteu genss... L'argent queue l'on peut leurrr pro... po... ser. » Et pendant ce temps-là, moi je regarde une araignée en train de serrer une guêpe qui zonzonne comme une perdue qu'elle est. Je ferai le calcul en dernier. Ça m'agace ces situations toutes de bisangoin avec des patates pourries qu'on n'a qu'à donner aux cochons.

Pour finir, un petit tour dans le Raspail de la comtesse. La maîtresse a insisté pour que l'on étudie bien les secours aux noyés, vu que l'on traîne toujours à Viéran dans les gouilles profondes. Voyons un peu. « On arrose le crâne du noyé d'eau sédative, on lui entoure le cou d'une cravate d'alcool camphrée. On brûle du vinaigre sur une pelle rougie. On administre des lavements superpurgatifs et on continue ces manœuvres jusqu'à ce que l'on désespère de ramener le malade à la vie. » Vivement que j'aille au cours supérieur parce que j'ai idée que je commence à perdre mon temps avec toutes ces gognandises. T'iras trouver une pelle rougie et du vinaigre au bord de Viéran ! Un jour, les hommes ont ramené le père Fonfon qui était tombé à la Croisée, à Viéran. C'est Mimile à Guste qui l'a trouvé à bouchon dans l'eau. Il l'a chargé sur son barreau et il l'a posé sur la table du café chez Moïse. Il était tout bleu et raide. Les hommes lui ont frotté les trous de nez avec des plumes de poule. Après ils lui ont tiré la langue deux ou trois fois avant de décider qu'il fallait aller chercher le curé et sa femme, la Maria. Elle n'a rien trouvé mieux que de dire qu'il avait déjà failli dix fois se noyer dans son verre de vin.

– Fallait bien que ça arrive, il n'avait plus nagé depuis son régiment au Maroc, en 21 !

Bon, j'attaque le calcul du patatier.

Comme je suis encore tout dégoûté par le coup de la Mison, j'ai du mal à m'occuper la tête. Le Viéran ne m'intéresse plus comme avant, d'autant que la nouvelle est arrivée comme un coup de tavelle. Il va se construire trois maisons d'un coup dans le pré des Gravines. Mais qui peut bien avoir envie de venir habiter là ? Ces prés, ces balmes, ces buissonnées, ces gouilles profondes, ces chemins pierreux qui mènent aux chapes en plein vent, c'est à nous, rien qu'à nous, à pépé, à mémé, à nos ancêtres. Si j'ai bien compris ce que j'ai appris en histoire, on a acquis des droits sur cette terre. Et, que je sache, c'est personne de chez nous qui va construire. On a tous une maison, nous. Même si, comme pour les Piémontais de la tour, c'est chez les autres. Pourquoi venir ici ? Qu'est-ce qui les force à venir là plutôt qu'ailleurs ? Ils ne sont pas bien chez eux ? Il n'y a rien qui peut les attirer ici aux Gravines à Viéran. Rien, moi je vous le dis.

Les engins du chantier sont arrivés un matin pendant qu'on était à l'école. D'habitude on n'entend que le fer des roues du tombereau à P'tit Jules ou des chars à Xavier accompagné du pas des chevaux. Il y a bien Simon qui a un tracteur depuis le printemps, mais on reconnaît de loin sa pétarade. C'est le bruit du Vierzon avec sa roue d'entraînement de la courroie de la batteuse. Mais là, ça a été une autre chanson. Un vacarme inconnu ici. Comme un roulement du tonnerre au loin sur le Parmelan qui s'est rapproché jusqu'à ce que l'on n'entende plus la Déconfin qui expliquait. Un ronflement qui ne nous a pas rassurés. Il y a un Piémontais qui a même dit :

– C'est pareil que les bruits des chars de la guerre.

Là, vraiment on a eu peur. Et si c'était les ennemis qui arrivaient ? Quels ennemis ? On n'en sait rien, mais des ennemis, c'est sûr ! Il n'y a pas de raison qu'un bruit pareil soit fait par quelqu'un qui nous veut du bien. Pas possible ! Le comble, ce fut quand le bruit a stationné devant le café de la Marie-Louise. Ils ne vont quand même pas bombarder le jeu de quilles ! Comme c'était l'heure de la récré, on est sorti pour voir.

Il y avait un camion comme on n'en avait jamais vu qui portait un tracteur à lame comme on en voit dans les pages du *Dauphiné* sur les chantiers des barrages en montagne. Ils ne vont quand même pas faire un barrage à Viéran et recouvrir le village avec les eaux ! Non, ça, c'est sûr ! Le chauffeur demande son chemin chez la Marie-Louise.

– Les Gravines ? C'est tout droit !

Jamais elle aurait dû lui dire. Il fallait l'envoyer se perdre à perpète chez Pétaouchnoque ou à Tatahouine, comme dit pépé quand on doit aller loin, mais jamais lui dire où c'est les Gravines. C'est fait, c'est fait !

Sur le soir, on est allé risquer un œil aux Gravines. Attends ! C'est pas vrai ? Dans l'après-midi, pendant l'école, ils ont raclé tout le pré sans toucher les piquets de couleur ! Tu verrais le chantier ! On dirait qu'un troupeau de sangliers est descendu de la Mandallaz. Tout remué, tout. Pas une motte qui reste debout. Et tout autour, un ruban de couleur pour nous empêcher de passer ! Alors là, c'est trop.

– *J'm'en vas t'en bailli mé d'ruban...*

J'arrache tout et je balance tout à Viéran. Faut pas trop pousser la mémé dans les orties parce qu'elle a pas de culottes. Ils vont quand même pas, par-dessus le marché, nous dire si on peut passer ou pas sur les terres de nos vieux ! On aura tout vu ! Pendant qu'ils y sont, si ça les arrange, ils pourraient aussi démolir la chape dans les Vions et mettre à la place des pissotières ! Cré vingt gu. Il sera pas dit que je vais nous laisser marcher sur les agassins par des étrangers venus d'ailleurs.

On rentre. Les autres me regardent comme un néro. Pas un des zéros de 14, quand même, non, mais un néro quand même, bien à eux !

Le lendemain, samedi, je suis retourné à Viéran, tout seul. J'en ai les larmes aux yeux. C'est maintenant que je me rends compte comme il était beau ce pré des Gravines avec ses fleurs qui changent tout le temps, avec les buissonnées de pelossiers qui bordent le chemin en caillasses qui débaroule vers le Viéran. C'est donc fini, définitivement fini. On ne les enlèvera jamais les baraques qui vont pousser. On ne va jamais s'y retrouver avec des étrangers. Toutes les maisons, on les connaissait. On savait toutes les nommer : chez les Lales, chez Marius à Marion, chez Marcel à Fique, Chez le P'tit Jules, à la tour, à Ferrières, chez les Favres… Depuis des siècles c'était les mêmes. Mais maintenant, les autres, ça va être qui, les fils à qui ? Ils vont faire quoi ? Ils ne viendront sûrement pas avec des vaches et des chevaux. Ils n'auront pas de fumier devant la porte. Alors, pourquoi ? C'est du jamais vu. Ça ressemble à quoi, quelqu'un qui fait construire ? J'en suis là quand pépé me rejoint sur le chemin du retour.

Tiens, c'est rare de voir pépé se promener jusque vers chez l'Ouisse et la Mison. C'est pas ses coins habituels. Chacun a ses habitudes. On rencontre toujours les mêmes aux mêmes endroits. Généralement où ils ont des cousins et des cousines ou, comme mémé avec la Julie, des copines d'école. Il a la mauvaise tête, pépé. Il gongonne tout seul. On dirait qu'il récite un chapelet. Ce serait bien un comble ou alors il faudrait vraiment qu'il se soit mis à décartonner vilain.

— Où tu vas pépé ?

— T'as fait quoi, P'tit Louis, comme connerie ? (Je le sens mal. D'habitude, il ne dit pas connerie, mais gognandise ou embierne.) Le maire a eu une plainte de ceux du chantier parce que le ruban a été arraché. Il est obligé de le dire aux gendarmes. Tout le monde sait que c'est toi. On est beau, nous qu'on n'a jamais fait de bruit depuis des générations. On a l'air fin avec cette polinte sur les ratelles. T'as pensé à ta mère ?

Ma mère, je vais tout lui raconter par une lettre et je suis sûr qu'elle sera fière de moi. Si je suis comme ça, c'est qu'elle m'a fait comme ça. Pas autrement, voilà. Elle aurait fait pareil, elle, à ma place. Qui c'est qui m'a dénoncé ? Personne ne m'a vu. Pépé va encore me filer une abadée de première. Ça va cuire. Il me chope par les épaules. Je me protège la tête avec les bras et je la rentre dans les épaules. Rien. Il me dit tout pian-pian :

— P'tit Louis, t'es un vrai gone de la Hiaute. Tu fais honneur aux Allobroges et à tes ancêtres qui ont accompagné les ducs de Savoie aux croisades. (Tiens, ça je ne savais pas... À suivre !) Mais, là, c'est la France et ses lois et t'as pas le droit. Si les gendarmes viennent, tu leur parles en patois. Si y en a un qui comprend ce que tu leur dis, t'es sauvé. Il te comprendra aussi. Sinon, t'es cuit et nous avec.

Plus un mot jusqu'à la maison. Mémé a pas faim. Moi, non plus. C'est bizarre, mais j'ai pas peur. Après le coup de Mison, il peut bien m'arriver pas mal de trucs, j'ai pris des forces. On verra bien !

Dimanche. J'en mène pas large. Je dirais même que je ne suis pas loin d'avoir la cacavite. Les gendarmes sont dans le coup. Je pense surtout à pépé et mémé et à tous les autres du village. De mémoire, on n'a jamais vu les gendarmes au village pour un sale coup. Quand ils viennent, c'est pour boire un coup dans la cuisine à Marie-Rose et glaner deux ou trois renseignements sur les Bouèmes qui sont passés ou pendant la vogue pour voir les papiers de ceux du tir à la carabine. Mais rien de grave. Mais là, j'ai rien fait de mal. Je ne laisserai pas les étrangers tout *détrancaner** dans ma campagne. On n'a rien demandé, nous. On veut rester pépère chez nous. Des rubans pour nous empêcher d'aller à Viéran ! C'est la fin des haricots.

Je ne suis même pas allé à la messe, ni aux quilles. Je reste à la maison sous prétexte que j'ai des devoirs où je comprends rien. La journée est passée sans que j'aie personne vu. Tant mieux. C'était calme. Les mouches bleues commencent à rentrer. J'ai installé les rubans de papier tue-mouches au-dessus de la table. J'ai mis du mort-tavan sur les cuirs à Napoléon parce que les taons se mettent à attaquer. Comme il est vraiment vieux et fatigué, il ne lui faut pas de contrariétés.

L'après-midi, le soleil a piqué. On a tiré les volets. L'impasse est restée paisible dans les dernières buées parfumées de chez les boulangères. On n'entend plus que le tintement des verres de ceux qui s'attardent à table. L'Henri et la Léa sommeillent dans leur jardin sous le pommier. Le chien à P'tit Jules dort sur la route, au beau milieu dans la poussière réchauffée. Jean le tailleur a laissé la cuisine ouverte en courant d'air avec le pêle, sa pièce de derrière sur le jardin. Il ronfle à bouchon sur la table. En suçant mon crayon, je revois mes dimanches d'avant quand Zénobie apportait *Le Pèlerin* et que je comptais mes sous gagnés en enquillant, quand je rêvais à Mison et que je lui disais que je serais professeur des histoires au village. C'était bon et tiède comme un édredon en plumes. Je ne sais pas si ça vient de moi, mais j'ai idée que les choses changent un peu trop vite. Je crois bien que je commence à comprendre ce que ça veut dire d'avoir des soucis.

Comment le maire a bien pu savoir que j'avais dérouillé le ruban du chantier ? Ça me turlupine cette affaire. Sur le tard, le vent s'est levé. Non, c'est plutôt la bise. La poussière du passage ne vole pas et le fond de l'air est plus frais. Je vais faire un tour vers René. Il a peut-être une idée sur la question. Je le trouve au frais derrière chez lui en train de feuilleter un livre sur les fusils. C'est devenu sa passion. Tout ce qu'il peut trouver sur les armes, il récupère. Comme sa mère n'est pas bien d'accord, il entasse dans la chape des Vions.

Ça lui est venu le jour où il a trouvé un gros pistolet dans la paille du grenier chez son pépé Joseph. Il faut dire que son pépé Joseph, c'est un ancien gendarme du siècle dernier. Comme il dit toujours, maintenant qu'il est aveugle et pas bien frais de la cervelle, le pauvre : « Darme à pied, darme à cheval… Force est à la loi ! »

C'est à peu près tout ce qu'on peut entendre. Toujours est-il que le pécole du pépé, c'est une vraie arquebuse. René n'arrête pas de farfouiller les catalogues de Manufrance pour trouver le modèle. Le pécole, il l'a bien planqué dans la niche du chien. Le clebs est tellement hargneux que personne ira y mettre les mains ! Sauf René et moi. Tous les deux, on a le chic pour amadouer les chiens. Les plus méchants deviennent vite nos potes.

– Alors, Néné, qui c'est qui m'a cafardé au maire pour le coup du chantier ?

– C'est la Piémontaise parce qu'il paraît que ceux qui construisent, c'est des Italiens pleins de sous. Les trois maisons, c'est pour les parents et leurs deux enfants. C'est le père, un chibani, qui paie tout. Ils viennent de vers Turin. Ils ont fait des sous dans la lingerie. C'est de la lointaine famille aux Piémontais de la tour. C'est ceux de la tour qui ont vendu la terre et il paraît que les Piémontais ont été récompensés sec et d'équerre. C'est le maire qui y a dit à mon père parce qu'il croyait que c'était moi qui avais fait le coup.

Ah ! les carnes, tous des cavagnes, les Pioustres ! Demain, à l'école, je me les chope tous, un par un.

J'avais à peine attaqué la petite descente pour aller à l'école qu'une grosse auto noire s'est pointée au carrefour vers la Madone, suivie par celle du maire. Milliards de dieux, la maréchaussée ! J'ai la tête qui se met à bouillir. Je détale comme un garenne dans les marais d'Épagny, j'enfile le passage à Camille, je longe la maison du Ouisse et je passe devant chez la Mison. Je reprends un peu mon souffle derrière le fumier au Claude et à la Julie. Ils vont voir pépé et mémé. Sûr du coup. Tant pis, pas d'école aujourd'hui. La rouste aux Piémontais, ce sera pour plus tard. Il y a d'autres urgences. Je me terre un moment dans les Vions et je file en montant au Créru, vers le champ des vaches. J'ai des mouches noires dans les yeux. Il faut que je m'arrête. J'ai le cœur qui bat la breloque. C'est foutu. Pourvu qu'ils n'embarquent pas pépé et mémé. Je ne m'en remettrais pas. Maman en mourrait. Ah ! la mouise d'enfer. Tout ça pour un ruban au chantier des Pioustres. Je grimpe encore sous la Mâchurette. Au passage je maraude des pommes et un *poire** bien mûr. On ne sait jamais, des fois que je doive me terrer longtemps. J'ai mis les fruits dans ma chemise. Ça me gêne pour avancer.

J'attrape la route des forestiers qui grimpe à Ferrières et je bifurque par le bois des Clés. Je connais un coin bien pépère sous des gros rochers. J'y suis. Je m'étale dessous et j'essaie de trouver un peu de souffle. Je me mets à beurler comme un mojon qui a perdu sa mère.

Heureusement que pépé m'a dit qu'il était fier de moi, sinon je crois bien que je me serais jeté dans la gouille de la Croisée avec des pierres dans la bouche pour être plus lourd.

    J'ai dû dormir. Le soleil a tourné. Le bois s'est rafraîchi. Je n'ai pas chaud, comme quand la Jacqueline était venue me rattiédir. Mais voilà, je suis tout seul. Et la Déconfin qui est sûrement passée chez pépé et mémé pour leur dire que je ne suis pas allé à l'école... Le mouron qu'il doivent se faire. Mémé a sûrement les sangs tout à l'envers. Pépé ne doit rien dire, mais il est déjà parti à ma recherche sous prétexte d'acheter du tabac. Tant pis, j'y vais. Il fait presque sombre. Le soleil a plongé derrière la Mandallaz. Si j'arrive avant la nuit, mémé sera plus tranquille. Je trace en courant tout droit à travers champs. Je passe par le lieu dit « en gouille » au risque de me tremper les pieds au milieu des roseaux. Je remonte sur les Crêts et depuis le petit bois d'acacias je jette un œil en bas au village. C'est calme du côté du lavoir, du four et de chez Marie-Rose. Je patale à la route et je contourne la maison du Gaulois pour rentrer par l'autre bout du passage. Pépé est à la porte de la maison.
    – S'cuse-moi, pépé, j'ai eu peur de la maréchaussée. Je ne suis pas allé à l'école... S'cuse-moi, pépé et puis aussi mémé. J'ai pas voulu vous faire de la peine. Je passerai le plancher à la Javel et puis je donnerai aux lapins et je promènerai Napoléon et je piocherai la vigne et...
    – *Ameurte**, gamin !
    Façon patois de me dire : Ta gueule !
    – Il y a le Camille qui t'a vu au bois des Clés. Il était aux champignons. Il est venu me le dire avant midi. T'as eu peur de la force publique ? C'est bien fait, espèce de grand gognand. T'es con comme un moulin à vent, mais

tu tournes moins vite. T'étais pas parti vers l'école qu'une grosse auto noire s'est arrêtée devant chez nous. Ils ont voulu te demander à toi, mais il paraît que t'as détalé comme un lapin. C'était le matelassier qui cherchait après le séminaire pour du travail d'été...

C'était le matelassier ! Je l'avais pris pour les gendarmes. J'ai une honte de catole. Pépé reprend :

– Maintenant, tu vas aller remettre le ruban à coups de pied dans le cul et le maire a dit que tu piocheras les fossés dimanche matin au lieu d'aller aux quilles. Allez, *fieuze**, sale bête !

XIII

L'école est finie. Je crois bien que j'entame les derniers moments de toute ma vie dans la Hiaute. Le reste, ce sera du saupoudré. Un peu à Noël, un peu à Pâques, les grandes vacances. Si c'était pas d'aller un peu plus près de maman et de veiller sur elle, je crois bien que je laisserais tout *quimper*, les écoles et tout le saint-frusquin. J'irais m'embaucher chez les boulangères ou je travaillerais à la tour avec les Piémontais. Je suis bien là. C'est mon pays. Il y a mon amour d'enfance qui est, paraît-il, éternel. Même si ça me déchire, si ça me scie de voir la Mison se vautrer avec la Cheville, j'aurai du mal à la perdre de vue. Et qui sait si plus tard on serait pas bien content de se retrouver bien au chaud tous les deux ? Ce serait bien plus simple. On se connaît déjà tellement.

Elle change si vite la Mison. Elle grossit du corsage et de la ceinture. Elle se coiffe avec une brosse toute la journée. Et que je te crêpe en avant, et que je te crêpe en arrière et que je te mets de la bière pour tenir les cheveux en l'air à attirer les guêpes ! Ça me dépasse toutes ces salamalecs. Ça va si vite. On dirait que les filles, elles vont plus vite que nous. Il me semble que je passerai ma vie à aller aux écrevisses et à la maraude aux pommes ou aux serpents. Mais elles, tous les matins, elles nous inventent quelque chose de nouveau. Elles arrivent à nous fioler rien qu'à essayer de les suivre ! On fabrique des pistolets avec des pinces à linge pendant qu'elles elles jouent au docteur avec les grands... !

Il faut que je me fasse à l'idée que je vais laisser mémé et pépé. C'est duraille tout cela. Il y a bien tous les voisins et leurs copains et copines, mais il me semble que je les empêchais de vieillir trop vite. Je leur écrirai, c'est sûr, mais eux, ils ne me répondront pas. Ils ne savent pas quoi dire dans les écritures. La terre tourne vite en ce moment et ma tête avec.

Maman a écrit pour dire qu'elle m'a inscrit au cours secondaire à côté de chez elle. Elle est trop contente que je fasse des études. Moi, je crois que tous les jours au village, c'était de sacrées études. La Déconfin me manque déjà et la classe de la petite école aussi avec l'armoire aux livres et les timbres antituberculeux de collés sur la vitre année après année et la balance et ses poids sur le dessus de l'armoire et le squelette de poule posé sur un rayon à côté d'une bécasse empaillée.

Je vais à Lyon, sans les vaches, sans Napoléon, sans l'herbe fauchée du Créru, sans les tombereaux de passenailles et le fumier qui transpire devant la porte... Sans René et la Cheville et Rigolo et Angelo qui caque au lavoir et les grands qui font le combat aérien avec les crapauds. Je vais trouver quoi là-bas ? René, il embauche chez son père dans la ferraille, la Cheville va chez le menuisier, Rigolo aussi, Angelo, il continue à la tour. La Mison va aller aux écoles des sœurs à Annecy comme pensionnaire. Tant mieux, parce que là-bas au moins, peut-être qu'elle aura le temps de penser un peu à moi ?

Même le Gaulois et son fils vont me manquer et le gaga et les boulangères déniaiseuses et Marie-Rose qui se met à vendre des cigarettes bon marché pour les fumaillons comme nous. Elle vend des P4 par paquet de quatre. Ça évite de tirer des jattes sur la moelle de sureau et de s'emboquer à vomir ! J'en dors plus la nuit. Je tourne, je vire comme une bique qui va poser ses belins. Pourquoi c'est pas plus simple, comme avant ?...

DEUXIÈME PARTIE

LES CŒURS EN FRICHE

I

C'est pas un voyage à Lyon que j'ai l'impression de faire, c'est une traversée des océans vers les Amériques. Je sais ce que je quitte, je ne sais pas où je vais. J'ai quitté la ferme de pépé et mémé de Lyon quand j'étais tout petit. Maman est tombée gravement malade et pépé et mémé de Lyon sont partis à Lyon pour faire les épiciers parce que la ferme ça ne payait plus. Ils l'ont gardée comme ils l'ont quittée, sans toucher à rien. C'est Jean-Marie, un vieux copain de pépé et mémé qui a la clé et qui s'occupe du cochon, des arbres, du jardin et du pré à luzerne, la *verchère*. Il a repris les terres en location avec d'autres. La location, ils la paient en lapins, poulets et en courges à la Saint-Martin, au 11 novembre. Pépé et mémé de Lyon ont pris une épicerie de la maison Reynier frères, en gérance. Monsieur Reynier a une maison de campagne au bord de l'Ain, chez nous. Tiens, je dis chez nous ! Mais je suis d'où, moi ? J'en sais bien rien finalement. Il a placé les garçons du village de l'Ain dans ses commerces comme commis et les filles comme bonnes dans les appartements. Au bout d'un moment, elles prennent tellement des habitudes de leurs patronnes que leurs parents à la ferme ne les reconnaissent même plus. On

dirait des dames à force de vouloir ressembler à Madame !
Il y en a même qui se permettent de donner des conseils
à leurs vieux... On aura tout vu ! Enfin, on verra bien.
C'est ce que j'ai entendu dire.

 Je suis parti un matin du mois de septembre avec le
car. Le maire m'a descendu à Annecy avec sa Quinze
Citroën, à l'arrêt des cars vers la gare. Il a donné ma
valise en carton au chauffeur et lui a dit que je descendais
au terminus au pont de la Guillotière. Maman m'attend
là-bas. Je crois que j'ai fermé les yeux tout le trajet jusqu'à Annecy.

 Je ne voulais pas voir la Mandallaz me rester dans le
dos. Mémé m'a préparé une musette de manger pour le
voyage. J'en ai pour près de quatre heures de route. J'ai
du pain blanc des boulangères, du pâté moussu, de la
tomme, une tablette de chocolat de l'Union avec une
image de coureur cycliste, une bouteille de menthe à
l'eau, une poignée de Pierrot Gourmand au lait et un livre
de Bibi Fricotin. Brave mémé, elle en a plus mis qu'en
trois semaines d'école et de récompenses. Au fond, j'ai
trouvé un couteau suisse à huit lames que pépé a glissé au
dernier moment. J'en rêvais de ce couteau que Marie-
Rose venait de recevoir. Pépé a cassé sa tirelire. C'est sûr.
Dès que j'arrive, je leur écris une belle carte postale de
Lyon. Une avec des ponts parce que pépé m'a dit qu'il y
en avait plein à Lyon. Il les a vus l'année où il est allé à
la foire, en même temps que le mariage de son frère aîné,
en 1907.

 Au bout d'un long moment, j'ai feuilleté le *Bibi
Fricotin*, j'ai sucé deux bonbons. Le chauffeur a stoppé
son car à Ambérieu-en-Bugey sur la place de la gare. Il a
laissé refroidir le moteur, a remis de l'eau. Il a pris des
colis dans un café et on est reparti. J'ai lu les pancartes
tout le long. On a passé Meximieux, la Valbonne avec des

soldats partout, Miribel et une Sainte Vierge grande comme une montagne qui regarde passer les voitures du haut d'une colline. Je me rappelle qu'il y avait des maisons de partout, des deux côtés, et des autos qui débaroulaient dans tous les sens. J'ai même vu un camion de pompiers comme dans les *Paris-Match* que mémé récupérait chez la Julie. C'est sa fille d'Annecy qui lui apportait. On a traversé le Rhône sur un pont géant. Je suis plus fatigué qu'après une journée aux patates et pourtant j'ai rien fait que dormir et rêvasser. Le chauffeur annonce :

– Arrêt buffet, cabinets au bout du quai ! Terminus, tout le monde descend ! Tu viens, gone, je te passe ta valise ?

J'aperçois maman contre la devanture des cars, place Raspail. Elle est si petite calée entre deux voyageurs déjà descendus. Elle s'excuse presque auprès d'eux d'être là. Elle est comme ça maman ; toujours peur d'être de trop, toujours peur de déranger, de ne pas être assez polie, assez convenable, assez courtoise, assez minuscule, assez proprette et toujours à se demander si elle en a fait assez pour les autres. Moins elle existe pour elle, maman, mieux elle se porte.

Quand on lui donne quelque chose, elle dit toujours : « T'aurais pas dû ! » Quand elle donne quelque chose, elle dit toujours : « J'ai peur que ça fasse pas assez ! » Maman, quand elle ouvre la bouche, c'est pas pour dire ce qu'elle pense, mais pour dire ce que les autres ont envie d'entendre.

Quand elle est contente, elle le dit. Quand elle est peinée, elle ne dit rien, mais là, je le vois tout de suite. Il y a comme des ombres dans ses yeux noirs, qui ternissent le regard.

Comme prévu, elle me serre très fort dans ses bras et me dit que j'ai encore grandi :

– Tu me dépasses déjà !

Tu parles, si je la dépasse, elle est grande comme trois pommes à genoux ! En plus, on lui voit le jour à travers. Maman, elle est épaisse comme un rayon de vélo. Son séjour à Hauteville, au sana, l'a peut-être un peu requinquée mais ça ne lui a pas mis du lard sous la peau. Enfin, on verra bien !

– Alors, tu m'emmènes où, jeune fille ?

Elle aime bien que je la traite un peu comme une vieille copine. Elle est si bonne avec les jeunes. Jamais une critique, toujours une excuse. Elle se redresse, la maternelle, avec son grand gognand à côté d'elle. Il y a bien longtemps qu'on ne s'est plus bambanés tous les deux. J'ai peur de ne plus savoir faire. J'ai encore dans les jambes les prés de Viéran ou les chemins du Créru. Il va falloir apprendre à vivre en ville, sans pépé et mémé et avec ma petite femme de mère. J'en ai un peu froid dans le dos. Finalement, dans ma Hiaute, j'étais comme le chien à P'tit Jules. J'allais où je voulais et je rentrais juste quand ça sentait la soupe. Là, je crois bien que je vais avoir un collier et une laisse.

Je crois que je marche un peu vite pour elle ! J'arpente la rue comme je remontais de la messe, en trottant à côté le vélo du grand Michel. J'ai tout faux, je me trompe de décor. On est passé à l'acte suivant, gars ! Je ralentis. Elle respire vite, avec aux coins des lèvres un petit sourire satisfait et inoxydable. Elle souffre en silence et prend ce qu'il y a de mieux en oubliant ce qui peut la contrarier.

– Dis, grande fille, t'as les éponges un peu ratatinées !

– Essaie de parler plus correctement, tu parles à ta mère, tout de même !

– Bien Mâââme Pointalaligne…

Je lui raconte le coup du pointalaligne. Elle se marre comme un parapluie, maman. On est presque heureux. Comme disait la mère de Napoléon, pas le cheval, mais l'empereur : « Pourvou qué ça doure ! » Enfin, on verra bien. Elle n'en finit plus cette rue de Marseille. On traverse l'avenue Berthelot. Je lis toutes les pancartes et je m'imagine que chez pépé et mémé, il y aussi des pancartes... Je prends le passage du Gaulois, je tourne sur la place Moïse, à gauche j'enfile l'avenue des Gravines, je passe devant l'hôtel Mison, je remonte le boulevard de la Cheville et arrivé rue P'tit Rigolo, je tourne quai du Ouisse. Il y a du rire, quand même. Je me dis que pépé et mémé habitent au 21 impasse des boulangères !

On passe sous le pont métallique du chemin de fer. C'est sombre, ça pue, il y a des courants d'air et on arrive vers des grands prés. Ah ! là c'est un peu mieux. Il y a des grands arbres, quelques petits jardins, presque plus de voitures et pas grand monde. Maman, elle habite par là, à la Vitriolerie, près du Rhône, elle m'a dit. Peut-être que je pourrai aller à la pêche ? On y est.

La porte de la maison est fermée. Il faut *snailler** la serrure, pousser la lourde porte en bois et entrer dans l'allée. Ça, une allée ? Pour moi, une allée, c'est bordé d'arbres et ça conduit au château de la comtesse. À Lyon, on rentre chez soi par l'allée ! C'est noir, c'est froid, ça pue et les escaliers en pierre ne grincent même pas. On est au deuxième étage. Re-une porte et re-snailler la serrure avec une autre clé. C'est pas la clé du paradis, moi je vous le dis.

Il y trois pièces. Là c'est la cuisine avec un robinet sur l'évier. Là c'est la chambre à maman qui donne sur la cour. Là c'est ma chambre qui donne sur les prés. Là, c'est les cabinets. Il faut porter son seau d'eau, un broc, chaque fois qu'on y va. Il n'y aura pas moyen de pisser par la fenêtre, même dans la cour !

Au milieu de l'entrée, il y a un petit poêle à bois et charbon. Il est minuscule. Maman me dit que c'est un phare. Ça s'écrit Far, comme fonderies et ateliers du Rhône. C'est gravé dessus. Il a un petit portillon en bas, pour le tirage, avec une vitre en mica. Dans ma chambre, il y a le lit en fer et une table pour les devoirs.

Dans la cuisine, il y a une table couverte d'une toile cirée et quatre chaises en bois, un buffet plein de petites portes avec au centre une porte vitrée décorée avec des hirondelles et au-dessous une petite niche pour mettre le calendrier des Postes et des papiers, c'est comme on veut. À côté de la cuisinière à gaz, il y a le charbonnier avec une trappe pour récupérer le charbon dans une pelle en fer. La lampe au plafond a un contrepoids plein de grenaille de plomb. On peut la descendre ou la monter comme on veut. Elle a un petit chapeau en tôle garni de dentelles. Au mur, il y a un morceau de bois verni avec une photo du vapeur *Le France* à quai sur le lac d'Annecy, entouré d'une famille de cygnes. On est obligé de tenir éclairé tout le temps, parce que du côté de la cour, on ne voit jamais le soleil.

Dans ma chambre, c'est tout le contraire, vu qu'en face il n'y a que les prés. On dirait que la ville s'arrête là et qu'après c'est la campagne. Si je me penche, je vois les bords du Rhône avec des buissonnées de vernes. Il y a bien une grande rue qui longe, mais il n'y a personne. Elle paraît très longue et étroite. C'est l'avenue Leclerc. Je ne sais pas qui c'est ce Leclerc, mais il n'a droit qu'à un long chemin bordé de talus tout sales ! Au fond du grand pré, il y a une vieille caserne avec des chevaux. Je ne suis pas trop dépaysé, quand même.

II

Au fil des premiers jours, j'ai appris à mieux me reconnaître. La rue où on habite est pavée avec des gros cailloux.

Les Lyonnais les appellent des têtes-de-chat ! Ça me fait me gondoler parce que j'ai l'impression qu'ils vont se mettre à miauler quand je cours dessus ! Comme le chat des voisins sur leur mur, au-dessus de notre fumier quand il *chnatait** après la chatte de la boulangère ! Pépé aimait dire : « Tiens, il y a le greffier aux voisins qui chnate. La boulangère a sa chatte en folie ! » Et mémé lui faisait les gros yeux en haussant les épaules. Je trouvais cela vraiment marrant.

J'ai fait une petite virée du côté du Rhône, un jour que maman se reposait. Elle se repose tout le temps, la pauvre ! Les bords de l'eau, c'est comme un chemin large et un peu en pente vers l'eau. On l'appelle le bas-port. À mesure que j'avance dans les hautes herbes, il y a des flopées de rats qui sautent à l'eau en couinant. Ils nagent bien les gaillards ! Il y a des jours, quand le vent vient d'en bas, de vers la Mulatière, on dirait que les eaux remontent. Il y a des vagues comme sur le lac d'Annecy. Parfois une péniche chargée de sable remonte vers le centre de Lyon où on aménage des parcs à voitures vers le chantier de la piscine sur l'eau. Les vagues viennent claquer au bord et les rats se font balader comme des bouchons de canne à pêche !

Ce que je ne comprends pas trop, c'est pourquoi il y a tant de poissons crevés qui flottent au bord. Ils sont bizarres. Rien à voir avec les Fario de Viéran, les mémères qui gigotent comme des larmouises au soleil. Ils sont bien gras, avec l'œil idiot. Il faut dire qu'ils sont tous à moitié boulottés par les rats. C'est la fête à Neuneu tous les jours pour eux ! Il faut les entendre *quiner* quand je dérange le casse-croûte. Ils ne me font pas peur. Les rats fruitiers de chez pépé et mémé de la Hiaute sont aussi costauds, sauf que je ne crois pas qu'ils savent nager. J'ai encore jamais vu de serpents, mais par contre, la nouveauté, c'est les moustiques. Ah ! les charognes, ils vous sucent le sang et se laissent éclater la viande quand je les écrabouille. C'est pas frais, cette affaire ! Les soirs de chaleur, il y en a plein la maison avec, en plus, les mouches attirées par les chevaux de la caserne.

En bas de chez nous, il y a une épicerie. C'est un peu comme chez la Marie-Rose. Sur le mur, c'est écrit « Épicerie porte-pot, casse-croûte à toute heure ». J'ai longtemps cru que c'était une épicerie porte-bonheur. Bien oui, porte-pot... Le pot, en fait, c'est la bouteille de vin des Lyonnais. Quarante-six centilitres, pas un de plus, pas un de moins. Le pot, c'est la mesure de pinard des boulistes qui jouent sur les quais du Rhône. Tu perds, tu gagnes, tu bois ton pot ! L'épicière, c'est une Italienne. Pas une Piémontaise, une du Sud, une Calabraise m'a dit maman. Des dures de dures ! a-t-elle ajouté. Elle fait venir son vin en tonneau, livré par la voiture à cheval du Cep Vermeil.

Je crois revoir mon Napoléon, quand il y a le livreur. Ce bourrin-là, il est blanc-gris, avec des sabots comme des enclumes et une touffe de poils en bas des pattes. Il est beau et gentil comme mon Napoléon. Je languis le jeudi quand il vient, surtout que là, il n'y a pas école. Par contre, il n'y a jamais personne pour ramasser le crottin. Le livreur nous défend de lui donner à manger. Il nous dit qu'il mord ! Tu parles. T'as déjà vu un bourricot qui mord quand tu lui glisses un quignon de pain ? Des histoires tout ça ! Il m'amuse le livreur, il y connaît rien en cheval. J'ai déjà repéré que la Calabraise avait une fille. Une espèce de *poutronne** toute nioraude avec une frange noire sur les yeux noirs, un peu comme ceux de maman. Elle n'est pas ensauvagée quand je lui dis bonjour, mais elle est vraiment bien plus petite que moi. Elle est bien jolie quand même et contrairement aux autres filles de ma rue, elle ne tire jamais la langue. C'est un bon point pour elle.

Dans l'épicerie porte-bonheur, il n'y a pas de chaises pour boire le canon ou manger un casse-croûte. Rien que des caisses debout pour se poser un moment. Elle vend toute une brocante de trucs en vrac. Des lentilles, des pois chiches, des pâtes, des haricots secs, du poisson séché, du fumé, des olives vertes et noires dans des tonneaux debout, servies avec une grosse cuillère en bois toute percée pour laisser filer le jus salé. Il y a aussi des sardines La Paimpolaise, des maquereaux Pompon Rouge, des petits pois Hénaff, du chocolat Révillon, du cacao Van Houten en boîtes de fer peintes, du café Au planteur de Caïffa. C'est beau sur les rayons. La Calabraise fait cuire des énormes morceaux de lard qu'elle sert avec de la moutarde aux ouvriers des usines qui passent par là. Il paraît qu'au bout de l'avenue, après les prés, il y a leurs usines, et, plus loin, un grand stade de foot. Maman m'a dit de ne pas trop m'aventurer là-bas parce qu'il y a aussi les *lônes* avec autour les baraquements des sans-logis. Les lônes, ça craint. C'est des petits morceaux d'eau du Rhône qu'il laisse quand il déborde. C'est dangereux. Et puis, les sans-logis n'aiment pas trop que l'on traîne autour des baraquements.

C'est un immense camp tout fait de baraques détrancanées, toutes déniapées.

Maman m'a raconté qu'un bon Lyonnais, l'abbé Pierre, s'est occupé de leur trouver des logis corrects. Mais la France n'est pas assez riche pour tous les loger. En attendant, ils campent en famille sans que ce soit vraiment des vacances pour eux. C'est des réfugiés de la guerre. Ils ont tout perdu. Il y a bien des étrangers, mais aussi beaucoup de Français. Maman m'a dit qu'ils devaient commencer à en avoir marre de cette vie de nomades. Les policiers leur sont toujours après. Ils ont un camp au nord de Lyon, vers Vaulx-en-Velin, et un autre après le pont Pasteur, à Gerland.

À l'école, j'ai appris qu'on appelait ça des bidonvilles. Les pauvres mal-logés me font un peu peur tellement ils sont mal habillés et toujours sales. On dirait qu'ils en veulent à tous ceux qui passent vers chez eux.

C'est la première fois que je vois autant de monde à cuchon dans des pauvres maisons. J'ai un peu mal au cœur pour eux. Chez pépé et mémé de la Hiaute, on ne voyait pas de pauvres. Il y avait bien quelquefois une roulotte de Bouèmes qui passait et restait quelques jours à l'écart, mais jamais rien de bien méchant. On dit que c'est des voleurs de poules et qu'ils marquent à la craie les maisons où ils reviendront chaparder. Nous, on n'a jamais eu de coups de craie parce que mémé leur donnait un petit quignon de pain ou des patates. Des fois, ils demandaient du foin pour leurs chevaux si les prés communaux étaient un peu secs. Voilà tout. Ils repartaient contents et les femmes disaient à mémé qu'elle était la fille de la Sainte Vierge ! Quand ils restaient plus de deux jours, le maire leur disait d'envoyer leurs enfants à l'école. Ça les faisait partir ! On les appelait aussi les fils du vent. C'est beau comme nom.

Mais, là près du pont Pasteur, c'est une autre musique. C'est pas des fils du vent, c'est les fils de la France en guerre. Maman me dit qu'on a des devoirs envers eux, qu'il faut les plaindre et les respecter. Je veux bien, mais de loin ! Je suis en train de découvrir que la ville, c'est un raccourci de la terre. On y trouve tous les mal-aimés du monde. C'est le curé d'Épagny qui nous a dit un jour ces mots au sujet de ceux qui devront quitter l'Algérie. La guerre d'Algérie est bientôt finie, paraît-il. J'en entends parler par les vieux de ma rue qui discutent le soir sur leur chaise devant les portes des maisons. J'écoute et j'en perds pas une miette parce que pour moi, tout ça c'est nouveau.

Tous les soirs en allant dormir, j'essaie de me résumer les nouveautés de la journée et je me rends compte que pépé et mémé de la Hiaute ne sont pas savants des mêmes choses que les vieux d'ici. Ici, ils parlent de politique, de grèves, de contremaîtres, de patrons, d'usines et de matches de football. À vrai dire, j'ai encore du mal à suivre. Là-bas, on parlait de foin, de fumier, de vaches, de fagots et de culs-de-poulet, du temps des autrefois et des quilles, et j'y mettais de plus en plus mon grain de sel. Si je mets tout ça à la queue leu leu, je me demande si ma tête va pouvoir tout y *acuchonner**. Parce que pas question que je laisse s'évaporer toute ma vie de la Hiaute. Je veux y retourner un jour avec maman.

On aura une maison au village. J'irai travailler à Annecy avec une auto. Vu le nombre qu'il y a à Lyon, c'est pas bien compliqué d'en trouver une, même une toute vieille. Moi, je ne fais pas des *gôgnes** pour si peu.

Maman aura son bout de jardin et sa chaise longue au soleil pour se retaper mieux qu'au sana. Je lui lirai les copies de mes élèves pour la distraire. Enfin, on verra bien. Pour le moment, il faut se préparer à attaquer l'entrée en sixième.

En attendant, pendant que maman se repose tranquillement, je vais faire un tour dans la rue. La fille de la Calabraise est assise sur la marche du magasin. Elle suce à la fois son pouce et l'ourlet de sa robe à petits carreaux blanc et bleu ciel. Elle est marrante à me regarder en dessous sans arrêter de tirer sur son pouce comme un veau qui tète. Je fais miauler les têtes-de-chat en remontant vers les grands arbres et les petits jardins du bout du pré. Un peu plus loin, il y a des vieilles maisons un peu mâchurées dans des petits clos poussiéreux. On dirait qu'elles ont travaillé toute la journée à se ramoner la cheminée. Ça manque un peu de couleur, quand même. Moi, si je pouvais, j'y mettrais un peu de géraniums et quelques plants de tomates avec du crottin au pied. Il n'y a rien de tout ça. Dès que le vent du midi se lève, ça se met à vous craquer dans les dents tellement il y a de poussière sale. Chez pépé, la poussière n'est pas sale. C'est la poudre du blé ou de l'herbe séchée. C'est la *peuffe* qui vole partout, surtout les jours de batteuse. La peuffe de là-bas, elle sent bon. Ici, elle pue les cheminées et la crasse de la gare de Perrache qui n'est pas bien loin. Ils doivent pas souvent balayer la rue, les gens d'ici ! En marchant le long des maisons, je regarde les noms sur les boîtes du facteur. Pauvre facteur ! Il ne voit pas grand monde ici, car les gens travaillent ailleurs. Il pose son courrier sans parler, sans boire un canon. Il parle avec les chiens quand il y en a. Les gens de ma rue, ils s'appellent Spennato, Zambardi, Coconcilli, Battagliotti, Taïeb,

Hamadouche, Manoukian, Del Fiaco, Maaref. Eux, ils ont les petites maisons de ramoneurs. Nous, on habite l'immeuble, comme on l'appelle dans la rue.

Maman m'a expliqué qu'ils sont venus autrefois dans ce coin parce que personne ne voulait s'y installer. Leurs pays ne voulaient plus d'eux et la France a ouvert ses bras. La plupart sont arrivés à Marseille et ils ont remonté le Rhône jusqu'à Lyon. Je les vois bien sur leurs barques, entassés en train de chercher la Terre promise et crier « terre » en voyant les grands prés vers l'immeuble ! Ils viennent tous de régions de paysans et, même s'ils sont employés dans les usines, ils savent rudement bien faire le jardin. Là, oui, chapeau, c'est de la belle ouvrage ! Ils y sont tous les soirs et j'aime aller les bigler au travail. Je commence à parler un peu avec eux car ils ont bien senti que je m'y connaissais. Ils ont aussi des cabanes à lapins et des poules dans leur cour. Là, je me régale.

C'est surtout les Italiens qui jardinent le mieux. Ils sont sales comme des poux mais leurs jardins sont des modèles. J'ai vite appris qu'ici, on ne les appelle pas les Pioustres, comme les Piémontais de la Hiaute, mais les Ritals ou les Macars. Donc, les Ritals-Macars se lavent à peu près une fois par semaine le dimanche matin.

Il faut les comprendre. Ils n'ont pas forcément un robinet d'eau dans leurs maisons-ramoneuses mâchurées. Ils ont la pompe au jardin ou les bords du Rhône quand il fait chaud. Toute la semaine, ils ont les mêmes habits. Quand on s'en approche, ils sentent la transpiration de l'ouvrier. Moi, ça ne me dérange pas, mais c'est pas du tout la même transpiration que celle des paysans. Même les pieds ne sentent pas pareil. J'ai dû m'habituer à ces nouvelles odeurs. Maman m'a appris à respecter les odeurs des autres. Avec gentillesse, elle m'a dit que chacun a son odeur et qu'il ne faut pas aller contre la nature. Quand elle accueillait les blessés à la gare de Perrache, elle les reconnaissait les yeux fermés ! Les Noirs, les Asiatiques, les Nord-Africains, les Européens... Tous avaient leur odeur. Jamais elle ne les aurait appelés autrement que par les noms que j'ai dits. C'est pas comme le livreur du Cep Vermeil qui vient avec son cheval chez la Calabraise d'en bas. Lui, il faut traduire. C'est pas du patois de la Hiaute. C'est du tout tordu. Maman me dit de ne pas répéter, c'est de l'argot de voyou. Il parle des Négrillons, des Gniaques, des Rastaquouères, des Youpins, des Polacs, des Bicots... « Pauvre type, t'es quoi, toi, t'es rosé comme ton pinard et tu pues de la bouche ! » Je me dis tout ça dans ma tête en caressant son cheval.

Maman est bien embêtée car elle ne voudrait pas que je traîne trop dehors avec tout le monde et, en même temps, elle sent bien que je ne peux pas rester bouclé à l'appartement. J'étouffe dans les quatre murs. C'est marrant, mais ce qui me manque le plus, c'est pas Mison, le pépé, la mémé ou René, c'est peut-être tout à la fois. C'est une autre vie que les deux nôtres dans la maison. Plus ça va et plus j'ai envie de m'occuper d'une bête.

Quand j'avais Napoléon, les vaches, les chèvres, les poules, les lapins, les merles, les pies apprivoisées, même les serpents, je ne me rendais pas compte que je leur parlais tout le temps et qu'entre nous, ça marchait comme sur des roulettes. Je faisais partie de leur famille. Oui, c'est ça, il me faut un vrai copain, rien que pour moi parce que je me rends bien compte que je ne pourrai jamais tout recommencer avec les gens de Lyon comme avec ceux de la Hiaute. Quelque part, des fois, je me sens un étranger comme les Ritals. Il faut que je gagne mon bonheur. Mais j'ai pas envie. C'est trop dur. Maman me suffit, ici... À condition que j'aie une bestiole pour compléter.

Je crois bien que maman aussi a bien envie qu'on ait une bestiole avec nous. Elle pense au jour où j'aurai repris l'école. Elle va devoir rester toute seule. Elle n'a plus envie de rester seule. C'est pour cela qu'elle est rentrée de Hauteville. Elle ne supportait plus, même si tout le monde était aux petits oignons pour elle. Elle aime bien jouer à l'infirmière, mais supporte mal qu'on lui soit toujours après pour pas grand-chose. Maman, elle veut bien aller à l'hôpital, mais il faut que cela vaille le coup. Il lui faut le grand jeu de la perfusion et des piquouses dans les fesses avec la visite du grand patron en supplément. Elle a l'impression d'être une vraie malade et elle revit ses années d'hôpital militaire. Comme elle dit tout le temps : « C'est un idéal, je le ferais même pour pas un sou, ça ne se discute pas ces choses-là ! »

Brave mère, il faut toujours qu'elle s'occupe des autres. Son vrai régal, c'est quand je remonte du pré avec le nez qui saigne ou un genou balafré.

Elle sort sa valise de pansements et retrouve les gestes d'autrefois avec un sérieux qui me fait vraiment marrer. À la fin, je ressemble à un clown maquillé. Je deviens obligatoirement guéri. Mais attention, il faut surveiller la température !

C'est dit. Dimanche, on ira au marché aux chiens. On trouvera bien le malheureux à sauver d'une mort sûre (Je me fais rigoler tout seul !) pour trois francs six sous. Plus il sera vilain, plus on sera content, parce qu'on s'imagine qu'il n'aurait jamais trouvé de maîtres dans un état pareil.

Dimanche matin, on s'embringue tous les deux à pied au marché aux chiens de la place Carnot. On y va tôt pour choisir tranquille. Ça piaille de partout dans les cages. Il y en a dans des remorques, sur la paille. Il y en a qui tètent encore leur pauvre mère qui ne se doute pas qu'elle va en perdre un ou deux. Elles savent compter, les mères, même les poules ou les canes qui attendent les petits pour traverser la route. Si elles croient qu'il en manque un, elles sont capables de rester des heures à attendre. C'est marrant. Les poules, elles sont capables de couver des œufs en bois, mais après, elles savent compter ! Et dire qu'il y a des femmes qui abandonnent leurs enfants. Je me vois mal revenir du marché avec un petit frère ou une petite sœur. Je suis né tout seul dans la portée. Comme dit maman : « Je l'ai tellement bien réussi, que j'ai préféré mettre le moule au grenier ! »

Un jour, en allant faire des commissions à Perrache, vers l'église d'Ainay, on a croisé une ribambelle de gamins, à la queue leu leu, tous habillés pareil. Ils étaient accompagnés par des religieuses qui les faisaient chanter en marchant au pas. Ça m'a fait tout drôle de voir ces petiots comme des vaches qu'on mène en champs. On aurait dit qu'ils avaient tous la même tête. Maman m'a dit que c'était des petits de l'orphelinat de la rue d'Ainay. J'ai appris que c'était surtout des enfants abandonnés. Elle me l'a avoué parce que je ne comprenais pas comment autant d'enfants pouvaient avoir perdu leurs parents. Ils étaient trop petits pour être des orphelins de la guerre. Alors ? Alors, dans certaines familles, on ne voulait pas des petits qui étaient un peu gagas ou un peu déformés, ou de ceux qu'on ne voulait pas connaître parce que c'était la bonne qui les avait ramassés on ne sait trop comment. Pauvres petits. Finalement, ils auraient sûrement été mieux au séminaire de la Hiaute. Au moins, ils auraient été au bon air et en liberté. Mais là, c'est pas une vie de passer son temps à la queue leu leu en ripant ses galoches sur les pavés et en faisant le tour du quartier.

– Ne les regarde pas, ça pourrait leur faire envie de te voir avec une maman. Et puis, il ne faut pas regarder ceux qui ne sont pas pareils que nous. Et puis, sois sage, parce que si les cloches de Saint-Jean sonnent, tu vas rester comme eux.

Il y a des jours comme ça où j'ai envie de me retrouver aux écrevisses à Viéran avec Néné.

C'est en pensant aux orphelins de la rue d'Ainay que j'ai choisi mon chien. Un tout petit, mais pas trop pour qu'il ne tète plus sa mère.

« Un chien de trop, c'est un chien à noyer ! » a dit un jour le Gaulois dont la chienne en rapportait tout le temps à la maison. Il les enfermait dans un sac à patates et les balançait à Viéran, les soirs de grosses pluies pour que les eaux les emportent vite fait, plus loin, chez les autres. Je fermais les yeux très fort quand je le voyais passer devant chez nous avec le sac qui gigotait dans le barreau à deux roues.

Je craignais autant que quand le pépé prenait idée de tuer un lapin pour le manger du dimanche. Il en chopait un dans la cabane et le pendait vivant sous la grange par les pattes de derrière. Sous prétexte que la viande est meilleure quand la bête est bien saignée, il lui arrachait un œil avec le petit couteau à égorger les poulets. Pendant de longues minutes, le lapin gigotait, pendu, en poussant des cris stridents. « Laisse-le *quincher**, gone, quand il aura fini, on ira le dépouiller ! » Je voulais passer pour un vrai homme de la campagne et je ne disais rien à pépé, mais je trouvais toujours à m'occuper loin pour ne pas entendre. Je crois que ces séances m'ont dégoûté de manger du lapin. Si je dois en avaler, il me semble l'entendre couiner dans mes boyaux. À tout choisir, je préfère une bonne polinte ou un ou deux matefaims.

Les *matafans* de mémé, c'était bon comme un vrai péché. Ils sentaient le beurre noir bien cuit et la farine jaune. Dedans, j'y étalais de la gelée de culs-de-poulet et le roi n'était pas mon cousin. Je m'en léchais les babines avec une langue à vous récurer les trous de nez !

J'en suis là de mes pensées quand un vacarme de tous les diables me réveille la cervelle. Ça vient d'une des petites maisons du fond de la rue. Une maison montée à la va-vite et rafistolée par des Italiens. La mère pousse des cris de caillon qu'on égorge. C'est quand même pas la Saint-Cochon aujourd'hui ! Ses voisines se précipitent dans la cour juste à temps pour attraper par les cheveux une espèce de singe. Il les mord en hurlant lui aussi. Il a une voix pleine de grognements. La mère caresse le singe qui se calme en gémissant. Je ne bouge pas une oreille, derrière mon arbre. Je sens quelqu'un qui s'est glissé là. C'est la poutronne de la Calabraise qui m'a suivie. La chenille, elle s'est faite bien discrète ! C'est elle qui ouvre la bouche la première.

– T'as peur, hein ? T'en fais pas, il est pas méchant. C'est le petit Jésus qui cherche à s'échapper !

– C'est son nom, Jésus ?

– Chai pas. C'est comme ça qu'elle l'appelle, sa mère. Elle dit mon Jésus. Elle l'a queuté à la naissance. Il est venu au monde plein de poils et avec des grands bras musclés et velus. Plus il grandit, Jésus, plus il est costaud et des fois, il saute sur sa mère pour l'embrasser et elle peut plus s'en dépêtrer. Elle le cache tant qu'elle peut, mais tout le monde le connaît. Il faut surtout pas qu'il s'échappe en ville, il risquerait de faire des dégâts. Tu t'appelles comment toi ?

– Moi, c'est P'tit Louis et toi ?

– C'est comme tu voudras, ça sera mieux pour nous si on devient copain.

– Alors, on va dire que t'es la Miss, si tu veux.

J'ai pas réfléchi, mais je crois bien que si c'est « la Miss » qui est arrivé en premier, c'est parce que Mison remonte à la surface, toute seule.

– C'est joli la Miss ! Je veux bien. Allez, ciao, je repars.

Je la regarde sauter à travers les touffes de mauvaises herbes noircies des talus du pré. On dirait un papillon qui va se poser sur la marche du magasin de sa mère.

– Tu sais maman, la fille de la Calabraise je l'ai baptisée la Miss. Elle est gentille.

– Tu ne peux pas savoir si elle est gentille, elle ne parle jamais à personne. Avec le pouce collé dans la bouche, elle ne pipe pas mot.

– Moi, elle m'a parlé, tout à l'heure !

– Alors, c'est peut-être ton amoureuse…

– Amoureuse, laisse tomber, elle est trop petite, c'est encore une pisseuse !

Maman veut déjà me coller une amoureuse. Doucement. Je suis mal remis du coup de la Mison avec la Cheville et je ne suis pas sûr que Mison et moi on ne recommencera pas quand j'irai chez pépé et mémé pour les vacances. Il faut que j'en parle à mon chien.

Ah ! cré diou qu'il est vilain celui-là ! Mais, en même temps, il a des yeux à faire fondre le gros caillou de la Croix-Rousse. Il devrait être blanc et noir, mais il a aussi du jaune sur les oreilles et du gris sur les pattes. Le paysan de Francheville qui nous l'a vendu a dit qu'il avait un an tout juste. Quand on l'a ramené à la maison, il puait la vache vu qu'il couchait à l'écurie chez lui avec toute sa famille. « Il est bon à rien pour les vaches. Il ne veut pas en moudre au travail. Payez-moi juste sa bouffe. Il a eu de la chance qu'il vaille même pas le prix d'une cartouche, sinon je l'aurais flingué ! »

C'est ainsi que Totor a rappliqué chez nous. Qu'il pue la vache, ça ne me déplait pas, parce qu'à Lyon, les odeurs de vache ne courent pas les rues. Maman l'a lavé dans l'évier au gros savon de Marseille. Maintenant, il sent la vache propre. C'est tenace ces odeurs ! M'en fous. Il couche sur mon lit et mange avec moi, à mes pieds. C'est un vrai pote. Quand je l'emmène dehors avec moi, il commence toujours par lever la patte sur la marche du magasin à la Miss. C'est parce qu'elle a laissé son odeur et que le Totor aime bien la Miss. Il n'y a pas de quoi en faire tout un plat. La pisse de chien sent moins mauvais que celle des ouvriers qui se laissent aller dans l'allée de l'immeuble en sortant du bistrot. La Calabraise qui se sent responsable y balance des grands seaux de Javel tous les soirs.

III

Et c'est comme ça que tout doucettement on s'est laissé glisser vers la rentrée des classes. Je m'attendais à connaître des problèmes. La Déconfin avait bien prévenu : « Attendons-nous à quelques difficultés d'adaptation... » Tu parles, Charles, c'est franchement l'abbé Rézina, comme on dit au petit séminaire. Je ne sais pas qui c'est ce curé, mais il a dû porter la poisse à la moitié de l'histoire de France. Et pourtant il n'a fait qu'un passage. Alors là, franchement, je me demande où j'ai mis les pieds. Maman qui veut faire de moi une lumière ferait mieux d'acheter une poignée de cierges pour me remplacer. Le jour où je suis arrivé au lycée, oui, j'ai bien dit lycée, je me suis payé une cacavite des grands jours de bidoillon pressé. Parce que maman, il faut que je vous dise, elle m'a inscrit au lycée Ampère, classe de latin-grec, mathématiques renforcées. C'est carrément l'élite de la nation qui défile là.

Comment, en descendant de ma Hiaute et de l'école à une seule classe de la Déconfin, j'ai pu débarquer là ?
– En vertu de la préférence donnée aux enfants arrivant de l'extérieur et pourvus d'un excellent dossier scolaire...
C'est textuellement ce que j'ai lu dans les papiers qu'on a envoyés à l'école.

Nous voilà beaux !

Je passe sur les bâtiments qui sont pires que le séminaire : un ancien couvent au milieu de la ville, des escaliers en pierre, en bois, en colimaçon, en cul-de-sac et en rien du tout qui m'enchante. Il faut changer de classe pour chaque maître. Pas une maîtresse avec un tablier à fleurs qui déballe son quatre-heures à la récré. Il n'y a qu'une chose de bien, c'est les pissotières. Elles sont mieux qu'à la maison. On n'a même pas besoin de porter de l'eau ; ça coule tout seul.

Le premier soir, j'ai pioulé comme une pisseuse. Je ne voulais plus y retourner. Je voulais retourner chez pépé et mémé, dans ma maison au fumier avec mes trésors dans la table de nuit. Je suis complètement perdu. J'ai même couché dans le lit de maman avec Totor entre nous deux.

J'ai eu mal au ventre pendant deux jours. Maman me faisait tous les matins un lait de poule bien sucré avec un beau jaune d'œuf et un bol de lait par-dessus. C'est le seul moment de bien dans la journée. Si j'y suis retourné, c'est bien pour qu'elle soit heureuse. Même Totor, il avait les yeux qui lui pendaient sur les arpions, tellement il voyait ma misère.

Le pire, c'est que pas un de la classe ne m'adressait la parole. C'est comme si j'existais pas. Il vaut mieux, d'ailleurs, parce que je n'avais jamais pu imaginer rencontrer des spécimens pareils. Ils portaient presque tous des pantalons longs comme les jours de première communion et surtout, certains avaient une cravate comme le maire pour l'inauguration de la foire agricole. On aurait dit des maires en miniature. Sans forcer, j'ai même trouvé que certains ressemblaient à pépé endimanché. Des enfants petits vieux à la mine triste comme des pots de chambre en émail.

Que faire ? Rien. J'ai décidé que je ne dirai rien, que je vivrai de mes souvenirs dans mon coin, en pensant à maman, à Totor et à la Miss sur son escalier.

Le pire est arrivé quand il a fallu dire ce que font les parents au professeur principal. Dans la même classe, il y a des pots de chambre de docteur, d'avocat, d'industriel, de chirurgien, de *spichiatre*, de notaire. Pas un paysan, pas un menuisier, pas un croque-mort. Mais ils sont où leurs enfants ? J'en ai déduit qu'en ville, il n'en faisaient pas. L'air ne devait pas être assez bon ou alors qu'ils étaient tous célibataires. C'est un autre monde, la ville. Croyez-moi. Quand c'est arrivé à moi, je me suis trouvé complètement affolé. Il fallait que je trouve vite et d'un seul coup j'ai sorti d'une voix forte et assurée :

– Mon père est chasseur en Afrique et ma mère est infirmière de guerre.

Le professeur principal a regardé ses fiches : Parfaitement, mon cher, chasseur de lions et infirmière dans les tranchées...

Depuis ce jour, toute la classe me considère avec respect et n'ose pas m'aborder. J'ai la paix tant souhaitée. Je ne suis pas mécontent de mon effet. Les petits maires en pantalons longs et à trogne de pot de chambre en sont restés vissés sur place. On n'en a jamais reparlé, même pas avec le maître.

Pépé m'a toujours dit que c'est au pied du mur qu'on voit le maçon : « Ferme ton clapet, travaille et tu seras respecté pour tes vraies qualités. » Merci pépé.

Le latin, c'est du gâteau pour moi et les autres matières, ça tient la route. Il n'y a que les mathématiques qui me tarabustent. Personne ne peut m'aider. Maman n'y comprend rien et la Miss, elle en est aux tables d'addition. Même Totor qui fouine dans mon cartable s'en désintéresse complètement. Ce qui compte, c'est le bout de Choco BN écrasé qui dépasse du sac de goûter. Je fais exprès de lui en laisser. Il a vite compris le truc et fait l'inspection tous les soirs avant de se caler sous la table pendant que je fais mes devoirs.

IV

En rentrant ce soir à la maison, j'ai bien vu qu'il y avait quelque chose de pas normal. Quand j'ai ouvert la porte, Totor ne m'a pas fait les fêtes habituelles. Il a pissé derrière la porte. Il se fait tout petit sous la table de la cuisine.

– Totor, qui c'est qui a pissé là, hein ? T'as pas fait ta balade au bord du Rhône ?

C'est bizarre, maman ne s'est pas précipitée vers moi pour me bombarder de questions, ouvrir le cartable, regarder le cahier de textes et… « T'as eu des notes, t'as fait quoi, t'as dit quoi, t'as vu qui ?... »

Où elle est la mère ?

– Maman, t'es où ?

L'angoisse me prend les boyaux. Je file dans sa chambre. Elle dort. Comme elle est petite avec son bout de museau qui pointe sur le drap ! Il y a juste le nez qui dépasse. C'est tout ce qu'elle a d'un peu grand, maman. Il est bien droit et un peu pointu. Un peu plus que d'habitude parce que ces temps, elle a bien maigri. Elle a du mal à souffler et se fait du mouron pour un oui et pour un non. Il y a des jours, je sens bien qu'elle n'a pas envie que je parte à l'école. Mais ce lycée Ampère, c'est une telle fierté pour elle... Pensez-donc, le Titi de la Hiaute au lycée. C'est l'exploit. Je suis le premier de la famille à suivre des études. Elle me voit déjà au gouvernement ou plutôt grand patron à l'hôpital Édouard-Herriot.

Moi, il n'y a que l'histoire qui me ravigote vraiment. On verra bien. Le problème que je me pose, c'est de savoir jusqu'où je dois aller pour lui faire plaisir. Comme elle dit souvent : « La moindre contrariété m'abose ! »

Totor la renifle doucement et se tient dans mes jambes. Lui aussi, il n'est pas trop rassuré.

– Ça ne va pas m'man ? Depuis combien de temps t'es couchée ? Pourquoi tu ne te lèves pas ?

Elle a ouvert un œil, puis l'autre. Ça manque d'éclat, ces braises, ce soir ! Son feu est un peu éteint.

– Tu veux un verre d'eau ?

Rien n'a changé de place à la cuisine depuis ce matin. Elle n'a pas touché aux biscottes. Je le sais, parce qu'elle me dit toujours qu'elle casse bien la croûte quand je ne suis pas là et moi, en partant, je compte les biscottes dans le paquet de Vibis. Malin, le P'tit Louis ! Mais aussi inquiet, parce que la pile ne baisse pas vite. Bref, il n'y a même pas une casserole sur le gaz pour le repas du soir. Vilain temps. À côté de l'évier sa serviette de toilette est aussi sèche que ce matin. Ça aussi, j'y regarde et je sais si elle s'est pomponnée ou pas.

Retour avec mon verre d'eau. Elle n'a pas bougé. Totor est monté sur le lit et lui lèche les mains. Bon Totor. C'est un frère.

– T'as fait quoi, m'man aujourd'hui ?
– Rien.

Sec et d'équerre, je prends tout en pleine poire. J'ai franchement la trouille, parce que jusqu'à présent elle se remuait pour moi, maman.

– Lève-toi, on va promener Totor tous les deux tant qu'il fait encore beau.
– Ça ne risque pas. Je ne veux voir personne. Ferme les volets et éteins la lumière.

J'ai une boule de pétanque dans la gorge. J'ai un peu froid. Jamais je n'avais vécu cela chez pépé et mémé. Ils allaient toujours bien, des jours un peu moins que d'autres. Comme disait pépé : « Aujourd'hui, ça va tout d'une fesse ! » Mais au bout du compte, je ne me faisais jamais de souci. Ici, je me fais un monde de tout. Le lycée est loin, les élèves sont tristes comme des bonnets de nuit, les profs sont raides comme des petits soldats de plomb, l'immeuble pue le graillon et surtout, qu'est-ce que je m'ennuie ! Je ne sais jamais que l'abattre. C'est une expression à mémé quand je tourne en rond. Quand je lui disais que je ne savais pas quoi faire, elle répétait toujours la même chose :

– Va râper du beurre au chat ou racle-toi les os des jambes !

Et moi qui jouais le jeu, je revenais à la charge :
– J'ai fini, mémé !

Et, invariablement, j'avais droit à la suite :
– Mange ta main et garde l'autre pour demain !

Les jours de désœuvrement passaient au milieu de ces dialogues édifiants. Si seulement je pouvais ne revivre que ces moments. Il y a quelque chose de cassé qui me fait dire que jamais je ne reverrai ces heures douces et paisibles. Je suis d'autant plus bête devant tout cela que je n'avais jamais vu une femme rester au lit toute la journée, sans se bouger. Au village, les femmes se lèvent avant les hommes pour mettre la soupe du matin ou le café à chauffer. Le soir, elles éteignent en dernier après avoir fait le tour de la maison.

Si maman ne se lève pas, c'est grave. L'heure tourne, les devoirs ne sont pas faits et Totor commence à danser d'une patte sur l'autre derrière la porte. Il n'y a pas de manger pour ce soir. Ça fait beaucoup. Je décide de balader le Totor.

– Allez ! rapplique, gamin, on va taquiner les rats au bord de l'eau.

Il est en bas avant moi. Il arrose l'escalier de la Calabraise et traverse dans le pré. La Miss est en train de se battre avec un quignon de pain garni de fromage bleu. Elle vient avec moi. Petit bout de bonne femme, elle patale derrière moi en mâchouillant son pain :

– On n'a pas vu ta maman, aujourd'hui, au magasin, elle est pas malade au moins ?

– Eh oui, qu'elle est malade. Elle ne veut pas se décabaner et elle ne veut voir personne.

– Oh là là ! c'est pas bon ça chez les femmes !

– Qu'en sais-tu, larmise, de ce qu'il se passe chez les femmes ?

– Plus que tu crois, pépère. J'écoute et je vois.

Elle a de l'aplomb, la petite guenille.

Elle reprend :

– Il y a la femme du patron de mon père, à la fonderie, qui a pareil. Mon père dit qu'elle a des pressions, qu'elle a été primée.

Je lui coupe la parole :

– C'est des mots que j'ai lus dans la page santé du *Pèlerin*. On dit la dépression et des déprimés. Mais c'est grave. J'ai lu qu'on n'en guérit jamais. Ça va, ça vient. Ça vous laisse tranquille et quand on ne s'y attend pas, ça vous retombe sur le coin du paletot comme une caisse d'*équevilles**.

– Une quoi ?

– Une caisse de poubelles si t'aimes mieux. Celles que les âniers chargent le matin au pied des maisons.

Je suis désespéré, mais d'un côté ce que vient de me dire la grenouille me rassure. Elle sait beaucoup plus de choses que je ne croyais. Elle va m'aider à être moins benêt, moins badru. Totor s'est balancé à l'eau derrière des mouettes. On court pour le faire sécher.

J'ai hâte de retrouver maman. Je fonce lui annoncer la nouvelle :

– M'man, je sais ce que tu as. C'est la dépression. T'en fais pas, on n'en meurt pas. Il vaut mieux ça qu'une jambe cassée. La Miss m'a dit que la dame de la fonderie a tout pareil et pourtant on la voit au volant de sa voiture. On n'a plus qu'à acheter une voiture !

Je ne sais vraiment pas quoi dire pour la faire sourire. Au contraire, elle a des larmes.

– Je suis contente, Titi, que tu saches tout cela. J'en suis à moitié guérie. Oui, je fais de la déprime. Depuis la guerre, c'est tout le temps. Heureusement que tu es là, sinon…

– Sinon, tu vas te lever et manger un bout avec moi, madame Sinon, compris ?

On a grignoté deux ou trois biscottes avec du beurre et de la confiture.

– Raconte-moi pourquoi c'est depuis la guerre..

Elle s'est mise à raconter sans faire de pause et moi, le menton dans les paumes des mains, j'ai écouté. J'ai eu trop peur qu'elle s'arrête. Même le Totor, il écoute.

– À l'hôpital militaire, j'ai fait la connaissance d'un jeune homme. Un grand blessé. Il était beau comme un Jésus et toujours souriant et gentil. Il avait pris un éclat d'obus dans un poumon. Il allait devenir ingénieur dans l'aviation. Au bout de plusieurs mois, il m'a demandé en mariage et pépé et mémé de Lyon étaient bien d'accord.

On a fait des fiançailles à l'hôpital car il n'avait pas le droit de bouger. Il ne pouvait respirer qu'à grand-peine. Petit à petit, il s'est étiolé comme une fleur à l'automne et un matin, il ne s'est pas réveillé. Quand je suis entrée dans sa chambre, il souriait aux anges. J'ai cru qu'il voulait me parler, mais il était déjà au ciel. Depuis ce jour, je ne fais que penser à lui et à mon bonheur envolé. Tu es venu pour le remplacer.

Quand elle s'est arrêtée, elle paraissait presque guérie. Je n'ai plus jamais osé lui en reparler. Je crois que depuis ce soir aux biscottes beurrées j'ai grandi d'un coup. La Hiaute et le Viéran et le Créru sont entrés dans le pays de mon enfance d'avant. Je vais m'occuper de ma maman parce qu'elle a droit au même bonheur que les autres. Je n'oublierai jamais que c'est grâce à la Miss tout ce changement. J'y penserai toujours en la voyant sur son escalier en train de sucer son pouce et son tablier en même temps.

V

À partir du soir aux biscottes beurrées, j'ai tout changé dans ma vie. Le matin, je porte son thé au citron à maman dans son lit. Le soir, en rentrant, je compte les biscottes et je tâte la serviette à l'évier avant d'aller la voir si elle n'est pas à la porte à m'attendre ou dehors à ma rencontre avec le Totor. J'aime bien quand j'aperçois de loin Totor qui vient me faire des fêtes. C'est bon signe, c'est signe qu'ils sont tous les deux en promenade. On fait un petit tour de pré jusqu'aux maisons des Calabrais. On papote un peu avec les mamas, comme maman les appelle, et on rentre faire les devoirs.

Le plus dur, c'est le dimanche quand il ne fait pas beau. Le magasin de la Calabraise est fermé. La Miss ne vient pas barjacter avec moi et les jardins sont vides. Je n'arrive pas à me faire des copains dans le quartier. Ils jouent tous au foot dans le pré et moi je n'ose pas m'en mêler. Je suis le dernier arrivé. Alors, je regarde et je me mets à penser aux parties de ballon au séminaire après le caté. Leurs parties de foot se terminent toujours en bagarre comme les nôtres. Il y a ceux du bout de la rue contre ceux des immeubles. Les cailloux volent et les insultes aussi. Les plus mal habillés et les plus sales traitent ceux des immeubles de « fils à papa, trous du cul, culs brodés, couilles molles, pines d'hirondelles » tandis que les autres leur balancent des « fouille-merde, pue-du-cul, raclures, rats crevés, va torcher ton singe... » La plupart du temps, il y a des cris, des larmes, des mères qui appellent les uns par les fenêtres et des mamas qui rappliquent avec des torchons mouillés pour biller dans les autres. C'est l'ambiance ordinaire du quartier.

Par contre, les fins de semaine où le soleil brille, il y a une autre animation. Les jardins se remplissent dès le lever du jour. Il faut dire qu'aux jardins, il y a des pompes que la ville a installées pour mieux servir les ouvriers jardiniers. Tôt le matin, il y a d'abord la toilette des grands et des petits. Ça piaille dans tous les coins. Il n'y a que le singe qui reste fermé à la maison. Il est trop sot pour venir au jardin. Une fois il a cassé sa laisse et s'est mis à grimper dans l'arbre. On dit l'arbre, ici. Ce n'est pas qu'il n'y en a qu'un, mais un comme celui-ci, je n'en ai encore jamais vu. C'est un platane si vieux, si large qu'on peut faire le tour en vélo. À un mètre cinquante du sol, il a une plate-forme qui sert de cabane à quatre ou cinq gamins. De là, partent six branches grosses comme des vrais arbres qu'on n'a pas le droit d'escalader. Elles montent trop haut. On l'appelle l'arbre aux six troncs... Citrons ! Donc, un jour, le singe a escaladé l'arbre aux citrons jusqu'en haut. Tout le quartier était révolutionné. Sa mère beurlait en calabrais, son père faisait des signes de croix et le singe ne voulait, bien sûr, pas redescendre.

À force, la troupe des jardiniers est allée chercher des soldats à la caserne. Ils ont dressé des échelles coulissantes et l'ont capturé avec des cordes. Il les a tous mordus. Le médecin militaire est allé voir les parents pour leur dire que leur singe serait mieux dans un asile. On a failli déclarer la guerre aux soldats. Depuis, je crois bien qu'ils nous surveillent du coin de l'œil. C'était pas rigolo.

Aujourd'hui, donc, c'est grand beau temps. On approche de Noël, et pourtant il fait bien bon. La basilique de Fourvière est baignée par le soleil levant. La Sainte Vierge dorée éclabousse comme une vedette de music-hall. Le clapotis des vaguelettes sur le Rhône se prend pour des diamants jetés à la va-vite. De la fenêtre de ma chambre, j'admire la ville sous un jour plutôt agréable. Le pré paraît encore plus sale sous les rayons du soleil. L'herbe est rare et a du mal à pousser à travers le mâchefer du terrain. Les grands acacias ont des troncs encore plus noirs que d'habitude. Déjà dans les jardins toute la smala du bout de la rue commence à s'acuchonner. Les mamas et les mouquères nettoient les petits, les pères et les grands ont commencé à piocher.

– M'man, je peux descendre avec Totor ? Je vais aux jardins.

– Va pas trop te salir parce que ce soir c'est la grande toilette.

Allez y comprendre quelque chose. Il ne faut pas trop se salir parce que l'on doit se laver ! C'est tout maman ça ! Je vais voir mon copain Zambardi. C'est avec sa mama que maman discute quelquefois. Je dis mon copain parce que c'est le plus gentil avec moi. Un jour, il m'a dit :

– Si tu vas au lycée c'est que tu vas être maître d'école !

Je lui ai expliqué que je voulais être professeur d'histoire. Il n'a rien compris. Alors, depuis, il m'appelle le maître d'école ou plutôt le mec des colles, en traduisant bien. Il est brave le Zambardi. Il a deux ou trois ans de plus que moi et est apprenti chez un plombier à Gerland, pas loin du stade de foot. En foot, il s'y connaît. Il voudrait être gardien de but professionnel à l'Olympique lyonnais, l'équipe de la ville. C'est un costaud qui saura me protéger si un jour les autres m'attaquent. Il sait se faire respecter. Avant la guerre, un de ses oncles a écrit au maire, Édouard Herriot, pour lui dire qu'il avait trouvé une solution au brouillard en ville : il n'y a qu'à bâcher le fleuve dans toute la traversée de la ville et retirer la bâche à la fin de l'hiver ! Même le *Progrès* de Lyon en a parlé, paraît-il !

– Oh ! voilà le mec des colles avec son tigre ! Arrive, il y a du boulot pour toi !

Il ne peut pas me faire plus plaisir. J'attache Totor à un piquet et j'attaque à piocher comme si j'étais dans la vigne à pépé aux Fontanettes. Quel bonheur. De là, je guigne la fenêtre de ma chambre, des fois que maman me regarde.

Au bout d'un moment, son vieux papa lui glisse deux mots en calabrais.

– Mec des colles, laisse tomber. On va boire un coup.

Le père a sorti de sa musette une outre en cuir bien ventrue et se balance des giclettes de vin rouge dans le gosier. Zambardi fait la même chose et me la tend, un petit sourire aux lèvres. La première giclée, je l'ai ramassée dans les yeux, la deuxième sur le tricot. J'ai réussi mon coup à la troisième fois au milieu d'un fou rire général. Les autres jardiniers ont levé la tête et les commentaires ont fusé dans toutes les langues de la Méditerranée. J'ai failli leur répondre en patois de la Hiaute, mais je suis bien trop intimidé. Même Totor a penché la tête en clignant des yeux. Il fait vraiment beau ce matin.

Sur les coups de midi, tous les jardins fument des marmites qui réchauffent sur la braise. Les femmes ont mis à cuire. La mama m'a dit d'aller chercher maman pour partager le manger. Bien sûr, elle ne voudra pas sous prétexte qu'elle a déjà mangé rapport à ses médicaments qu'elle doit prendre à heure fixe, qu'elle ne veut pas déranger, qu'elle a peur de prendre froid sur la digestion... Tant pis, je sais que je vais pouvoir rester avec eux.

Je me gave de polinte et de saucisses à l'ail. La polinte, ça me connaît. Elle n'a pas le même goût que celle de mémé de la Hiaute et les saucisses, comme dit maman : « Ça fait de l'abonde, t'en manges toute la journée avec l'ail qui te revient ! » On attaque les gâteaux secs qui pissent l'huile quand le papa dérouille l'accordéon qui attendait dans un sac en toile. À mesure que les accents langoureux des musiques du Sud s'envolent dans le ciel du quartier, les uns et les autres s'assoupissent autour du feu. Il faut dire que le vin d'Italie, il vous réveille les morts avant de vous assommer. Les mamas toutes en noir commencent à ranger à mesure que le soleil se cache derrière Fourvière. Les fatmas en voiles blancs et pleines de pièces d'or autour du cou plient aussi. Toutes les femmes sont grosses et ont la peau foncée. Ça me change de maman qui est épaisse comme un rayon de vélo et pâlotte comme un linge, à caler les roues d'un corbillard.

C'est dit, pour les vacances de Noël, on ira chez pépé et mémé de Lyon, à la ferme, dans l'Ain. J'ai rêvé de retourner dans la Hiaute. Il y a si longtemps que je suis parti. Je n'ai pas de nouvelles. Juste un petit mot reçu il y a quelques jours de René. Je le garde punaisé au mur de la chambre au-dessus de la table des devoirs. C'est écrit tout à la va comme je te pousse, mais écrit avec le cœur :

Chère P'tit Louis,

Ici sa va. Et toi ?

Il y a la mémé à la Mison qu'a passé l'arme à gauche dimanche dernier. On na fé une belle sépulture au cemitière. C'est l'Angelo et p'tit Rigolo quétai clergeons. On leur a bien rigolé dessus. Comme le Napoléon de ton pépé est trop vieux c'est Marignan, un cheval de la tour qua fé le corbillard. Il a chié tout le long dans le mouillé de la route. Les clergeons son arrivé tout encoffaillé de crottin. Sa fouettait la gandouze dans l'église.

Maintenant, c'est venu la neige. On fait rien ou pas grand-chose. Les Pioustres abite aux Gravines et nous en pèchent de passé pour allé à Viéran. La chape est toujours debout dans les Vions. Mon pépé gendarme va tout d'une fesse. Il arrête pas de cracher vert. Il y a plus que la maman qui y va vu comme ça pue chez lui.

La Mison elle fraie mintenan avec un d'Annecy quelle a conu vers son pensionat. Elle dit plus bonjour, elle se parfume et son matou vient des fois manger chez elle. T'as qua voir ! L'aut' jour, il y a les boulangères qui ont mis une volée à un des nouveaux pioustres parce quil a dit des cochonneries sur elles. Elles y ont crié dessus qu'on y entendait jusqu'à Ferrières ! Je voi pas bien dautechoses à te raconter vu que les écritures ça m'agoille les boillo de la tête, t'y sais bien ! Mon boulot, ça va, mon singe est gentil, même que c'est mon père et les autes arpètes aussi.

Ton pépé et ta mémé se croquevillent un peu mais restent bien déquerre.

À part sa rin de novo. Comme on dit ché nous : a r'vi, Joson ! Ecri moi vite.

Cette lettre, c'est un vrai trésor pour moi. Je l'ai apprise par cœur à force de la relire. C'est mon seul lien avec ma Hiaute. Quand je la regarde pendue au-dessus de la table, je crois voir le Parmelan se mirer dans le lac d'Annecy ou la Mandallaz tout habillée de noires forêts monter la garde au-dessus de chez nous. Les pots de chambre du lycée ne peuvent pas comprendre ce que c'est que d'avoir le pays gravé dans les tripes. Eux, ils ne parlent que de la propriété de leur famille dans la Dombes ou en Beaujolais. Ils y vont les fins de semaine et quand ils arrivent, le feu ronfle et la soupe est chaude. Ils ont du monde qui s'occupe d'eux, même quand ils ne sont pas là. Ils s'invitent les uns et les autres et en parlent pendant trois jours après. Ils font des parties de croquet ou du cheval et languissent que la piscine soit à nouveau en eau. S'ils savaient comme c'est bien mieux d'aller aux écrevisses dans les gouilles ou de monter sur le dos de Napoléon. Même le jardin avec les Calabrais, c'est bien mieux. Je crois que si dans la prochaine rédaction je dois parler d'une journée de liberté, je raconterai la pêche aux écrevisses, mais sans les détails du chat crevé ! Ça leur en bouchera un coin. Même le prof, il n'a jamais été aux écrevisses comme ça. Sûr.

VI

On est arrivé au village avec le car Philibert de cinq heures du soir. Pépé de Lyon a bien une voiture, une Traction Citroën, mais maman n'a pas voulu déranger. Elle dit qu'elle craint la voiture et celle de pépé sent la merde de poule, les courges trop mûres et le fromage de chèvre moisi ! Ça lui remonte le cœur dans la bouche. Quand pépé conduit, il lui faut toute la route à quarante kilomètres à l'heure. Il n'arrête pas de se faire klaxonner et quand il en a bien marre, il arrête tout en plein milieu et descend s'expliquer avec les autres. Maman, ça la paralyse. En arrivant elle a sa migraine carabinée et pépé dit qu'elle fait des gôgnes. Mémé soupire et pépé se fâche. Ça se finit avec un Pernod de trop et des discours interminables sur la politique et les femmes du Maroc qui, elles, savent se taire ! C'est toujours le Maroc qui prend ; allez savoir pourquoi. Je connais par cœur.

Avec Philibert, pas de problèmes. On arrive à la nuit. Il nous dépose vers l'église. Il fait froid. On monte la côte en passant devant le café de l'oncle Michel qui a déjà tiré les volets. Il y a bien longtemps que je ne suis pas revenu plusieurs jours au village des bords de l'Ain. Les maisons sont un peu tristes ici, plus que dans la Hiaute. Ça vient peut-être de ce qu'elle sont faites autrement. Il y a des grandes cours devant, fermées par un grand portail. Là-haut, en Haute-Savoie, les maisons ouvrent sur la rue, tout de suite. Ici, on dirait que les gens se cachent pour mieux nous guigner. On ne voit personne, mais je suis sûr qu'il y en a bien trois ou quatre qui savent déjà qu'on est là. Enfin, on verra bien. Je ne vais pas beaucoup sortir avec tous les devoirs que j'ai pendant les vacances. J'espère que maman va bien s'aérer. Elle va encore avoir le balai et le chiffon à la main tout le temps. Totor a dormi tout le voyage à mes pieds. Il ne connaît pas ce coin de campagne. Ça va le changer des bords du Rhône.

Maman fait couiner le portail vert et on traverse la grande cour en gravillons de la rivière. C'est pépé qui la recharge tous les étés en trimbalant les cailloux dans la Traction. Il les passe tous au tamis pour récupérer le sable. On dirait qu'il n'y a personne tant les volets joignent bien. La grosse porte est bien bouclée, au fond, sous l'avant-toit où les gens vivent aux beaux jours. En entrant, on reçoit une bouffée de chaleur. On prend tout de suite les joues brûlantes ! Le fourneau ronfle et les cornets sont presque rouges. Mémé a astiqué. Ça sent la lessive pour décaper les carreaux couleur brique de la seule pièce commune. D'entrée je me sens bien dans cette grande maison. L'unique fenêtre est taillée dans l'épaisseur du mur. C'est impressionnant. Les murs ne sont pas d'équerre. Le sol fait des vagues.

Un lit, une horloge qui bat la mesure d'une voix grave, un buffet et un petit placard, une grande table et un pétrin. C'est tout, mais ça fait bien chaud au cœur. Au mur, il y a mes arrière-grands-parents qui veillent sur nous. Bonne bouille, les aïeux ! À côté d'eux, les fusils de chasse de pépé sont pendus à côté d'une cartouchière et d'un carnier. Un chapelet d'ail se confond avec la couleur du mur peint à la chaux et embaume la pièce. « C'est bon pour la circulation ! » dit mémé. La table est mise. On mange toujours très tôt, vers six heures du soir. Ça ne me changera pas. C'est bien.

Mémé a fait une soupe de navet et un gratin de courge. On attaque avec un bout de saucisson. Le pain est bon. C'est Fernand qui le livre avec sa vieille Citroën C5 tous les matins et c'est son beau-père, François le mitron, qui le fait en bas, à la boulangerie, avec la Marie, sa femme.

Maman va dormir dans la pièce commune, près du fourneau. Moi, je dors dans la pièce de derrière, séparée du reste par la chambre de pépé et mémé. J'aime bien leur lit. Il est très haut. Il faut grimper pour se coucher. Par-dessus, il a un édredon en plumes épais et gonflé comme un ballon dirigeable. Les chambres ne sont pas chauffées. La mienne est une glacière. Elle donne sur le grand pré de luzerne attenant à la maison, la verchère. J'y vais par une lourde porte sur le dehors qui me permet de me croire bien chez moi. Au-dessus de ma tête, il y a le grenier à foin. Les rats y patalent toute la nuit. Quelquefois, j'entends les pas du hibou qui s'installe au matin. On dirait un cambrioleur qui fait craquer les planches du plafond. Tout petit, j'avais une de ces frousses. Mais je crois que la plus belle frousse, c'est Mimile qui me l'avait refilée !

Des Mimile, on n'en fait plus chez nous. C'était un journalier agricole, venu de Dieu sait où, reparti on ne sait jamais où. Il louait ses bras de maison en maison au gré des travaux. Pépé le payait avec la soupe, la bouteille de rouge et un billet de mille le dimanche. Il avait ses propres outils toujours impeccables. Il piochait la vigne au fond de la verchère, fauchait la luzerne, l'andainait et la gerbait tout seul. Après, il refendait le bois et s'en allait chez d'autres gagner trois francs six sous. Il dormait dans la paille du grenier. Tous les soirs, il montait sa carcasse

à l'échelle et souvent une bonne cuite pour lui tenir compagnie ! Le rituel était toujours le même. Pépé lui criait :
– Mimile, t'as laissé tes allumettes en bas ?
Et lui de répondre invariablement :
– Oui, monsieur le Marquis. Je monte ma cuite, c'est déjà assez lourd !

Pépé lui défendait de tirer l'échelle. Comme cela, le matin, il pouvait monter le secouer sans avoir à taper au plafond de ma chambre.

Mais, le Mimile c'était un grand indépendant qui avait fait presque le tour du monde dans sa jeunesse. Il racontait qu'il avait fait un séjour dans la Légion étrangère. Il parlait de la Guyane, de l'Indochine et chantait à tue-tête : « À la Martinique, nique, nique, c'est ça qu'est chic, c'est ça qu'est chic… ! » On n'a jamais connu la suite. Donc, malgré les ordres de pépé, il tirait l'échelle et un matin, il est descendu du grenier sans la remettre. La marche était haute. Il a fait un vacarme de tous les diables en débaroulant. Réveillé en sursaut, je n'osais pas quitter mon lit. Quand j'ai ouvert la grosse porte qui donne derrière sur la verchère, j'ai trouvé le Mimile à cuchon par terre, le crâne et le nez en sang. J'ai cru qu'il était mort. Pépé l'a réveillé avec de la gnôle sous le nez. Magique ! Mimile a ressuscité. Maman s'est régalée à le soigner, le nettoyer, le panser et pendant ce temps-là, il lui caressait les hanches. Il a pris autant de claques que de coups de mercurochrome ! À la fin, le Mimile ressemblait à un chef indien sur le sentier de la guerre. Suprême rigolade, pépé lui a collé une plume de poule derrière la tête avec du sparadrap. Il ne s'est aperçu de rien et toute la journée, il s'est baladé avec la trogne barbouillée au rouge et sa plume sur la tête. Pépé a passé tout le jour à faire venir le boulanger, le garde champêtre et les voisins pour contempler l'Indien de la verchère !

Un soir de cuite plus chargée que d'habitude, Mimile s'est noyé dans le lavoir du village. On l'a trouvé à bouchon sur l'eau, en train de flotter. La commune lui a payé une tombe et des bonnes gens du village la fleurissent consciencieusement.

Il fait un froid de canard dans ma chambre. Heureusement, mémé a prévu un gros édredon en plumes et une bouillotte, une grosse bouillotte en cuivre remplie d'eau brûlante. J'ai aussi emporté deux briquettes de terre cuite passées au four avant d'aller au lit. Je les glisse au fond du lit sous mes pieds. Pour le reste, je compte sur Totor pour venir se pelotonner contre moi. C'est fou comme il fait chaud sous les plumes. Quand on sort les bras, c'est glacial, quand on les rentre, c'est douillet. Pas question de lire avec les bras dehors. De toute façon, il n'y a pas de lumière et j'ai oublié ma lampe de poche. Il y a bien la lampe à pétrole, mais elle dégage trop d'odeurs pour bien dormir. Pas fou, le Totor, il s'est carrément glissé sous les plumes et, le nez dans le derrière, il a attaqué sa nuit !

Ce matin, c'est jour de gel. Ma respiration a givré les carreaux de la fenêtre. La condensation s'est écoulée en larmes de glace sur les montants de la fenêtre. J'ai vraiment froid à la tête et au bout du nez. Totor pleure derrière la porte. Le froid lui a titillé la vessie. Les carrelages en terre sont gelés. J'ouvre à Totor sur une verchère glacée comme une mer blanche. Il pisse trois gouttes et retourne au lit.

J'en profite pour glisser mes vêtements dans le lit sous mes fesses. Je me lèverai quand ils seront réchauffés.

Pépé et mémé ont ranimé le fourneau. De bon matin, c'est l'heure sacrée des remèdes. J'aime les remèdes de mémé. Elle me fait goûter l'élixir Bonjean. C'est fort, mais c'est rudement bon. Il y a de la réglisse et du caramel mélangés à de l'éther. Elle soigne ses dents qui se déchaussent en s'endormant la douleur. Si elle a vraiment trop mal, elle brise une fleur de pavot séchée et suce quelques graines. Pépé qui veut être en pleine forme toute la journée s'enfile un grand verre de vin Mariani à la feuille de coca. Il paraît que c'est grâce au vin Mariani que les poilus ont gagné la guerre de 14 ! Une petite lichette de vin Mariani ou de Quintonine suffit à mon bonheur. Maman prend des choses nettement moins bonnes à goûter. Le soir, elle avale du Véronal ou de la Véganine pour bien dormir et le matin, au lever, elle prend deux Optalidon contre un éventuel mal de crâne qui devrait obligatoirement survenir. S'il ne surgit pas, elle est en souci, elle en est toute détraquée ! Le mal de crâne, c'est sa compagnie. Elle en connaît tous les mystères et les secrets, les coins et les recoins, mais pas la façon de s'en débarrasser ! Quand on quitte la maison, ne serait-ce que quelques heures, elle emporte avec elle tous ses remèdes... Des fois que... On ne sait jamais... Ses remèdes, c'est un peu son chapelet, ses grigris, sa patte de lapin ou sa gourde d'eau de Lourdes. Mais pour moi, rien ne remplace le sirop de pomme reinette du docteur Manceau des jours de constipation. C'est épais, noirâtre, sucré et tellement bon. Presque un dessert, presque une récompense. C'est un plaisir d'être constipé ! Maman confie souvent dans la conversation : « Chez nous, on a tous les intestins paresseux, c'est de famille. Déjà ma grand-mère... » La suite, on la connaît. Ce qui est sûr, c'est que Totor n'est pas né dans la famille. Il fonctionne bien.

Je suis toujours étonné par la place que tiennent les boyaux dans les conversations ou les prescriptions médicales. Chez pépé et mémé de la Hiaute, les rares fois où le docteur venait, il prescrivait toujours et d'abord une purge ou, mieux, un lavement. Après, on surveillait l'évolution de la fièvre et la couleur de la langue.

Le lavement est un supplice auquel j'espère bien avoir définitivement échappé. Un vrai rituel. Mémé mettait à chauffer de l'eau, pas trop chaude, mais suffisamment pour y faire fondre des copeaux de savon de Marseille. Elle touillait bien le tout, le versait dans un broc en émail prolongé par un tuyau en caoutchouc terminé par un embout effilé en bakélite qu'elle m'introduisait dans le derrière ! Je me mettais en chien de fusil sur le lit. Quand la potion m'avait envahi le ventre, elle se mettait à glouglouter comme quand on souffle dans la limonade avec une paille et là, il fallait serrer les fesses le plus longtemps possible jusqu'à l'éruption fatale et dévastatrice… Si j'avais le temps de sauter sur le pot de chambre ! Ces longues minutes de torture étaient meublées par des pensées destinées à tromper l'appréhension d'une issue trop précoce, synonyme de recommencement. En attendant l'explosion liquide et soulageante, j'allais à la truite à Viéran, au marché d'Annecy, aux poules et aux lapins jusqu'à ce que j'épuise le registre, et, fou de douleur et de panique, je sautais en bas du lit. La position verticale accélérait l'évacuation. Une fois la punition accomplie, mémé venait vérifier la couleur et le volume du contenu : « C'est bien, P'tit Louis, le docteur va être content. »

La séance se terminait toujours par la distribution de deux carreaux de chocolat noir, seul moment de félicité. Aujourd'hui, le sirop de pomme reinette ou la confiture de figues suffisent à mon bonheur et à celui de maman qui tient le plus grand compte de l'état des boyaux. Pépé est bien d'accord quand il dit : « Pète bien mon gars, ça n'arrive qu'aux vivants et il vaut mieux péter en bonne compagnie que tout seul dans l'oubli ! » Il n'est pas le dernier à montrer l'exemple. Totor a bien compris la recommandation. Quand il laisse échapper un bruit, il se retourne et a l'air de se demander ce qui vient de s'enfuir ! « Regarde-le, il chasse la Louise au flair », ne manque pas d'ajouter le pépé ! Des habitudes comme celles-ci, il vaut mieux les oublier pendant les heures de cours. Ce n'est pas la mode au lycée Ampère. Seulement, comme on ne va pas contre sa nature, si les oreilles n'ont rien entendu venir, le nez n'a rien manqué ! C'est l'occasion de franches parties de rigolade mal contenues qui se terminent généralement par des gargarismes étouffés et des trognes violettes. Quand le prof se retourne, on acquiesce franchement avec l'air intelligent d'un chat qui caque des lames de rasoir ! Ça meuble.

Ce matin, le grand Charlot, le fils des voisins d'en face, est passé m'inviter à partager son après-midi. Il est en vacances, lui aussi. Il est un peu plus âgé que moi. Il a dans les quinze ans. Il est pensionnaire dans un collège d'apprentissage agricole vers Trévoux. C'est une belle plante, comme dit maman, et mémé rajoute qu'il a l'air bien en avance pour son âge.

On monte dans son grenier. Il s'est installé une cabane au milieu des gerbes de paille et de foin et des sacs de grain. Il y fait bien chaud. C'est calme et tranquille. Le petit Jojo de la ferme du château est venu nous rejoindre. Il a laissé son vélo dans l'écurie, au sec, et grimpe l'échelle de meunier. Dans sa musette, il a planqué un litre de rouge :

– Je l'ai piqué dans la cave. C'est du bacot de l'année dernière. Comme on en a une vendange d'avance, le père ne compte plus les bouteilles.

On a sifflé le bacot en trois coups de cuiller à pot. Charlot a remonté un fromage qui sèche dans la panière sous l'avant-toit. Maintenant on pue le vin rouge, la chèvre et on est un peu fiole. C'est Charlot qui commence à japper, l'œil brillant :

– Dis, P'tit Louis, dans ta ville t'as déjà été chez les putes ?

Surpris, je le regarde l'air étonné. Il reprend :

– Oui, il paraît qu'en ville, elles sont partout et pour pas cher tu peux leur faire tout ce que tu veux. Raconte-nous.

– Moi, vous savez, ces choses-là, ça ne m'intéresse pas. C'est pour les grands et encore...

– C'est sûr, quand t'as fini de t'occuper de ta mère, tu penses plus aux gonzesses.

Jojo est plié de rire :

– Tu vas pas me dire qu'il saute sa mère ?

Je n'ai pas le temps de comprendre que Charlot ajoute :

– Peut-être que si ! Raconte, Titi, comment c'est avec une vieille.

Je ne sais pas si je dois éclater en sanglots ou partir, quitte à sauter du grenier. Ils n'ont pas le droit de toucher à ce que j'ai de plus sacré. Si je suis l'homme de sa vie à maman, je dois réagir en homme. Les larmes aux yeux et le goût du sang dans la bouche je balance à Jojo un coup de poing en pleine figure. Charlot se jette sur moi et m'empoigne par les cheveux. La tête dans le foin, j'étouffe, les narines et les yeux remplis de poussière. Jojo saigne comme un goret et m'insulte :

– Saloperie, pédé, Charlot et moi on va t'enculer à sec. Allez Charlot, au boulot, on va le biter comme une gonzesse.

Je veux hurler, appeler au secours, mais rien ne sort. J'ai pas le droit de laisser faire ça. Je pense à maman, en face, qui doit feuilleter tranquillement *Modes et Travaux* en jacassant avec mémé. Pépé est en train de sertir des cartouches pour aller aux canards au bord de l'Ain. Et pendant ce temps-là, deux abrutis détraqués se ruent sur moi. Ils sont trop forts. Charlot me tient les bras pendant que Jojo me baisse mon pantalon. Dans ma terreur, je vois qu'ils sont culs nus tous les deux avec des péclets comme des porte-manteaux. C'est affreux. Ils m'ont retourné à plat ventre et de toutes leurs forces cherchent à m'enfiler un bâton dans le derrière. Devant ma résistance et mon silence, ils se calment. L'atmosphère se détend. Je me retourne lentement pour m'apercevoir qu'ils sont en train de s'astiquer le péclet en soufflant comme des machines à vapeur. Pendant ce temps, je réussis à m'échapper. Un dernier croche-patte et c'est Charlot qui me dit :

– Si tu racontes quelque chose, nous on dit que tu couches avec ta mère et que tu te fais mettre des bâtons dans le cul. Alors, gaffe à tes os. Allez, djarte, casse-toi, gonzesse.

J'ai marché longtemps avant de rentrer à la maison. J'ai longé le cimetière, et puis j'ai traversé le bois des Vâvres par le chemin des forestiers. Je n'ai pas envie de me venger. Je suis fier d'avoir réagi en homme pour défendre l'honneur de maman. Les deux imbéciles me semblent complètement inoffensifs, finalement. C'est deux cochons aveuglés par leur connerie qui ne doivent, maintenant, pas être bien fiérots de leur coup. Sûr qu'ils avaient bien monté leur piège. La prochaine fois, je ferai gaffe. Pour moi, tout ce qui compte, c'est que maman n'en sache jamais rien et pépé non plus car il est bien capable de leur plomber les fesses au gros sel.

VII

Les journées passaient ainsi dans une certaine morosité. Trois ans ont glissé tout doucement et maman et moi, on se retrouve au même endroit. J'ai passé deux étés à Lyon dans le quartier, partagé entre l'arbre à citrons et le foot dans le pré à regarder grandir la Miss. On est resté à Lyon parce que maman n'avait pas envie de me laisser repartir dans ma Hiaute. Pépé avait tiré sa révérence un beau matin. Il a oublié de respirer en se réveillant. J'ai eu tellement de chagrin que je n'ai pas voulu y retourner de sitôt. J'avais compris maman. C'était bien la guigne. Tant pis. Je n'ai pas eu le courage de la laisser toute seule.

Il n'y a pas beaucoup d'animation au village cet hiver. Autant j'aimais aller chez Marie-Rose avec pépé de la Hiaute, autant, là je m'ennuie. Pépé de Lyon va au café tout seul pour jouer aux cartes. À chaque fois, il remonte péniblement, l'haleine chargée au Pernod Fils et le verbe haut. Mémé et maman redoutent ces arrivées en fanfare :

– Il s'est encore mis comme une *sampille**. On dirait qu'il est passé au battoir des *plattes* du pont d'Ainay ! dit amèrement mémé.

Les plattes du pont d'Ainay sont amarrées aux quais de la Saône, à Lyon. C'est là que les lavandières viennent battre le linge des familles du quartier d'Ainay ou de Saint-Georges, juste en face. On parle toujours du pont d'Ainay, mais en fait, il n'en reste que des morceaux sur les deux rives. Il a sauté pendant la guerre pour retarder l'avance des Allemands et protéger la gare de Perrache. Vastes pontons carrés à rebords plats, les plattes sont à claire-voie au centre, recouvertes de toiles goudronnées comme des chariots de la conquête de l'Ouest. Quelques-unes fument comme des locomotives dans la brume des chaudières à bouillir le linge. Une des dernières a coulé récemment, rongée par la vieillerie. Il y en a toujours une au moins de dessinée dans les pages de l'almanach de Guignol.

Je ne me lasse pas de le feuilleter. C'est celui de 1926, toujours le même, qui reste sur la cheminée. Couverture vert foncé et Guignol rigolard au milieu. Ce que je préfère, c'est l'almanach Vermot. Celui de 1948, l'année de ma naissance. Je me cale dans le vieux fauteuil en rotin recouvert d'un coussin qui pue le chien, près du fourneau, avec les pieds sur la porte ouverte du four. Totor s'installe sur mes jambes et j'attaque le Vermot par le début. C'est un délice. Il y a là la galerie de portraits de tous les hommes politiques de l'Assemblée nationale avec leurs origines et leurs âges. Je ne me lasse pas de contempler les députés de l'Union française ou d'Afrique du Nord avec leurs turbans, chéchias et chapeaux de cérémonie sur le crâne et je lis dans les rides de leurs trombines burinées tous les vents de sable du désert ou les pluies torrentielles des jungles de l'Asie. Je les imagine sur des chameaux ou juchés gravement sur des éléphants et je me dis que la France avait drôlement de la chance d'être copine avec tout ce monde. Maintenant c'est fini. Ils sont tous retournés dans leurs pays. Savent-ils seulement que le président des États-Unis a été assassiné à Dallas ? Moi, ça m'intéresse de plus en plus toutes ces histoires de politique internationale et puis, toute l'histoire, en fait. Hier, un copain de pépé a rapporté des journaux de Lyon et est passé voir notre boîte aux lettres.

Mon fidèle René m'a envoyé des nouvelles du pays. J'ai à peu près quatre lettres par an. Quel bonheur. Je caresse l'enveloppe, je la sens les yeux fermés. Je la décachette avec mon couteau suisse tout doucement. Je retire lentement les feuilles de cahier de brouillon un tantinet jaunâtres avec des lignes en bleu foncé. René a écrit avec un Bic qui a coulé. C'est plein de pâtés !

Cher P'tit Louis,

Comme il y a longtemps que j'ai pas écrit, alors j'écris. Si je t'écris c'est pour te donner des nouvelles. Je crois que je vais commencer sans finir aujourd'hui. Tanpi, c'est mieux que rien et ça cota rin de commencer ! Ici, c'est un peu la cacade. On ne voit plus grand monde. Y sont tous au boulot. J'ai pas vu passer l'été pasque j'ai arbaté à l'atelier tout le temps. Pareil pour Rigolo, P'tit Zizi, Bêchard à patates, Gastonfils, Jean Gai de la Botoille et les autres. On se perd de vue mais on se voit quand on peut. C'est pas pareil qu'avant quand t'étais là. Il y a les Piémontais de la tour qui sont tous partis à Meythet et à Cran pour travailler aux papeteries ou aux forges. Ça vieillit à la tour. Ils commencent à mettre un frein. Y mettent moins de charbon dans la machine !

Tu reconnaîtrais plus Meythet. Y zont construit des hachélèmes à la place de la grande ferme à l'entrée. C'est plein de nouveaux qui sont venus d'Algérie. Y construisent une nouvelle école. Ça fait des équipes de foot en plus ! Tous les dimanches que je peux, je vais au foot à Annecy, à la Prairie. C'est des champions de France, pas des passenailles de Rumilly, comme on disait !

La Marie-Rose et Moïse ont repeint le magasin et ils ont fait venir un meuble de bar qui zont mis dans la cuisine et la cuisine, ils l'ont mise derrière vers où y avait le cacati en bois. Tu sai, qui où t'étais avec la Jâcqueline...!!!! Pardon, fallait pas que j'y dise.

Demain, je récris.

Aujourd'hui, il en est tombé des cordes comme vache qui pisse. Ça a dégouillé le ciel. Au fait, à Viéran, il y a des nouvelles maisons qui poussent. C'est des doryphores d'Annecy qui font construire des vrais châteaux. Mon pauv' cadet, si tu voillais comme c'est fait. Ah, c'est dégoûtant ! Même qui zont de la lumière sur la route jusque dans les jardins toute la nuit. Tu te rappelles quand c'était ta mémé qui venait éclairer le lumignon vers la Madone le soir et qu'on éteignait dès qu'elle avait levé les fers ! Caisse con se marrait. Depuis que ton pauvre pépé est parti, la mémé traîne sa grolle. Heureusement qu'elle a encore quelques copines et puis Jean le tailleur qui passe tous les jours même s'il est plus bien d'équerre. La grange est vide. C'est le boulanger qui y met sa voiture. Une quatre ailes Renault.

Faut que je te parle de la Mison. Une vraie dame de la ville, cette-là. Elle a des souliers perchés et elle met des bas. Elle se peint les ongles des doigts et les lèvres de la bouche. Y paraît qu'elle a un matou solide agrippé comme un pou de bois. Un technicien de l'école laitière de la Roche sur Foron. La

Mâdeleine dit que c'est du sérieux. Fallait que tu saches. Moi, j'ai pas de femme, j'ai pas le temps. Je vais sûrement prendre mon permis de chasse l'année prochaine. Faudra bien que je déguidonne deux ou trois bécasses dans les marais d'Épagny avant que le vent tourne. Y paraît qu'y a un projet pour y coller des usines qui ont plus la place à Annecy. Tu vois, mon pauv' P'tit Louis, plus ça va, moins ça va.

Allez. A r'vi. A plus.

C'est promis, Néné, je vais te répondre une longue lettre pour te dire comme je me sens tout chose depuis que j'ai changé ma peau de la Hiaute pour celle des pays de Lyon. C'est rien du tout pareil. Malgré les bonnes notes à l'école, il y a des jours où je me demande ce que je suis venu faire là. Tout me paraît plus difficile. Je me vois changer. Heureusement que la Miss est toujours gentille et que les copains du bout de la rue ne font pas des gôgnes pour un oui ou pour un non, sinon…

J'ai l'impression que les années passent sans me laisser de souvenirs. Elles m'échappent et je passe à travers les saisons comme à travers une vitrine. Un côté, puis l'autre, et hop, j'ai pris une année.

Ça va peut-être pas durer autant que le marché de Villefranche, cette affaire-là. S'il n'y avait pas Totor, je crois que je n'irais pas trop souvent au village de pépé et mémé de Lyon. Les gens n'y sont pas les mêmes qu'à la Hiaute. Ils râlent tout le temps, se marrent surtout sur le dos des autres et guignent toujours tous les faits et les gestes des voisins. Les portes sont toujours caroublées et les volets tirés de bonne heure. On sent bien qu'il y a quelqu'un derrière tout de même. Ce qui me fait le plus de peine, c'est qu'il y a des clans de famille et nous, on n'est dans aucun clan. Il y en a qui disent que pépé et mémé en partant faire les épiciers à Lyon ont fait fortune. Pourtant, ils savent bien que ce n'est pas vrai. Quand je suis au village, on m'appelle le Lyonnais. Quand je suis à Lyon, au lycée, les pots de chambre me disent que je suis le péquenot ou le pagu, surtout quand je suis premier en français, en histoire ou en grec. Ce qui les a laissés comme deux ronds de frite, c'est quand j'ai réussi à avoir le premier prix de gymnastique et de course. Premier en grec et meilleur en sport. Ils sont un peu perdus dans leurs certitudes. Si vous touchez aux certitudes des pots de chambre, vous les agressez. Crime de lèse-majesté !

Je n'ai pas encore bien saisi les nuances entre la gauche et la droite en politique, mais j'ai déjà compris que mon camp c'était plutôt la gauche vu que les pots de chambre ne jurent que par les politiciens qui piaillent à droite. Je ne risque pas d'oublier la mascarade de certains qui s'étaient vraiment déguisés le 21 janvier pour l'anniversaire de la mort de Louis XVI. Ils portaient une cravate noire et une fleur de lys à la boutonnière. Il a fallu que le professeur de latin-grec avec qui je passe beaucoup de temps m'explique ce cinoche. Quand il m'a demandé ce que j'en pensais, j'ai eu cette phrase qui m'a coupé la chique tellement je ne l'attendais pas :

– Moi, vous savez, je suis Savoyard, alors, l'histoire de France commence en 1860 pour nous !

J'ai dit cela moi, je crois rêver. Je ne sais pas d'où je l'ai sortie, mais elle est bien sortie ! Il a souri avec une merveilleuse indulgence et m'a dit :

– Tu parles comme Cincinnatus.

Célèbre pour sa vie austère, Cincinnatus a été consul et deux fois dictateur et s'en est retourné ensuite pousser sa charrue dans son village. Depuis, en classe, le professeur de langues anciennes m'appelle Cincinnatus ! J'en suis tout bouleversé et les pots de chambre se décomposent de jalousie. Il doit se marrer le Cincinnatus dans sa tombe romaine ! Sûr que plus tard je vais lire une vie de Cincinnatus. Il me plaît ce Romain. C'est grâce à des profs comme lui que l'on engrange des souvenirs pour une vie entière. Le coup de Cincinnatus m'a tout requinqué.

Il ne se passe pas un jour sans que je pense à pépé qui est parti aux Rebattes pour sa dernière sortie. Tout ce que je fais, c'est en pensant à lui ; je lui demande des conseils et j'essaie d'imaginer ses réponses malicieuses mais sages. Dernièrement, on a appris que mémé de la Hiaute était partie habiter chez sa nièce Marie-Louise à Sillingy. La maison est fermée. Les fils du Ouisse ont évacué le fumier qui séchait devant la porte et c'est le fils du Gaulois qui a récupéré le bois de la chape. Le jardin est allé aux boulangères qui commencent à se faire bien vieilles mais qui sont bien contentes d'avoir un coin pour faire pousser les dahlias pour le cimetière. Le four est fermé. Moïse y entrepose ses cagettes vides. La maison de Jean le tailleur est fermée, elle aussi. Le Jean a suivi le pépé de peu. Les voisins se sont partagé ses outils.

Les soirs où il fait beau, quand on n'a pas trop de devoirs, la Miss et moi, on va faire courir mon Totor au bord du Rhône. Quand le soleil met le feu à Fourvière et que la lune monte sur la Mulatière, je me laisse aller à lui parler de mes jeunes années de la Hiaute. Il n'y a qu'à elle que j'arrive à en parler. Ça me fait du bien et elle se tait jusqu'à ce que j'aie fini. Mes histoires nous conduisent loin, jusqu'au pont Pasteur. Les baraquements des réfugiés ont enfin disparu. Des immeubles ont poussé à la place. Tous ces braves gens ont pu rejoindre des logements plus dignes à la Duchère, Rillieux, Vénissieux ou

Vaulx-en-Velin. Elle a laissé pousser ses cheveux, la Miss. Elle passe son temps à les repasser derrière les oreilles en marchant, silencieuse, les yeux sur le bout de ses souliers, toujours dans l'angoisse de la Calabraise qui fait semblant de la chercher partout. Quand, au retour, Totor, la langue pendante et les muscles un peu ramollis par les courses folles derrière les rats des bas-ports, aperçoit la Calabraise au coin de la rue, il vient se couler dans mes jambes. Il a compris qu'on ne pouvait rien contre les cris hargneux de la mama qui ponctue chaque misère d'un coup de canne sur le dos de la Miss. Je ne comprends rien à ses cris de patière mais je suis si malheureux pour la Miss qui reçoit sa ramonée un peu par ma faute. On se sépare et les cris continuent jusqu'au magasin. Je crois que notre complicité est bien plus forte que les jérémiades de la Calabraise. Dès que l'on pourra, on repartira tous les deux. Tant pis pour la canne. Il y a des jours où la Calabraise, j'ai envie de la passer au Rhône.

Maman a eu des nouvelles de mémé de la Hiaute par la Marie-Louise. Elle commence à sérieusement décartonner la mémé. Elle s'en va de la gamelle. Elle débigoche à tout va et ne parle plus qu'en patois. Le docteur a dit qu'elle allait perdre tout doucement la tête, mais que le cœur est comme à vingt ans. Elle est partie pour faire une centenaire. Elle a des vaisseaux qui se bouchent dans le cerveau. Maintenant, j'ai seize ans passés. Je ne peux pas laisser la Marie-Louise toute seule et j'ai envie de revoir ma bonne mémé. Elle m'a tellement cajolé que je peux bien lui en rendre un tout petit peu. Dans un mois, c'est les grandes vacances. J'irai passer quelques jours à Sillingy. Je ne propose même pas à maman de m'accompagner. Elle trouvera tous les prétextes pour ne pas venir. Elle ne vit pas, maman, elle vivote, elle ne sort pratiquement jamais de l'appartement. Quand elle veut prendre l'air, elle se met à la fenêtre et dit toujours qu'au bout d'un moment le grand air lui a fait du bien et qu'elle a les jambes coupées. Je connais par cœur. Certains jours, elle ne s'habille même pas et reste en robe de chambre entre le tricotage et les bouquins. Mon professeur de latin-grec m'a dit de ne pas me gêner si un jour je dois rester auprès d'elle. J'en aurais pleuré quand il m'a dit cela. Cet homme, c'est une page de bonheur. Dire que je n'ai plus qu'une année de lycée…

L'année prochaine je passe le bac et la Miss le brevet. On a tous les deux de gros morceaux à avaler. Il faut la voir travailler dans l'arrière-boutique entre deux caisses de Cep Vermeil et les gamelles de lard qui chauffe. Un coin de table dans le bruit, les odeurs de cuisine et les va-et-vient de la Calabraise qui n'arrête pas de rouscailler. La lecture, c'est son refuge à la Miss. Elle lit tout ce qui lui passe par les mains. On peut lui parler, c'est macache. Elle est en pleine évasion ! Pendant ce temps, elle se planque loin des piailleries de sa mère qui ne veut pas admettre que sa fille a d'autres envies que de servir le lard aux camionneurs tatoués. Maman me regarde travailler pendant des heures. Elle feuillette mes livres de classe comme des missels, du bout des doigts, en caressant les pages qu'elle tourne. J'ai un secret que je n'arrive pas à lui avouer. Mon vieux pote Zambardi vient de me dire que son cousin cherche du monde pour décharger des wagons de fruits et légumes cet été au marché de gros de la ville. On travaille de minuit à cinq heures du matin. Ce n'est pas trop mal payé et les places sont chères. Il a voulu une réponse tout de suite.

– Banco, Rital, je suis ton homme. Tu peux dire au cousin de me garder une place pour juillet !

J'irai voir mémé à Sillingy après, plein de pognon. J'attendais depuis des années d'avoir un peu d'argent rien qu'à moi. À force de ne pas vouloir en demander à maman, j'avais l'impression que les poches de mes pantalons ne servaient à rien.

La pauvre, elle marque sur un carnet tout ce qu'elle dépense, même le timbre pour écrire à la Marie-Louise. Elle ne salit tellement pas, la mémère, qu'elle met des tabliers et des blouses qui ont facilement trente ans. Si par hasard quelqu'un doit passer à la maison, elle arrive à être élégante et proprette avec trois fois rien de chiffons sur le dos, toujours les mêmes. Une fois, elle laisse la blouse tomber toute droite, une autre fois, elle y met une ceinture, un autre jour, elle ajoute un châle et le tour est joué, ça lui fait trois habits différents ! Ni vu, ni connu, je t'embrouille ! Alors, pensez donc, aller au marché de gros gagner des sous, c'est le rêve. Je lui achèterai une chaîne et une médaille avec ma première paie et je trouverai bien quelque chose ou un bouquin pour la souris grise d'en bas ! Il faut que j'en parle. C'est pas la même. J'ai décidé que ce serait pour demain. On sera samedi et elle aura tout le dimanche pour s'en remettre.

– Dis donc, jeune fille, cet été j'ai envie de passer quelques jours chez la mémé à Sillingy...
– T'as bien raison, mais ne compte pas sur moi, je ne suis pas assez costaude. Vas-y, je me débrouillerai bien. Totor m'emmènera promener !

Première approche, première étape franchie sans embierne. C'est exactement comme j'avais prévu. Je la connais bien la bougresse !

– Pour les sous, tu t'inquiètes pas, il y a le Zambardi qui m'a filé une combine...

Je ne lui laisse pas le temps de répliquer.

– C'est dit que j'irai travailler un peu le soir, comme ça, le jour, on sera tous les deux...

Pas mal comme entrée en matière. Je ne suis pas mécontent de ma trouvaille !

– Son cousin, le Mario, a un magasin au marché des fruits et légumes, juste en face, l'autre côté du Rhône. Je lui donne deux ou trois coups de main et il me paie le turbin. Tu piges le topo, madone ?

Je fais le cacou pour accentuer ma détermination. Je la sens subjuguée par son homme de fils qui prend les rênes du ménage. Elle se ramollit la maman. Et là, elle m'en bouche un coin...

– Au même âge que toi, j'ai passé l'été dans les maquis de l'Isère avec les résistants alors que ma mère me croyait cuisinière au château de Virieu. Vis ta vie, mon gars. On n'en a qu'une. La mienne a un sérieux coup dans les babines.

Je l'embrasse fort, très fort la mère. On n'en a plus parlé jusqu'en juillet. Tout le samedi et tout le dimanche, elle est restée au lit avec sa migraine. C'est sa façon à elle d'encaisser les coups. Pour la première fois, les cures de migraine ne m'ont pas plongé dans l'angoisse et les idées noires.

J'irai chez Mario. Zambardi va me prêter un vélo. C'est mieux pour longer les quais du Rhône déserts en pleine nuit. Il faut que je raconte tout cela à la Miss. J'emmène Totor. Il me sert de prétexte et lui, ne demande pas mieux. On s'entend bien tous les deux. Je trouve la Miss qui revient de l'avenue avec le pain et je lui annonce la bonne nouvelle ou la bonne affaire, c'est comme on veut. Elle s'arrête net sur le quai et en me regardant :

– Tu feras bien attention dans la nuit vers le pont Pasteur. Tu pédaleras vite. Il ne faudra pas tarder le matin parce que tu devras dormir pour être en forme. Je ne veux pas te voir avant midi. Autrement tu vas me mettre en souci.

Comme elle est subitement plus belle qu'avant, la petite. Mais non, ce n'est plus une petite fille. Elle m'a parlé comme une femme parle à son homme. J'ai le cœur comme un balancier de pendule. Je ne sais pas quoi lui dire sauf que je pourrais dire que je la trouve mystérieusement belle avec ses longs cheveux et ses mirettes noiraudes toutes romantiques. Elle est aussi grande que moi, longue et fine, discrètement élégante, grave et rassurante. Tout d'un coup, je ne la vois plus à côté de moi, mais en moi. Elle m'habite et s'installe au plus secret de mes sentiments. Nos longues années de connivences espiègles ou simplement indifférentes aux autres ont cimenté notre duo. J'ai peur de penser au mot couple. Le couple, jusqu'à présent c'était plutôt maman et moi. Non, pas le mot couple. C'est inconvenant pour parler de la Miss et de moi. D'un coup, elle n'est plus ma petite sœur, ni ma confidente, mais ma gardienne. Je ne peux m'empêcher de penser à Mison et à nos serments sur le Créru. Peut-être qu'à ce moment le Bon Dieu savait déjà ce qu'il se tramait. Il m'avait envoyé la Mison pour me préparer à la venue de la Miss. Elles ne sont peut-être après tout qu'une même femme. C'est curieux comme je me prends à penser au Bon Dieu dans un instant de bonheur. Il faut que je révise mon catéchisme politique. Je croyais qu'un homme de gauche ne pensait jamais au Bon Dieu ! Tintin, il faut faire avec.

Tout à coup, il me semble que l'avis de la Miss compte autant que celui de maman. Elle disparaît dans le magasin. Elle me manque déjà.

Je remonte avec mon Totor qui a encore une fois gagné la course dans les escaliers. Il a deux pattes de plus que moi et, de toute façon, je ne me presse pas.

Quand je remonte, je dis que je vais aux escargots. Pas parce que je traînasse en route, non, mais parce que les escaliers en pierre sont pleins de coquilles d'escargots. J'ai appris en géologie que c'est des calcaires à gryphées des Monts d'Or lyonnais. Ils datent de l'époque où la mer recouvrait notre région. Ce sont des fossiles bien polis et astiqués par le passage des semelles. Sur les marches noires, ils se détachent en taches claires bien dessinées. C'est beau et mystérieux à la fois.

Totor a déjà fait deux fois l'aller-retour en sautant autour de moi. Il a gratté à la porte que je trouve entrouverte. Maman est levée. Je parie que c'est pour prendre une aspirine Usines du Rhône. Gagné. Le verre sur l'évier a un dépôt de poudre blanche et des traces de sucre. C'est sa drogue favorite, son remonte-pente. Quand je lui parle de ses aspirines, je lui demande si elle a pris son tire-fesses ! Il vaut mieux en sourire, même si ce n'est pas drôle du tout.

On a tous les deux tout plein de codes pour se parler. C'est notre langage chiffré d'agents secrets. Maman a une féroce nostalgie de mes années de tout petit enfant et use encore d'un langage qu'elle tenait à l'époque. Ça m'agace, mais je lui laisse ses joies bien simples. Un pot de yaourt est resté un yoyo et une assiette de potage est toujours une poupoute ; quant aux biscottes, elles s'appelleront à jamais des bicoques ! Elle veille encore à ma propreté quotidienne et ne se lasse pas de me demander si je n'ai pas oublié de bien me benouiller... Tu parles, si je me benouille ! Je commence à me raser trois poils au menton et sous le nez. Mon rasoir Gillette et ses lames trônent fièrement, bien en vue, sur le coin de l'évier. Un coup de rapière tous les trois jours suffit amplement, mais j'y tiens beaucoup.

 Le plus difficile a été de lui faire admettre que je porte des pantalons longs. J'ai été le dernier de ma classe à déambuler en culottes courtes. Les pots de chambre se sont tellement moqués de mes poils aux pattes que je tirais les culottes vers le bas et remontais les chaussettes jusqu'aux genoux. Pour les chaussures, ce fut le même calvaire. Été comme hiver je devais porter des pompes en cuir à semelle épaisse. De l'inusable et du confortable. Ouais, mais à trop vouloir économiser, elle m'affuble comme un dadais. Avec mes sous du marché de nuit, je m'offrirai des baskets à la mode. Des À l'Aigle en toile bleue avec des étiquettes rondes en caoutchouc blanc aux chevilles.

 Quand j'étais petit, j'en avais déjà, mais pas des montantes. Des basses qui se perçaient trop vite et qui se mettaient à puer les pieds pourris au bout de quelques jours. Maman me disait de laisser respirer les pieds et de mettre des sandales aérées ! Tu parles Charles, les sandales aérées, c'est ce que nous appelions les chaussures d'eau. Des horribles lanières en plastique, translucides, jaunâtres, qui claquaient sur le carrelage et dont la fermeture en ferraille écorchait les chevilles. L'élégance, quoi ! En fait, elles me servaient bien quand j'allais avec pépé de Lyon faire ce qu'il appelait sa tournée du lundi. À l'époque, il tenait sa petite épicerie à Lyon et le lundi, jour de fermeture, nous allions chez ses copains, les paysans du village, faire provision d'œufs, de fromages, de lapins et de volailles. Il assurait ainsi à ses clientes lyonnaises des produits de la ferme tout frais. J'adorais la tournée du lundi parce qu'elle se terminait à la rivière pour la grande toilette de la semaine. Avec mes chaussures en plastique, je pataugeais sans mal en courant sur les cailloux. Pépé marchait pieds nus. Il a de la corne sous les pieds. C'est un souvenir du temps, où, petit, il marchait pieds nus tout l'été pour économiser les souliers.

La tournée du lundi commençait vers neuf heures avec la grenadine-limonade et se terminait vers une heure de l'après-midi par les gaufres ou les matefaims chez les cousins du haut du village. Il faut dire que de tradition, le lundi, les paysans mangeaient les gaufres ou les matefaims pour rattraper les frais d'un repas du dimanche à base de viande. J'étais gâté comme un coq en pâte et pépé, gavé de vin blanc et de Pernod, chantait à tue-tête en s'aspergeant d'eau à la rivière. Rentrés à la maison, maman et mémé nous attendaient patiemment au frais sous l'avant-toit, ombragé par les cascades de vigne vierge. Les femmes ne mangent pas si les hommes ne sont pas rentrés. Bien sûr, nous n'avions plus faim mais il fallait quand même faire honneur au repas et, pour calmer les esprits, mémé demandait des nouvelles de tous les paysans. Après la sieste, pépé mirait les œufs à la lampe de chevet et rangeait soigneusement les fromages sur de la paille dans des cagettes.

À l'inverse, il prenait commande pour ceux qui ne trouvaient pas ce qu'ils voulaient au village, en particulier lors des travaux de la batteuse. Il y avait un rituel. Il fallait ce qui tenait le mieux au ventre des ouvriers et, bien sûr, tout ce qu'il y avait de moins cher ! Je garde le souvenir de la Léonie qui commandait des petits pois, bien gros et pas chers, et des petits Ninot bien secs !

Les Ninot, c'était des biscuits qu'elle distribuait aux hommes avec le verre de vin porté sur le chantier. Le verre de vin régulièrement distribué, c'était le travail des gamins. Les plus petits donnaient à ceux qui étaient en bas, aux sacs à remplir au cul de la machine, et les plus grands montaient sur la batteuse vers ceux qui étaient aux gerbes avalées par le monstre bruyant et empoussiéré. Les plus assoiffés étaient les hommes jeunes et costauds qui montaient les sacs de près de cent kilogrammes au grenier par l'échelle de meunier. Les plus grands buveurs étaient ceux qui prenaient le plus de risques ! Le menu de la batteuse était invariablement le même chez tout le monde : petits pois énormes et bœuf bouilli au gras, fromages de chèvre et Ninots. On mesurait l'ardeur des ouvriers au nombre de litres de vin descendus dans la journée. Le soir, il y avait distribution de goutte pour finir d'éteindre les plus agités ! La batteuse est définitivement rangée dans le hangar de l'ancien syndicat agricole. Mécanique compliquée et tarabiscotée, c'est un outil de travail qui n'a finalement servi qu'une centaine d'années. C'est rare à la campagne.

VIII

La première nuit de travail au marché est précédée d'une vraie veillée d'armes. Maman est dans l'angoisse de ce changement d'habitudes. Pour être au boulot à minuit de l'autre côté du Rhône, je dois me lever à onze heures du soir. Pour être en forme à onze heures, je dois me coucher à quatre heures de l'après-midi ! Je n'avais même pas envisagé ce scénario de catastrophe, tout à mes espérances de gain, et, il faut bien le dire, à mon excitation d'un travail d'homme.

Quand les pots de chambre ont évoqué leurs vacances, je me suis empressé de leur annoncer de quoi seront faites les miennes, histoire de voir leurs trombines ! Au milieu des mines dégoûtées, un seul m'a avoué qu'il aimerait bien être à ma place pour changer un peu. Il s'appelle Charles-Henri de Peyrat de Bellefond. Il est le descendant de très puissants seigneurs du Beaujolais ruinés par la Révolution française et dont la famille essaie vainement d'entretenir un château et un appartement de réception dans le quartier de l'abbaye d'Ainay. C'est un des rares pots de chambre avec qui j'ai pu sincèrement bavarder tout au long de mes années à Ampère. Je suis même allé chez lui à Ainay. J'en suis ressorti avec soulagement ! Il y a sur la porte de son appartement une plaque de cuivre astiquée avec son nom en entier. Au lycée, on l'appelle Peyrat, ça lui suffit. Pour moi, il est même devenu Charlot ou Riton, selon les jours. Il aime ma compagnie. Il me l'a dit. Je crois qu'il est très malheureux et qu'il traîne sa particule comme un fardeau et un ennui.

Pas ses parents, apparemment. On entre chez lui par l'escalier de service réservé au personnel qui n'existe plus depuis longtemps. Mais c'est la coutume. En dehors des jours où Monsieur et Madame reçoivent, on entre par l'escalier de service. L'entrée principale, il l'appelle l'entrée d'apparat. C'est une porte en chêne sculptée avec vitres gravées à deux battants. Chez Riton, c'est sombre comme dans une grotte. On économise l'électricité. Derrière la porte des domestiques déchus commence un long couloir comme un boyau de mine qui conduit à la cuisine ; pardon, qui mène aux communs ! Les communs, c'est une grotte qui donne sur une cour intérieure sans lumière. Il y a un fourneau en cuivre et à bois et une immense table de bois, un charbonnier et une pierre d'évier. On dirait une salle commune de ferme dans un appartement de la ville. C'est rigolo comme impression.

En sortant de la cuisine, on commence un jeu de piste qui passe par des couloirs étroits comme des ruelles du Vieux Lyon, tristes comme des impasses de banlieue et inquiétants comme des recoins de films policiers. Et, tout du long des couloirs, des portes et des portes et encore des portes. Il paraît qu'elles cachent des placards ou des alcôves.

– C'est les chambres des domestiques, Riton ?
– Penses-tu, le personnel habitait dans les greniers, sous les toits.
– On y mettait quoi dans ces placards ?
– Il y en a qui y cachait ceux de la famille qu'on ne voulait pas montrer...

C'est bien vrai ce que j'avais entendu dire. J'en ai froid dans le dos.

– Combien y-a-t-il de pièces ?

– Chez nous, dix-sept, mais on n'en occupe que six. La cuisine, la salle à manger, le salon-bibliothèque et les chambres de mes parents, de mes sœurs et celle de mon frère et moi.

On débouche enfin dans la salle à manger. Il y a des tapis partout et des vieux meubles tout de bisangoin, des tableaux immenses qui s'agrippent à des papiers peints pisseux et crasseux. Ça sent le renfermé, la vieille cire et le bouillon gras !

Le reste de la maison n'est qu'un gigantesque capharnaüm pour des gens pressés qui ne font que passer. Le père de Riton est directeur financier dans une entreprise de textile qui est à la dérive. Il ne sait pas encore s'il va conserver son emploi et vu son âge, il n'espère pas trop retrouver du travail. Peut-être vendront-ils un château que la même famille occupe depuis l'an mil près de Juliénas. Sa mère ne travaille pas. Chez ces gens-là, les femmes ne travaillent pas. Elle s'occupent des ventes de charité de la Croix-Rouge française avec les dames de la bonne société lyonnaise.

Riton ne voit pas souvent ses parents qui, d'ailleurs, communiquent entre eux par des messages griffonnés sur un tableau perché sur un bahut dans l'entrée. Le seul moment de rassemblement de toute la famille est la messe du dimanche à l'abbaye d'Ainay où tout le quartier fait ses dévotions en rangs serrés.

Riton m'a avoué que lorsque ses parents reçoivent, ses frères et sœurs et lui dînent d'une tranche de jambon à la cuisine. Les réceptions font partie d'un cycle d'obligations réciproques et personne ne doit y déroger même si le budget familial en souffre le martyre. Voilà pourquoi

Riton m'envie. Il m'a bien fait comprendre qu'un jour il aimerait venir avec moi à la campagne, loin de la vie de château qui est, paraît-il, encore plus tristounette que la vie à Lyon. Comme il envisage des études d'histoire, comme moi, je me réjouis quand même d'avoir un compagnon pour aborder la fac qui m'effraie beaucoup.

Et c'est ainsi qu'il a bien fallu aller au boulot un soir du début de l'été sans avoir, bien sûr, pu dormir une minute ! Maman a veillé jusqu'à onze heures et m'a regardé partir dans le noir de l'avenue Leclerc sur le vélo grinçant de Zambardi. Je ne crois pas qu'elle a pu trouver le sommeil cette nuit-là.

En zigzaguant entre les camions en cours de chargement et de déchargement, j'ai atteint le magasin de Mario. L'ambiance est à la fête. Des cris, des chansons fortement timbrées, des ordres vifs, de la précipitation. C'est tout un monde en ébullition qui se niche au creux de la ville qui dort. Je relis le ventre de Paris de Zola façon XXe siècle. L'air sent le fruit trop mûr, l'ail et l'oignon mêlés, la banane chaude et la sueur. Mario dirige la manœuvre au milieu d'une armée de costauds. Un fourgon espagnol se range à quai, les portes arrière ouvertes. En un temps record, les caisses d'oranges vont passer du camion aux chambres frigorifiques en sous-sol. Les uns se passent les caisses à la chaîne, les autres les installent sur des chariots et les descendent par une rampe dans le ventre du marché où les attendent ceux qui vont les ranger au plus juste pour ne rien perdre de la place réduite. Pendant ce temps, un routier belge est venu chercher des pêches de la vallée du Rhône. Les fourmis aux oranges croisent les fourmis aux pêches sous l'œil vigilant et féroce de Mario qui compte ses recettes et ses dépenses au fur et à mesure.

– Colle-toi là, gamin, dans le fourgon espagnol. Allez, zou !

Je me retrouve en train de recevoir des caisses d'oranges des mains d'un vieil Arabe avec un dentier entièrement en or que je passe à un grand sec tout noiraud en tricot de corps et aux bras recouverts de tatouages. La première, j'ai failli la laisser échapper sous le regard absent du vieil Arabe et les yeux moqueurs du tatoué. La deuxième lui est arrivée trop vite. Il m'a traité d'enculado. L'Arabe s'est marré toute la dorure dehors. Le tatoué lui a promis quelque chose de pas ordinaire dans une langue inconnue.

Au bout d'une heure, j'ai les yeux brûlés par la sueur, les bras bouillonnants de crispation et le dos barré de ferraille. J'ai un sommeil pas possible et je commence à m'évader en léthargie en tournant un coup à droite et un coup à gauche du genre « Merci l'Arabe, chope ça le tatoué ! ». P'tit Louis est une machine à distribuer les caisses, les yeux mi-clos, le corps absent, le cerveau dans le bouillon.

Un éclat de rire gras et un coup de poing dans les côtes me réveillent au moment où je pivote vers le vieil Arabe qui n'avait plus rien à me donner ! On a fini. Je suis fini, occis, détruit, en miettes, en capilotade. Tous mes vêtements sont collés à la peau. Je ne peux plus refermer les mains, tétanisées. Les jambes tremblantes, je me laisse tomber du camion. Le tatoué se roule une cigarette en me toisant méchamment. Le vieil Arabe partage une orange tombée d'une caisse. Il m'en glisse un morceau. C'est bon. À la fin, le tatoué roule une autre cigarette qu'il me tend. Je ne sais pas lui refuser. C'est pourtant ce qu'il attendait. Je la trouve pire que la moelle de sureau des bords du Viéran. L'épuisement et le tabac me saoûlent d'un coup. Il est trois heures. Encore deux heures à tenir.

Je n'ai pas la force de m'inquiéter. Le chauffeur espagnol s'approche de moi et me glisse dans la main une pièce de cinq francs. Sans vraiment penser à ce que je dis, je lui réponds « *Gracias* » ! Il est aux anges et moi, en enfer !

– Tu parles espagnol ? demande l'Arabe.

– Non monsieur. Je n'y ai même pas fait exprès.

– Tu dois savoir qu'ici, on se tutoie tous. Compris ?

Et le tatoué de renchérir :

– Dans la misère, on partage tout. Si t'es là, c'est pas pour plaire à ta fiancé, non ? T'as besoin de sous comme nous tous. Alors *arbeit* bien et tu gagneras plus de pognon que le patron.

– Moi, c'est Bouzid et lui c'est Frantz. Toi c'est comment ?

– Moi ? P'tit Louis !

– *Salam alecoum*, P'tit Louis.

– *GutenTag*, fils.

Et, c'est ainsi que j'ai fait mes premiers pas dans un monde de sueur, d'amitiés un peu vaches et de langues étrangères apprises à bon compte.

En attendant de charger le camion du Belge, on bavarde assis sur le rebord du quai.

– Tu fais quoi dans la vie petit crouillat ? (Le Frantz s'adresse à moi. Je n'avais pas fait attention sur le coup.)

– Je sors du lycée.

– Moi aussi je suis allé à l'université à Göttingen, en Allemagne.

Il a un accent à couper au couteau, Frantz, ou comme disait pépé de la Hiaute, à coucher dehors avec un billet de logement.

– Et pourquoi t'es là, maintenant ?

– Si on te demande, tu diras que t'en sais rien. Légion étrangère, Indochine et la suite. *Verstanden* ?

Je me tourne vers Bouzid.

— Moi, j'ai un hôtel à Djerba, en Tunisie. C'est ma femme et mes fils qui le dirigent. En France, j'assure la retraite, les allocations et la sécurité sociale. J'envoie presque toute ma paie là-bas. Avec ça, ils achètent des terrains pour construire une piscine pour l'hôtel. Dans deux ans, j'arrête et je vais finir mes jours à Djerba. J'ai aussi une plantation d'orangers. Je vendrai les fruits à Mario !

Il est parti d'un fou rire épouvantable, le Bouzid. Étranges bonshommes que ces deux-là. J'ai l'impression de découvrir le Nouveau Monde. On va dire que ce sont mes Indiens. Mon univers s'élargit. Il faut que je m'habitue. J'ai toujours tendance à croire que les autres sont mauvais et je me trouve des tas de prétextes pour rester dans mon coin. Entre la Tunisie et la Légion, je commence à voyager.

Le Belge a rangé son camion. J'ai un peu récupéré. Maintenant, au boulot et à l'envers. On lui remplit son bahut avec des plateaux de pêches de la vallée du Rhône. Frantz me prend à part pour me tracer le travail. Il a l'âme d'un chef, le légionnaire.

— Fais gaffe, *Fransoze*, les pêches, c'est comme les filles. Si tu les laisses tomber, tu les jettes définitivement. Il faut leur caresser le duvet sans les serrer si tu les empoignes. Tu poses les plateaux comme tu couches une fille, en douceur en faisant comme si tu allais lui tomber dessus.

Pas mal la leçon de chargement de pêches. En tous les cas, les images valent de longues démonstrations. Je m'en souviendrai. Et Bouzid qui ne veut surtout pas être en reste ajoute son grain de sel.

— Quand tu les dégustes, attention de ne pas laisser échapper le jus, c'est ce qu'il y a de meilleur !

Et re-belote, il est parti d'un formidable fou rire pendant que Frantz lui glisse une main dans le pantalon en serrant très fort. L'autre se met à hurler des insanités en arabe. Tout rentre finalement dans l'ordre comme un rituel bien réglé.

Il me semble que le travail avance moins vite qu'avec les oranges. Les plateaux sont moins lourds que les caisses. Bien sûr, les tortures reprennent dans les mains et le dos, mais je crois que la présence complice de mes deux acolytes met un peu de baume à l'affaire. De loin Mario me fait un signe, le pouce en l'air et un clin d'œil. J'ai compris qu'il était satisfait de mes services. Je reprends des forces.

Le camion du Belge est rempli. Il embaume la pêche de vigne à saouler un essaim d'abeilles. En refermant les battants arrière, il nous fait signe de venir jusqu'à la cabine. Le marchepied m'arrive au-dessus de la taille. En s'accrochant à une poignée vers le haut de la porte on peut se hisser dans la cabine à hauteur des sièges en moleskine. À peine a-t-il ouvert la porte qu'une fâcheuse odeur nous enveloppe. On est loin des pêches de vigne ! C'est un subtil mélange de ménagerie au soleil, de poissonnerie, de corbeille à linge oubliée sous l'escalier, de chat crevé et de saucisson à l'ail un peu daubé. C'est son univers au Belge, son manoir, sa maison de tous les jours. Il veut nous faire visiter sa propriété !

Ou plutôt, non, pas la propriété, mais l'invitée qui dort dans la couchette. Il est fier le Belge de nous montrer sa dernière recrue. Il nous explique qu'à la sortie de Lille, il a pris une auto-stoppeuse danoise qui souhaite rejoindre le Maroc. Elle dort profondément, sa Vénus. On aperçoit des cheveux blonds qui émergent d'un sac à viande. On s'est tous serrés dans la cabine pour admirer la trouvaille.

Il soulève un pan du sac tout doucement. Elle est toute nue la Danoise. Je risque un petit conseil.
— Fais attention, tu vas la réveiller !
— Pas de danger. Elle est saoule vingt-quatre heures sur vingt-quatre. Elle cuve sa bouteille de Martini. Elle ne boit que du Martini rouge et encore je crois que ça lui fait même ses repas. Une vraie épave, cette nana ! Elle écluse deux bouteilles par jour.
Et moi, naïf et curieux :
— Ça doit lui coûter cher ?
— T'es fou, gamin. Elle se fait sauter comme au grand steeple d'Auteuil. Ça lui paie ses bouteilles et les bains-douches. Moi, elle m'a mis à sec. J'ai plus de pognon. Alors si vous voulez y aller, je vous la refile dans la cabine. Je vous fais un prix.
J'ai froid dans le dos. Je suis où ? Dire que maman est là-bas, l'autre côté du Rhône ! Il y a des mondes qui se côtoient sans qu'on le sache. C'est cela qu'il y a derrière les murs que j'aperçois de ma fenêtre. Eh bien, mon colon !

À cinq heures, le marché commence à se vider de tous les camions en transit et surtout de la faune des employés à la manutention. Les grossistes et détaillants de la région arrivent pour faire leurs achats. L'ambiance n'est plus celle des quais d'un port de commerce, mais plutôt des carrés d'un marché aux bestiaux. Le grand marchandage est commencé, crayon en main et verbe haut. Le client est roi et chacun doit être persuadé d'avoir fait la meilleure affaire. On palpe les fruits, les légumes, les portefeuilles et les faiblesses des clients ou des vendeurs. Le personnel de bureau investit les magasins. Moi, je pars, fourbu mais heureux. Le soleil est levé quand j'arrive à la maison. Totor a dormi avec maman.

Il demande à sortir. Je lui ouvre. Il est en bas avant moi. Je n'ai pas le courage de l'emmener sur les bords du Rhône. Il fait son tour et remonte finir sa nuit. Il ne se lève pas trop tôt le Totor. Visiblement, il n'a pas encore compris la vie que je lui fais mener ! Maman ronfle bruyamment. C'est l'effet des somnifères. Elle est dans le pâté jusqu'à neuf heures du matin. Je me passe la tête sous le robinet. Un coup d'eau sur les bras et les jambes, un verre d'eau et au lit, complètement cassé. J'ai sucé des fruits toute la nuit. J'en suis tout barbouillé au dehors comme en dedans. J'ai la sensation de ne plus m'être couché depuis une semaine. À peine allongé, j'ai la tête comme une enclume et les membres comme des troncs d'arbre. Je dors.

Je perçois un frissonnement dans la chambre. Maman vient pointer son nez. Totor se jette sur moi et frénétiquement me passe sa langue comme une serpillière sur les yeux. Je suis complètement raide. Les mains sont comme paralysées. Le dos est dans un corset de fer.
– C'est quelle heure, m'man ?
– Cinq heures !
J'ai presque fait le tour du cadran et pourtant j'ai l'impression de venir de me coucher. C'est pire que de faucher la luzerne de la verchère. Pourtant Dieu sait si j'en bave l'été pour faucher, andainer et gerber la luzerne haute du pré à pépé de Lyon. La levée du corps est si spectaculaire que maman en prend un bon coup de rire. Il me faut décomposer tous mes mouvements pour parvenir à la station verticale. Les premiers hommes ont bien mis des millions d'années, allez, je peux bien prendre dix minutes ! Et dire que cette nuit le festival recommence. J'ai la tête bourdonnante d'une bruyante farandole où se mêlent l'Arabe, le Belge et sa Danoise,

Mario et le légionnaire, des caisses, des plateaux, des rangs d'oignons par milliers. C'est le sirop gluant sous mon crâne. Totor me regarde avec les oreilles en parapluie. Il cherche à comprendre, en vain.

Maman interrompt le film :

– Il y a la fille de la Calabraise qui est passée prendre de tes nouvelles...

– Pourquoi tu ne m'a pas réveillé ? Il fallait absolument me réveiller, nom de gu...

– Et puis quoi encore ? Ici, c'est moi qui veille sur toi et pas la fille de la Calabraise.

Elle a haussé le ton, maman. C'est rare. Je crois que cette visite qui me tourneboule l'a plutôt agacée et même contrariée. Une fille qui vient pister son homme jusque chez elle ! Elle a du toupet celle-là ! Entre mes deux loustics de la nuit, j'ai failli l'oublier la Miss. Mais, là, le réveil est réellement sublime. Elle est venue jusqu'à la maison.

C'est la première fois qu'elle se risque à notre porte et pour prendre de mes nouvelles. Elle est en souci l'araignée. Et si je comptais plus que je ne crois pour elle ? Ça me laisse tout chose cette nouvelle. Maman reprend :

– Quand tu seras disposé à me raconter ta nuit, tu me rejoindras à la cuisine.

Le pire, c'est que je n'ai même pas envie de lui raconter. Lui raconter quoi ? J'ai vécu en quelques heures des choses tellement inimaginables hier que j'ai besoin de faire le point. C'est trop frais. Il me semble que j'ai assisté à un film, de loin. Les êtres et les épisodes reprennent le dessus malgré moi et je ne peux pas comprendre et admettre que j'étais au milieu. Alors, puisqu'il faut bien lui faire plaisir, je lui raconte les camions, les piles de caisses d'oranges, les gestes que j'ai accomplis et le chemin du pont Pasteur où, la nuit, on ne rencontre pas la queue d'un chat. Cela semble lui suffire. Elle a écouté sans mot dire, intéressée et vaguement subjuguée par les facultés d'adaptation de son rejeton. De toute façon, je n'ai pas le choix. Il faut que je m'accroche parce que les places sont chères, j'ai besoin d'argent et je veux lui prouver de quoi je suis capable en dehors des études.

Si seulement la Miss pouvait se pointer à nouveau, mais rien à l'horizon. Le magasin va fermer. Il faut que je descende Totor. C'est la seule solution pour espérer encore la voir. Il suffit que je lui murmure à l'oreille « On y va ! » pour que le Totor s'emballe derrière la porte.

Aussitôt dit, aussitôt fait. Il s'affole vers la sortie. Maman est convaincue de l'urgence et, dans un élan d'attendrissement, elle se propose de m'accompagner. On s'est si peu vus aujourd'hui. Impossible de lui refuser vu comme je me fâche parce qu'elle ne sort jamais. Et nous voilà tous les trois en direction du quai. Elle me colle, la mère. Je pourrais trouver cela plutôt gentil, mais aujourd'hui, c'est franchement agaçant. Elle trouve que je change, pas en bien, rajoute-t-elle. C'est que je lui échappe un peu à la mère biberon. Il y a des moments où je me demande vraiment ce que je ferais s'il fallait que je quitte la maison. Elle est incapable de survivre à mon départ. Pourvu que je ne fasse jamais de service militaire ! Elle commence même à me rabâcher qu'il faut que je fasse attention aux filles, qu'il faut les respecter, qu'une femme c'est très complexe, que la première, c'est jamais la dernière, que rien ne remplace l'amour désintéressé d'une mère et patati et patalère... Elle me file les chocottes quand elle démarre comme cela. À force d'insister, elle va m'obliger à faire des choix que je n'aimerai pas. Je ne sais pas lesquels, mais des choix pour ne pas lui déplaire ou la rendre encore plus malade. C'est quand même elle qui m'a mis au monde et qui m'a donné tout son amour, depuis toujours. Et puis, la vie ne lui a pas toujours fait des cadeaux. Au moins que son fils unique et bien-aimé puisse faire en sorte de rattraper cela ! Voilà où j'en suis quand, de loin, suprême bonheur, j'aperçois la Miss qui promène sa chienne.

À mon humble avis, elle m'a vu et a entrepris le même manège avec son tigre ! Nous avançons à la rencontre l'un de l'autre lentement mais sûrement. C'est maman qui ouvre le ban :

– Tiens, ta dulcinée qui prend l'air !
– Oui et alors ? Elle a le droit !
– Elle a aussi le droit de nous fiche la paix pour une fois qu'on se promène tous les deux. C'est pas si souvent.

Arrivée à une vingtaine de mètres de moi, la Miss traverse sans un regard et rentre au bercail. J'en ai des larmes aux yeux. J'enrage.

– Je suis sûr qu'elle t'a entendu parler d'elle. Voilà, c'est foutu, elle est partie. Je rentre aussi.

Et ce soir-là, pour la première fois de notre vie, maman et moi, on s'est fait la tête. Elle s'est ostensiblement gavée d'aspirine et de somnifères pour me rendre coupable de sa détresse, sans tenir compte de mes tourments. Je lui en ai voulu, je crois.

IX

Au bout de deux semaines de travail, j'ai pris le pli des oiseaux de nuit. J'ai enfin réussi à dormir avec le soleil dans ma chambre et à manger en rentrant vers cinq heures du matin. Comme quoi, on se fait à tout, forcé par la nécessité. Maman persiste à ne pas s'endormir tant que je ne suis pas parti et à me suivre par la fenêtre jusqu'à ce que je disparaisse dans la nuit des bords du Rhône.

Bouzid et le tatoué sont toujours mes compagnons de misère. Ils appartiennent au décor. On les dirait gravés dans les murs du marché, comme s'ils étaient nés avec un camion autour d'eux. Bouzid passe des nuits entières à prendre des fous rires en cascade. Il pète, il rote avec un détachement qui frôle l'insouciance. Ce sont ses seuls modes d'expression. À part cela, il n'a rien à raconter. J'ai bien tenté de le faire parler de son pays, mais visiblement, c'est un autre monde qui n'appartient qu'à lui. Il n'a pas l'air de comprendre pourquoi je m'intéresse à tout cela. Quant à Frantz, j'ai remarqué qu'il entretenait des combines pas possibles avec de nombreux chauffeurs étrangers. Je commence à mieux saisir le sens de ses paroles quand il m'assura que l'on pouvait gagner plus que le patron. Il achète des cartouches de cigarettes en

Espagne et les revend aux chauffeurs italiens qui le fournissent en petits objets d'art eux-mêmes refilés à de mystérieux épiciers qui en prennent livraison en même temps que les fruits et légumes. Il y a des jours de réception et de livraison, des heures bien précises et des camions bien particuliers. Tout ce trafic est sans parole et les transactions ne durent que quelques minutes dans les cabines des véhicules. Bouzid est manifestement au courant. Le tatoué le désintéresse à chaque livraison avec quelques billets de banque. Le silence est d'or !

Tant qu'il m'a pris pour un intellectuel innocent, j'ai eu la paix. Dès qu'il a surpris mes regards avertis, il a froncé les sourcils et a durci le ton de nos échanges, jusqu'au jour où il m'a demandé de prendre en charge à la maison quelques cartons en stock. Je lui ai inventé une histoire de vieille maman cardiaque et émotive et, en revanche, j'ai donné ma parole d'homme de garder le silence. Il m'a répondu que j'avais intérêt si je ne voulais pas voir un jour ma fiancée flotter entre deux eaux dans le Rhône, à moins qu'elle ne préfère se retrouver en Amérique du Sud sur les trottoirs de Rio.

Carrément mauvais le tatoué dans ces cas-là ! J'ai eu ce jour la certitude qu'avec lui tout était possible. Il fait partie de ces pauvres types qui n'ont plus rien à attendre de la vie et des autres. La seule fois où j'ai essayé de lui parler de son avenir, il a riposté que son passé servirait à meubler tout le reste de sa vie et que, de toute façon, chaque jour qui passe est pour lui un jour de rabiot. Il ne vit pas, il traverse la vie, en sursis, au mépris des autres et de lui-même. C'est un rocher incontournable ce type. Il résiste à tout discours et se cabre dès que je lui parle de valeurs ou de sentiments. Malgré tout, il m'écoute. Cette attitude d'écoute me touche beaucoup car, avec les autres, il est plutôt du genre expéditif et brutal. Il y a des jours où il m'est presque sympathique. Il m'a surnommé professeur. Je crois qu'il cache une immense souffrance et une réelle nostalgie de son passage à l'université de Göttingen.

Un jour que je parlais de lui à maman, elle m'a répondu sans chercher ses mots :
– C'est un soldat, respecte-le. C'est grâce à des tempéraments comme le sien que la France a été délivrée en 1944 et pas trop ridiculisée en 1954 après Diên Biên Phú. C'est un soldat perdu. Il s'égare car il continue une guerre, la sienne. Il se bat contre la vie injuste, la patrie amnésique et contre lui-même, éternel combattant et révolté. Il faut une dose de tolérance et de courage pour accepter les rebelles. Ils ont l'énergie du désespoir. Si je m'étais rebellée plus souvent, je ne serais pas là à me bambaner entre le lit et la fenêtre...
– Tu ferais quoi ?
– Ce que je ferais ? Ah là là, pauvre petit ! Je ne sais pas ce que je ferais, mais j'aurais tout fait pour passer mon brevet de pilote, je serais partie là où l'humanité souffre, là où les enfants réclament des soins, là où les vieillards meurent à petit feu, je serais partie là où une femme peut apporter ce qu'elle a de meilleur, c'est-à-dire son désintéressement, sa passion pour autrui et sa force morale, là où elle peut donner de sa flamme aux autres sans rien perdre de la sienne. Vous les hommes, vous avez tout à apprendre de nous. Quand vous aurez ressenti ce qu'est d'attendre un enfant et de le mettre au monde, vous pourrez commencer à parler. Quand vous aurez appris à attendre une femme comme les femmes attendent le bon vouloir de ces messieurs, vous serez plus modestes, quand vous aurez compris que nous sommes bien plus fortes que vous car nous vous faisons croire que

l'on vous admire, vous porterez un autre regard sur nous. Mais vous êtes bien trop orgueilleux, trop hautains, trop fiers du bout de gras que vous avez entre les jambes et qui empoisonne des vies entières. Vous êtes prêts à croire la première qui vous flatte et à vous emballer pour celles qui vous tressent des lauriers. Ce sont les hommes qui font les guerres et les femmes qui pleurent les morts. Penses-y bien à ça, réfléchis bien à ce que je viens de te dire. Il y a un moment que j'avais tout cela sur la patate. Il fallait bien que cela sorte. Ça soulage, vingt dieux ! Tu peux comprendre maintenant, alors tu colles tout au fond de ta poche, tu mets ton mouchoir dessus et t'y gardes bien au chaud.

Je ne sais si j'ai envie de rire ou de pleurer. Je n'aurais jamais soupçonné qu'une telle énergie puisse exploser hors d'un petit bout de femme recroquevillée comme maman. Je devrais la prendre dans mes bras pour lui exprimer toute l'admiration que j'éprouve à ce moment, mais je ne peux pas. Question de pudeur. Sacrée bonne femme. C'est elle la rebelle, la révoltée, la grande handicapée de la vie. Quelle leçon. Je crois que je ne la regarderai plus jamais comme avant. Comment vais-je dorénavant pouvoir protéger un tel monument, un tel sanctuaire ? Elle a laissé éclater des dizaines d'années de refoulement, de soumission à l'autorité maternelle, de respect dû au père, d'obéissance au mari, de dévotion au fils unique, de souvenir au fiancé trop tôt évanoui, d'espoirs déçus, d'illusions envolées. Je suis en train de devenir un homme. Elle a jugé qu'il était temps de me donner une leçon. C'est réussi. J'en ai pour quelque temps à faire le tri et à remâcher. Longtemps, c'est sûr.

Ce soudain et audacieux mouvement de rébellion me laisse perplexe. Si maman est capable de puiser une telle énergie pour faire débarouler aussi tumultueusement son fardeau, elle doit bien être capable de trouver les ressources nécessaires pour se bouger, s'extirper de sa vie de larve frileuse. Il y a des jours où j'ai du mal à admettre qu'elle baisse les armes, qu'elle abandonne le terrain de la lutte et s'en remette entièrement à moi, au point de me faire craquer l'école pour me garder auprès d'elle. D'autres fois, je me laisse envahir par la pitié et la tristesse. Elle est tout ce que j'ai de plus précieux. Je l'ai attendue si souvent, si longtemps quand j'étais chez pépé et mémé de la Hiaute. J'ai si souvent vu son visage illuminer le plafond de ma chambre obscure que j'y voyais la Sainte Vierge et rien d'autre. Maintenant que je peux veiller sur elle, j'ai parfois la désagréable sensation qu'elle se laisse porter confortablement en dépit de tout ce que je lui propose de distractions et d'imprévus. J'ai de plus en plus de difficultés à accepter les visites rituelles chez son médecin.

Son toubib, c'est un gourou, ma parole. Elle y entre cassée en deux et agonisante. Elle en revient requinquée et rayonnante. Je l'attends patiemment sur un banc devant la gare des Brotteaux. Les séances durent des heures. Je les mesure au nombre de trains annoncés par le haut-parleur des quais. Je voyage au rythme du trafic épelé comme un cantique sans musique. Au comble de l'impatience, il m'arrive d'être saisi d'une énorme angoisse. Et si elle avait pris un malaise dans le cabinet médical ? Je la vois inconsciente entourée du toubib et de son assistante qui s'affairent, affolés. Si les pompiers passent dans le quartier, je guette s'ils ne viennent pas pour elle. Je me surprends à envier des enfants qui passent joyeux avec leurs parents. Pourquoi pas moi ? Et, au moment où, finalement, elle apparaît à la sortie de l'immeuble, mon soulagement dissipe soudain toute colère et toute impatience. Elle est là, revenue et je revis.

Connaissant d'avance la réponse, j'espère pourtant être enfin surpris.

– Alors, que t'a-t-il dit ?

– Oh, comme d'habitude, tout est causé par le temps qui est bien malade en ce moment. Il y a plein de gens qui vont tout d'une fesse en ce moment. À part cela, tout va bien. Il faut attendre un peu. C'est sur la bonne voie.

– Qu'est-ce qu'il t'a donné ?

– On garde le même traitement. Il en est bien content.

– Et toi, tu en es bien contente aussi ?

– Faut bien, je n'ai pas le choix, c'est lui le toubib, c'est lui qui voit. Il est beau comme un dieu, cet homme. Quelle classe et quelle distinction. Je ne me lasse pas de l'admirer et de l'écouter. Il est racé. Figure-toi qu'il a bien connu à la faculté de médecine un chirurgien avec qui j'ai travaillé dans le maquis de Virieu, dans l'Isère. Il m'a promis que la prochaine fois on reparlera de ce gars-là. Chouette. Il faut que je recherche des photos. Il doit y en avoir une ou deux dans un carton du placard à chaussures. Allez, on rentre.

Et voilà comment se conclut chaque entrevue chez son sorcier. Deux heures de bavardages, une liste de drogues rassurantes et un rendez-vous assuré pour le mois prochain. Pourvu que son médecine-man, grand docteur blanc, ne parte trop longtemps en vacances. Pire, j'espère qu'il ne prendra jamais sa retraite. Après une entrevue comme celle-ci, elle consent à marcher un moment en ville avant de prendre le bus, le tram comme elle dit. Dès demain ou après-demain, les effets de la confession commenceront à s'estomper et elle accusera le temps bien maussade de lui couper à nouveau les jambes.

On replongera dans le marécage de l'aspirine colorée aux pilules et potions qui meublent la niche du buffet de la cuisine.

X

Avant d'entamer une de mes dernières nuits au marché, je vais aller marcher un moment sur le bord du Rhône. Totor est autorisé à me suivre. Il ne me donne pas le choix. Sur le dos, les pattes en l'air, il bloque la porte de sortie. La queue ratisse le plancher. À peine me suis-je approché qu'il a bondi. Il pique un sprint de piqué en faisant le tour de la table de la cuisine. Il a du bouillon le monsieur ! Complètement fêlé le Totor. Il va falloir le crever à la course aux rats sinon il va me bouffer les oreilles dès que je serai couché. En avant, soldat, sabre au clair, au trot, au trot, au galop, au galop. Il est déjà dans l'eau, remonte à contre-courant en soufflant comme une machine à vapeur. Sur la berge, il commence à se secouer du bout du nez à la pointe de la queue. J'ai ramassé l'averse. Bon, ça y est, vieux, on peut y aller pépère, maintenant ? Tu parles d'une comédie qu'il me joue mon frère à quatre pattes !

J'ai donné rencard à la Miss. Elle arrive tout plan-plan, le nez en rase-mottes sur le bout de souliers, comme d'habitude, les cheveux tirés en queue de cheval comme j'aime. Elle a passé une mini-jupe orange et un petit pull blanc à large mailles, sans manches. Du nanan, la petite, ce soir ! On se tape la bise complice et en route pour les grands horizons. Le Rhône se jette à la mer. On descend tout du long. Je sais bien qu'au pont Pasteur le chemin de halage s'arrête et que ce sera le signal du retour. La Camargue, ce sera pour plus tard. Tant pis, notre Camargue à nous n'a pas de flamants roses, mais elle a un de ces reviens-y de volupté que c'est comme les vacances des catalogues. La Miss, elle me serre de près ce soir, à moins que ce soit moi qui cherche le contact. Sa mini-jupe orange m'a troublé. Sûr qu'elle est à croquer la souricette. Allez, je me jette. Je lui prends la main, j'en ai envie depuis si longtemps. Elle laisse sa petite menotte se glisser dans ma grosse paluche de déménageur de camion d'oranges. Ce soir, j'ai décidé d'être heureux, c'est bon pour la santé. À vrai dire, il me semble qu'elle aussi, sauf à me jouer Roméo et Juliette des bas-ports. Je relâche délicatement la main pour lui passer le bras autour de la taille. Elle est élancée la musaraigne ! Je devine sa hanche contre la mienne. Attends, je règle mon pas sur le sien. C'est toute ma jambe qui accompagne maintenant la sienne. Je sens les battements de mon cœur au bout de mes doigts et j'y pense si fort que je suis sûr qu'elle perçois mes palpitations. Totor est de nouveau à l'eau, au creux d'une buissonnée de vorgines. Vas-y Totor, tu as le temps. Ton maître a arrêté les pendules. Je remonte tranquillement mon bras sur son épaule, je lui effleure le cou. Elle dépose la tête contre moi. Elle est douce comme une pâte de fruit. Pas un mot. À quoi bon ? On se parle par la peau délicieusement palpitante.

Tout en marchant sur le chemin de halage, je ralentis volontairement le pas jusqu'à m'arrêter en douceur. L'attirant contre moi, je l'emprisonne avec ferveur et du cou à la joue, de la joue à la pointe de l'oreille, de l'oreille au coin de la lèvre, du coin de la lèvre au bout du nez, je lui dépose de tout petits baisers comme des papillons. Un papillon de nuit plus grand que les autres vient se poser sur ses lèvres fermées, souples et détendues. Un deuxième chasse le premier, puis un autre atterrit en douceur. C'est toute une collection de papillons de nuit que je lui offre sous la lune émiettée dans les eaux noires du Rhône. Nous demeurons ainsi de longues minutes, serrés pour que les papillons ne s'envolent pas trop vite. Même Totor qui distribue une autre averse ne les effraie pas. On a réussi à apprivoiser des papillons de nuit. Il suffira de revenir ici souvent pour que nous les retrouvions. Nous les compterons et en ajouterons quelques-uns ; des plus grands, des plus espiègles, des plus coquins, des plus turbulents, des nuages de papillons de nuit. Nous les aimons à la folie ces papillons de nuit. Je suis sûr que la couleur orange de la mini-jupe attire les papillons de nuit !

Peut-être qu'un jour, un plus hardi que les autres viendra se cacher dans la mini-jupe. Je ne le laisserai pas faire celui-là, j'irai le déloger sans impatience. Coquin de papillon !

Totor a la tremblote. On rentre. Je crois que ce soir, je ne dormirai pas avant d'enfourcher le vélo à Zambardi. Main dans la main, nous regagnons l'immeuble. La Calabraise s'est fait oublier. Totor grimpe quatre à quatre sur les escargots de l'escalier, redescend à ma rencontre, remonte moins vite. Il lève un dernier coup la patte sur la devanture du magasin. Je recompte une dernière fois les papillons. Un grand soupir de la Miss les fait s'envoler dans leurs nids des bords de l'eau. Pourvu que demain les papillons de nuit n'aient pas émigré vers d'autres cieux… Non, pas demain, ni plus tard. Ils sont trop bien installés. On est deux pour les aimer. Ça compte l'amour que l'on partage.

Maman est déjà couchée. C'est bien la première fois depuis bientôt un mois que j'ai commencé au marché. Elle a laissé un petit message sur la table :

« *Il se fait tard. Je suis fatiguée de vous attendre. Je pense que Totor avait une grosse envie de folâtrer au bord de l'eau. En grandissant, Totor a tendance à s'éloigner de sa mémère. C'est normal. Il faut bien qu'il goûte à d'autres joies. Quand il aura compris qu'il risque de se noyer, il reviendra plus vite au bercail. J'espère qu'il sait être prudent car les berges sont parfois abruptes et glissantes... Bisous et bon travail. À demain.* »

Bravo, maman, c'est une reprise de *La Femme du boulanger*, n'est-ce pas ? J'ai des lettres, moi ! Tu le sais, sinon tu n'aurais pas pris cette peine ! Je lui réponds :

« *Totor est allé à la chasse aux papillons. Il s'est un peu éloigné, mais toujours à portée de voix. C'est un grand chasseur. Il couvre du terrain sans perdre de vue son maître ! Il a un flair de fin limier. Il ne perds pas son temps avec du menu fretin. Son truc, c'est de lever des colombes, pas des bécasses !* »

Elle va apprécier, j'en suis sûr !

J'ai juste le temps de me rafraîchir le museau sous le robinet de l'évier. La serviette est sur l'égouttoir, entre la boîte de Nab à récurer et le pulvérisateur Fly-Tox contre les moustiques. Quelques fourmis résistent au DDT que maman a déposé le long du joint de l'évier. Un coup de limonade et un carré de chocolat noir et je pars au boulot. Je serai un peu en avance, pour une fois. J'ai des forces pour renverser les camions. En voiture, Simone, le train part !

Les quais sont déserts. Il fait encore très chaud. Un fourgon de la police me double et ralentit à ma hauteur :

– Vous allez où comme cela, jeune homme ?

– Au boulot, au marché, monsieur l'agent !
– Bon courage, mon gars !

Je trouve tout le monde gentil, cette nuit. Le fourgon s'éloigne dans la nuit, en frôlant les bordures, sans précipitation. J'accélère pour le rattraper. Je me marre en imaginant que les policiers vont à la chasse aux papillons !

Pour une fois, j'arrive le premier au magasin. C'est ma dernière semaine et si je veux revenir l'an prochain, je dois laisser une bonne impression. Je descends le vélo à l'entrée des chambres froides et, remontant au vestiaire, je croise Bouzid presque élégant, sanglé dans un grand tablier bleu foncé tout propre, petites lunettes dorées sur le nez, dentier façon ruée vers l'or. Il porterait un costume trois-pièces, il ne paraîtrait pas plus strict. Curieux personnage qui côtoie la sueur de la nuit et les gros bras des quais et qui, chez lui, à Djerba, est un notable respecté et envié. Tout en marchant à ses côtés, je me surprends à murmurer : « L'habit ne fait pas le moine... ! » Il me tend la main :

– *Salam alecoum*, professeur P'tit Louis !
– *Salam*, mon frère !
– On ne verra pas Frantz, aujourd'hui. Tu sais ?

Non, je ne sais pas. Comment pourrais-je savoir ? Je suis encore tout tourneboulé par l'avalanche que maman a déclenché après que je lui ai parlé du tatoué... Un militaire... Il faut le respecter... Gardien de valeurs éternelles... Rempart de la dernière chance... Son admiration, mieux, sa vénération pour les soldats, elle l'a laissée échapper la mère et elle a dit tout le reste.

– Il est malade ?
– Il est en prison.

Bouzid a lâché ses mots, les yeux plissés et le front soucieux. Il y a de la complicité fraternelle chez ces deux-là. Bouzid est tout chose. Il reprend :

— Au moment où tu partais, les gendarmes sont venus le cueillir. Il n'a pas fini de payer une sale histoire du temps de la Légion étrangère. Sa dernière année, à Marseille, s'est mal passée. Il était au fort Saint-Jean, à l'accueil et aux entretiens de recrutement des futurs légionnaires. Il souffrait beaucoup de l'inaction. C'était l'époque où les Français d'Algérie débarquaient en masse du bateau *Ville de Marseille* sur les quais de la Joliette. Complètement déboussolés, les plus démunis, sans famille, traînaient en ville et remâchaient leur misère dans les bars du Panier et les maisons closes de Belsunce. Le tatoué s'est bagarré. Il en a tué un et l'a balancé dans les eaux du Vieux-Port pour une histoire de fille. Je crois bien, mais je ne te garantis rien, qu'il s'était mis dans la tête d'installer des filles sur les trottoirs de Belsunce, en prévision des arrivées massives d'Algérie. Les maquereaux de la Casbah voulaient reprendre le marché à Marseille. Ça a tourné au vinaigre. Il a été dénoncé par l'un d'eux. Si Frantz est venu à Lyon, c'est parce qu'il croyait que sa balance s'y était installée. La maréchaussée l'a retrouvé. Il était surveillé depuis longtemps. Pas assez de preuves pour le cueillir. Maintenant c'est fait. Ils sont venus me voir, hier soir, chez moi. Je n'ai pas aimé. Du coup, ils épluchent mon compte en banque et décortiquent ma vie. Je crois que, moi aussi, je vais partir plus tôt que prévu. C'est très dur, en France aujourd'hui, d'être un bicot.

Sa dernière phrase m'a beaucoup choqué. Je l'aime bien Bouzid. Je suis certain que c'est un type bien et courageux. Il est si triste ce matin que j'ai un peu honte d'être là, sans trouver les mots pour le réconforter.

— T'en fais pas, professeur, tu as les idées assez claires pour t'en tirer dans la vie mais n'oublie pas que le bien et le mal se cachent toujours l'un derrière l'autre. Tu ne marches pas sur des carreaux blancs ou des carreaux noirs. Non. Tu es toujours sur la ligne grisaille de la limite entre les deux couleurs. Perds pas l'équilibre, surtout. Tu ne sais jamais où tu vas retomber et rebondir.

Intarissable, Bouzid continua à parler pendant le travail. Le va-et-vient mécanique de nos bras vidait les camions de fruits. La tête était ailleurs. Ce petit vieux que j'avais vu rabougri et soumis est tout à coup d'une grandeur impressionnante. Je prends peu à peu conscience de l'univers protégé où j'ai grandi. Les pépés et les mémés, Mison et René et maman ont masqué tout un monde qui fait tourner les têtes et qui tourne avec la terre.

Les professeurs du lycée Ampère ne m'ont rien appris de tout cela. *La Guerre des Gaules* et les *Métamorphoses* d'Ovide m'ont moins métamorphosé que les discours de Bouzid ou le récit du destin fatidique du tatoué. Ce que j'ai vraiment appris, je crois que je ne le dois qu'à moi-même. Les écrevisses de Viéran et les combats aériens des crapauds, les trahisons de Mison, la sagesse du pépé et la bonté de la Déconfin me servent aujourd'hui à créer une distance avec tout ce que j'entends. Non, il serait injuste d'oublier mon vieux prof de grec. Lui, il m'a appris à penser. Les frontières entre le bien et le mal, il les avait déjà évoquées. Je dois lui rendre de m'avoir ouvert les yeux, écarquillé les oreilles. Si j'entends bien Bouzid aujourd'hui, c'est un peu grâce à lui. Sûrement. Modeste, je dois rester modeste. Bouzid continue :

– Le Coran demande de ne jamais cesser la guerre sainte. Elle est sainte. C'est la guerre contre les préjugés, les a-priori, les intolérances, l'injustice, quoi ! Tu vois, professeur, l'Algérie s'est trompée. Il ne s'agissait pas de savoir s'il fallait foutre les Français dehors. L'OAS s'est trompée. Il ne s'agissait pas de garder tout le pouvoir même par la terreur. Il y avait une troisième voie : celle de l'autonomie algérienne avec les Français, résidents dans un pays libre. Tu demanderas à madame Bentolila ce qu'elle en pense !

Madame Bentolila, c'est la standardiste du magasin. Elle a un invraisemblable accent pied-noir. Quelquefois, à la maison, j'essaie de l'imiter pour faire rire maman ! J'irai voir madame Bentolila.

– Tu vois, professeur, le vieux Bouzid, il t'aime bien et il te fait confiance pour te parler comme cela. Tant que Frantz était là, je ne pouvais rien dire. Lui, il était pour de Gaulle et le maintien des Français grâce à l'armée. On ne discutait pas avec Frantz. C'est un tueur aux ordres de ses chefs. Plus de chefs, plus de tatoué. Les chiens de garde ne connaissent qu'un maître... Inch Allah.

– Je ne t'oublierai jamais, Bouzid.

– Si, tu m'oublieras. Ce que tu n'oublieras pas, c'est ce qu'un jour tu as su écouter. Continue tes études. Écoute et mets en doute. Pose-toi toujours des questions, même les mauvaises, et garde-toi de ton pire ennemi... Toi-même. Tu n'es rien, professeur. Tu ne fais que passer. La vraie vie, elle est ailleurs, après celle-ci. Les grands bonheurs, ils sont dans ta tête, pas dans tes poches. Sois riche de ton peu de besoins. Inch Allah.

« Allez, barka, on a fini le boulot. À demain, professeur !

XI

– Madame Bentolila, je voudrais bien vous demander des trucs sur l'Algérie d'avant !
– Ah ! pitchoune. Comment tu me parles. L'Algérie, je l'ai encore tout partout dans mon cœur. Mais comment tu veux me faire du mal, dis ! Tu veux que je te parle de là-bas, dis ? Ma mère, il est pas bien ce petit de penser à ces choses-là ! T'as pris un coup de vertingo sur la cabèche, dis ? Viens boire un thé chez moi cet après-midi. Je te ferai des cornes de gazelle pour l'occasion. Vouais, je le sens bien, il va me faire monter les larmes aux yeux !

J'ai garé le vélo dans l'allée pour filer chez madame Bentolila vers quatre heures. Elle habite vers le stade de Gerland. C'est pas loin. Un grand immeuble de la rue Jules-Carteret, près du quartier du Moulin-à-Vent, à la limite de Vénissieux. Une grande barre pleine de balcons bourrés de linge, de vélos, de planches, de cages à oiseaux. Il y a même des niches à chiens. Dans la montée d'escalier, ça sent les épices et la cuisine. Beaucoup d'appartements ont leurs portes entrebâillées comme si chacun pouvait entrer quand il veut et s'asseoir comme à la terrasse d'un café. On crie fort dans la maison de madame Bentolila. La radio est à fond, la musique aussi. C'est au quatrième. Sa porte est fermée. Une petite plaque marque M. et Mme Bentolila Alfredo. Madame Bentolila est veuve. Son mari est mort peu après leur arrivée à Lyon. Il s'occupait du club de football de Vénissieux comme il s'occupait de celui de son quartier à Alger. C'était un bon footballeur. Madame Bentolila en parle quelquefois au magasin quand on prend des paris sur les matches de l'Olympique lyonnais. Je suis très intimidé. J'ai peur de déranger. Je sais combien maman redoute les visites. Je sonne. Un roquet hurle derrière la porte.

— Vé, petit, entre chez madame Bentolila. Chez elle, tu es chez toi. Va en paix dans la maison de mon pauvre mari. Ah ! il serait content de te voir. Mais il te voit, là où il est. Il nous regarde et il est bien heureux de voir madame Bentolila ouvrir son cœur. Tu veux boire un orgeat ? Avec ce cagnard, tu dois être tout mouillé de chaud !

Il fait sombre dans l'appartement. Les persiennes sont tendues et toutes les fenêtres ouvertes accompagnent les courants d'air. Il ne fait pas trop chaud. C'est bon l'orgeat. Je n'ai pas osé lui dire que je n'en avais jamais bu.

— Tu sais, l'orgeat, on le mélange avec de l'anisette Luminana. Cela fait une mauresque. C'est très rafraîchissant. Mais, attention, cela réchauffe le cœur des messieurs et le corps des dames ! Allez, je plaisante. Un garçon sérieux comme toi !

Elle est drôle madame Bentolila. On dirait une vieille petite fille, toute boulotte. Elle est bien plus petite que moi et toute ronde. Elle a de longs cils noirs et deux grands yeux noirs, eux aussi, et comme si cela ne suffisait pas, elle souligne le tour des yeux avec du noir ! Ses cheveux très foncés tombent en bouclettes étudiées sur les oreilles. Ce qui frappe chez elle, c'est l'abondance de bijoux en or. Des boucles d'oreilles décorées d'arabesques, des pendentifs en forme de gazelles, trois rangs de chaînes d'or et des bagues à presque tous les doigts avec des pièces en or. Cela fait beaucoup d'or pour une seule personne ! Maman n'a qu'un anneau à la main gauche et un petit collier de perles qu'elle ne sort que rarement. Madame Bentolila porte une robe légère, presque transparente, toute droite, ornée de grosses fleurs multicolores. Ses bras massifs s'agitent sans cesse tandis qu'elle n'arrête pas de s'éponger le front et le visage. Elle porte aux pieds des mules roses toutes brodées de fil doré avec un gros pompon en duvet blanc. D'ailleurs, son minuscule chien ressemble à ses pantoufles ! On dirait une peluche à gagner au tir à la vogue.

Si Totor le voyait, sûr qu'il voudrait en goûter ! Pendant qu'elle s'affaire à la cuisine, je reste debout au milieu de la grande pièce. Il y a des souvenirs de l'Algérie de partout. Un vrai musée. Je suis frappé par le nombre de photos. Chez nous, à part la photo du fiancé de maman mort des suites de la guerre, c'est vide. Il faudra que j'en mette un peu. C'est distrayant. Il y a des gens, beaucoup de gens. Des messieurs qui posent sous de grands arbres, des enfants qui se baignent dans la mer, des vieilles Arabes, couvertes de bijoux, en longues robes avec des visages tatoués et puis des paysages merveilleux. Que des paysages ensoleillés avec des palmiers, des ânes, des petites maisons blanches sans toit et une immense vue d'Alger prise depuis un bateau. Les murs sont décorés avec des plats en cuivre ciselé. Sur la table se trouve un service à thé tout en métal argenté posé sur un plateau orné de motifs en écriture arabe. C'est très artistique.

J'imagine que Pierre Loti va faire son entrée à pas feutrés sur les tapis en nous annonçant la visite du général Bugeaud !

– Ah ! petit, tu regardes tous mes souvenirs. Il est beau mon pays, dis ? Mon Dieu, Sainte Vierge, il a fallu tout quitter du jour au lendemain. Tout.

En levant les yeux au ciel, elle dépose une assiette pleine de gâteaux dorés, suant l'huile et roulés dans le sucre glace.

– Tu vois, je sais encore faire les cornes de gazelle. Quand j'en mange une, je ferme les yeux et je m'évade dans mon passé plein de musique et d'amis. On vivait tous comme des frères. Les Arabes, les Français, les Juifs, les riches et les pauvres. On se couchait avec le soleil et on savait que c'était lui qui nous réveillerait. Si un jour, l'un d'entre nous n'avait plus de quoi nourrir ses enfants, on lui portait tous quelque chose, aussi longtemps que la misère elle durait. Mon Dieu, Jésus, Marie, Joseph, comme on était heureux. On avait chacun notre Bon Dieu bien à nous, mais on se le partageait sans se poser des questions.

– Vous êtes née là-bas, madame Bentolila ?

– Si je suis née là-bas ? Bonne Mère, que je meurs tout de suite si je ne suis pas née là-bas ! Mon père était le descendant de Juifs d'Espagne chassés en 1492, réfugiés à Alger, pêcheurs et marchands de corail. Ils sont devenus chrétiens pour être plus tranquilles. Mon mari aussi, il est de là-bas. Ses pauvres ancêtres sont venus du Sud de la France, ruinés après les guerres de Napoléon Ier. Ils ont planté des vignes et des oliviers. Quand l'Algérie a été conquise en 1830, ils y étaient déjà tous. Tu te rends compte. Mon pauvre mari et moi, on descend de pionniers. Plus Algériens que nous, tu meurs. Et il a fallu partir les mains vides, les sacs vides, les poches vides et le cœur gros. Pauvre petit, on a été bradés. Figure-toi qu'on nous a appelés des rapatriés. Tu te rends compte ? Le rapatrié, c'est celui qui rentre dans sa patrie. Mais nous, notre patrie, c'est l'Algérie. Voilà tout. À vrai dire, dans le bateau, on était des rats pas triés... Ah ! je lui en veux à de Gaulle. Il y en a qui lui tressent des lauriers, mais moi, je dis que c'est un grand sifflet qui n'a rien compris à notre terre. Tu parles, de ses collines brumeuses de Colombey-les-Deux-Églises, avec ses principes vieille France, comment pouvait-il comprendre le début du commencement de notre vie ? Arrête-moi, petit, je t'ennuie avec mes histoires ! Reprends du gâteau. Bois encore un orgeat.

– Mais, madame Bentolila, ce ne sont pas des histoires, c'est l'Histoire avec un grand H.

– Ça n'intéresse plus personne, les blessures des Pieds-Noirs. L'Algérie est foutue que je te dis. Un jour, les fous de Dieu vont se déchaîner. Ils sont tous corrompus, les hommes politiques de là-bas. Le premier qui vient avec de l'argent, il repart avec le pétrole du Sahara et pendant ce temps-là, les fanatiques éventreront les filles arabes. Ah ! les filles arabes, qu'elles sont belles et douces et aimantes et attentives ! C'est des gazelles trempées dans du miel. Tu verras ce que je te dis. Ils vont les enfermer, les martyriser, les éventrer. Dieu des cieux, faites que je sois déjà morte quand cela se passera.

« Tu veux que je te dise, petit, le plus affreux ce ne furent pas les attentats, les supplices, les cadavres mutilés découverts le matin devant les portes. Non, le plus affreux, ce fut quand le bateau a quitté le port dé-fi-ni-ti-ve-ment. On priait tous pour que ce ne soit pas le bateau qui parte, mais notre terre d'Algérie qui semblait marcher à reculons. Macache. On regardait la mer et le sillage. On partait et aussi longtemps que les yeux mouillés ont pu regarder, on a scruté le mince fil des côtes de l'Afrique. Et quand tout s'est dissipé à l'horizon, tu te dis que rien de plus affreux ne peut t'arriver. On te coupe le cordon une deuxième fois et ça fait mal, très mal. Tu laisses la terre de tes pères, tu abandonnes tes vieux dans les cimetières, en pâture aux chacals, et tu sais que plus jamais tu ne verras ton soleil chéri.

« Tu te fous de tout après, de tout. Tu passes ta vie qui reste, la plus courte possible, Dieu soit loué j'espère, à faire semblant de vivre. Tu pries le soir pour que ton cœur s'arrête de battre pendant ton sommeil. Affreux, petit, que je te dis. Affreux. Et moi, j'ai eu le temps de rassembler quelques souvenirs dans mes valises. D'autres sont arrivés en France en pantalon court et en espadrilles, en plein hiver. J'ai eu le temps de voir venir. J'étais à la grande poste d'Alger, au téléphone. J'en ai appris des choses avant les autres. J'écoutais toutes les conversations. J'aurais mieux fait de ne rien savoir. Affreux, petit. Dis-moi de me taire, que je me fais du mal !

– Arrêtez, madame Bentolila, j'en sais assez.

– Merci, petit. Prends encore du gâteau et de l'orgeat.

– Non merci, madame.

– Mon pauvre mari, il en est mort de chagrin. Les hommes, c'est moins costaud que les femmes. Heureusement, j'ai mes amies. Le soleil qui nous manque, on le met dans nos cœurs et dans nos plats cuisinés et puis, après deux anisettes, on se rappelle nos souvenirs de là-bas. Ça nous tiendra bien jusqu'à ce que le Bon Dieu vienne nous chercher. Je suis prête. Je ne demande qu'une chose si je vais au Paradis, c'est de ne pas voir arriver de Gaulle, parce que celui-là, je lui boufferai le nez !

Et c'est pour tout cela que le Camille de la Hiaute a laissé sa peau. Triste sort. Pauvres gus qui y ont cru jusqu'au bout. Je hais la guerre et l'injustice. J'aimerais un jour écrire mes souvenirs d'enfance et faire une petite place à madame Bentolila.

Je n'ai pas osé lui demander si elle avait eu des enfants et qui sont tous ceux qui rient sur les photos ensoleillées.

Je laisse à regret madame Bentolila et ses nostalgies. Elle a réussi à me faire aimer son pays. Certains jours où je n'ai pas de ressort, plus assez d'énergie pour me pousser, j'ai soudain peur de tomber malade et de ne plus pouvoir m'occuper de maman. Pourtant je suis toujours aussi bon en sport et toujours aussi endurant au travail. Non, c'est bien autre chose que je viens de découvrir avec madame Bentolila. C'est le soleil qu'il me faut. Oui, le soleil. C'est bien vrai que quand il brille je suis transfiguré, affamé d'occupations, débordant d'idées et gonflé par l'enthousiasme. Tout comme madame Bentolila qui a fait provision de soleil pour le restant de sa vie. Sa générosité, son refus du désespoir, son énergie, sa faim de vivre et d'aimer lui viennent de cette inondation de chaleur et de soleil qui l'ont bercée pendant ses années d'Algérie.

À mesure que j'écoutais son récit et contemplais ses reliques photographiques, j'éprouvais le sentiment d'avoir connu l'Algérie, d'y avoir passé du temps, beaucoup de temps. Plus elle parlait et plus les lieux perdaient de leur exotisme et me devenaient familiers. Étrange impression. Je n'ai pas accompli un seul effort pour la comprendre, j'ai tout de suite partagé ses évocations.

En pédalant à travers les rues ensoleillées de Gerland, je me remémore les mystérieuses paroles de pépé de la Hiaute qui m'a dit un jour que nos ancêtres avaient accompagné les rois d'Europe aux croisades orientales. Qu'en savait-il, pépé de la Hiaute ? Pourquoi n'en avait-il pas plus souvent parlé ? Et si je descendais d'un prince oriental qui aurait épousé une fille des montagnes de Savoie, émigrée avec les chevaliers croisés ? Dès que mes études en histoire me laisseront un peu de temps, je chercherai ces étranges ancêtres dont les descendants sont revenus labourer les terres savoyardes. Et si cette communion avec les histoires de madame Bentolila provenait de l'appel irrésistible du sang mêlé qui coule dans mes veines ? Il est doux de sombrer dans la rêverie et de s'inventer des mystérieuses origines. Peut-être que mémé de la Hiaute pourrait encore me parler de notre famille. A-t-elle encore assez de forces pour comprendre mes questions ?

Je vais bientôt aller passer quelques jours vers elle à Sillingy. J'appréhende et je suis impatient. La cousine Marie-Louise nous a écrit que la mémé n'arrêtait pas de décartonner. Elle débigoche la pauvre grand-mère. La tête lui joue des tours. Je veux m'en assurer. J'ai trop de bonheurs engrangés auprès d'elle pour remettre ce voyage. Il ne faut pas avoir de regrets.

Après avoir contourné la caserne de la Vitriolerie, j'arrive enfin au pied de l'immeuble. Je vais devoir encore prendre sur moi pour raconter à maman mon entrevue avec madame Bentolila. J'ai toujours envie de tout garder pour moi.

Pourtant qui pourrait la distraire si je ne fais pas l'effort ? Je suis si souvent contrarié qu'elle ne me voie pas grandir. Si seulement elle rencontrait d'autres personnes qui lui tiennent d'autres discours. Mais il n'y a pas mèche qu'elle accepte d'autres échanges. Il n'y a que moi, rien que moi et toujours moi. Je ne céderai pas et j'irai voir mémé, malgré tout, malgré le chantage à la migraine et à la grève de la faim au thé-citron-biscotte. Totor a déjà reçu des consignes impératives pour la contraindre à sortir souvent.

La maison est silencieuse, comme d'habitude. Trop silencieuse. J'ai la tête qui bourdonne encore du déluge de paroles de madame Bentolila. J'ai besoin de bruits, de conversations animées, de sirop d'orgeat et de rires. Totor aboie, gémit, saute, galope, se plaint de mon absence prolongée.

— Salut, mon Totor, mon gaillou, vieille baderne. Il est beau le vieux clou à poil !

— Fais taire ce chien ! J'ai la tête qui saute. Il n'a pas arrêté de m'être après. Il est fatigant. Jamais je ne pourrai le garder plus d'une journée.

J'en étais sûr. Le travail de sape commence. Et pourtant, elle ne pourrait pas s'en passer de Totor. Elle ne peut pas s'empêcher de me faire sentir que je suis resté absent trop longtemps, ailleurs, chez quelqu'un d'autre. Elle file du mauvais coton, en ce moment. Il y trop longtemps que je ne l'ai pas fait rire. Elle broie du noir. Dès que j'aurai reçu ma paye, j'achèterai un poste de radio à transistors. Il y aura de la musique et d'autres voix. J'ai envie d'écouter de la musique.

La dernière fois que j'ai vu la Miss, elle avait emporté son transistor dans le pré devant l'immeuble. On a chanté tous les deux en écoutant *Salut les copains*. Sylvie Vartan, Franck Alamo, Françoise Hardy et Johnny Hallyday, mais aussi Jacky Moulière et France Gall. Ce fut un moment de vrai délire. « Une rose à sa guitare, quatre rubans de couleur, les rubans ont une histoire, c'est l'histoire de son cœur... » Ça, c'est pour France Gall et puis « Biche, ô ma biche, avec tes yeux de biche » et encore « Les portes du pénitencier » ou « Dans la vallée de l'Oklahoma ». C'est tout ce qu'il faudrait pour faire chanter maman et taquiner Totor.

— Elle est formidable, madame Bentolila. Elle m'a parlé de son pays avec son accent inimitable. Mais, tu sais, elle n'aime pas de Gaulle...

Je n'ai pas le temps de finir ma phrase.

– Tais-toi, malheureux. De Gaulle nous a tous sauvés en 40. Sans lui, on parlerait allemand et on écrirait en gothique, aujourd'hui.

– Mais il a bradé l'Algérie et les Français d'Algérie ?

– Tu parles. Il a évité des massacres inutiles, comme en 40.

– Quoi ? Il était planqué en Angleterre pendant que les Français crevaient de froid et de faim.

– Pauvre petit ignorant. On a eu que ce que l'on méritait. Voilà où cela mène de courber le dos en voulant le beurre et l'argent du beurre. Le grand Charles, c'est un géant. Tu n'as pas le droit de parler de ce que tu ne connais pas. C'est grâce à lui si tu vis dans l'opulence.

J'ai cru m'étrangler. Si je laisse éclater ma colère, je vais trop lui faire de peine. Elle ne le mérite pas. Encore une fois, je dois ravaler ce que j'ai envie de laisser échapper. Tant pis. Pauvre mémère, j'ai failli oublier qu'elle vit enveloppée dans la mémoire de son fiancé mort à la guerre. Plus les années passent et plus c'est un héros. Laisse tomber, P'tit Louis, tu trouveras bien un jour quelqu'un pour parler tranquillement et objectivement de cette guerre, complètement faussée par la mémoire déformée. Je me souviens des paroles de mon vieux prof de grec qui m'a assuré que le chercheur est finalement toujours tout seul avec ses questions : « Un bon chercheur est celui qui a tort d'avoir raison avant les autres ! » Il m'a apaisé, le vieux scribe, ce jour-là.

– Admettons, de Gaulle est la providence ! Mais aujourd'hui, tu crois que ce vieillard a la pointure pour piger ce que la jeunesse réclame ?

– La jeunesse, elle n'a rien à réclamer. On a réclamé quoi, nous, en 40 ? D'abord, les jeunes n'ont rien à réclamer, ils attendent que tout leur tombe tout rôti dans le bec. C'est déjà pas mal. À ton âge, je faisais quarante kilomètres en vélo avec une tête de veau sur le porte-bagages en essayant d'éviter les colonnes allemandes.

Je me retiens de rire. Je vois la tête de veau avec la langue pendante et les yeux énormes, sanglée sur le porte-bagages, les cils frissonnant dans les courants d'air et maman qui pédale pour promener le mojon ! Allez, comme on disait chez pépé de la Hiaute, « ameurte ton clapet, Titi ! » Je me tais, il vaut mieux. La révolte de maman qui se crispe sur ses certitudes finit par m'attendrir. On ne peut pas lui reprocher de ne pas être fidèle à ses convictions. C'est déjà ça. La colère lui va bien. Elle reprend des forces et de l'énergie. C'est l'absence de contradictions qui la ramollit. Elle a tout de même un sacré tempérament. Parfois, j'ai peur de lui ressembler car j'appréhende de sombrer comme elle dans la langueur et la déprime. C'est l'envers du décor que je redoute.

Comme promis, j'ai acheté un poste à transistors au magasin d'électroménager de l'avenue Berthelot. J'ai été bien payé au marché et Mario m'a complimenté. Merci Zambardi ! Ton tuyau était de première. J'y retournerai l'année prochaine, si tout va bien. En lui rendant son vélo, à Zambardi, je lui ai porté une bouteille de pastis. On a fait la fête. Sa mama a fait cuire des saucisses aux herbes avec du riz du Piémont. Le papa a chanté en calabrais. En repartant, j'avais des ailes aux pieds et les oreilles chaudes.

La Miss m'a trouvé un peu coquin. Il y avait des papillons de nuit de partout ! Elle en a même trouvé sur moi, où je ne pensais pas en héberger. Bref. Elle et moi, c'est du nanan ! Pourvou qué ça doure !

Je suis passé place Raspail chercher un billet de car pour Frangy. De là, je prendrai le car du marché d'Annecy qui s'arrête à Sillingy. Après-demain, je serai vers mémé.

Je n'oublierai pas le couteau suisse que pépé avait glissé dans mon sac, il y a bien longtemps, me semble-t-il. Peut-être réveillera-t-il des souvenirs chez mémé ? J'emporte aussi le transistor et une boîte de cocons de Lyon pour la gourmandise de Marie-Louise et de mémé.

La séparation fut moins difficile que j'avais prévu. Je me demande si maman n'est pas un peu soulagée de se retrouver seule quelques jours avec Totor, sans moi. Elle m'a paru un peu agacée d'avoir à soutenir un rythme de vie très essoufflant pour elle et des conversations contradictoires souvent accablantes. Nous n'allons pas à la même vitesse, c'est certain. Quand elle commence à perdre pied, elle se réfugie dans la crispation de ses arguments et le spectre alarmant de la migraine. C'est le signe d'une incontestable fatigue. Ces quelques jours de répit seront propices à la réflexion. Les retrouvailles n'en seront que plus spontanées.

XII

Comme prévu, je suis arrivé à Sillingy en fin de matinée. Les vallons se vautrent dans des bourrelets d'herbe grasse. Les vergers de pommiers se sont parés de fruits lourds. Le clocher émerge au sommet de la petite colline. Je gravis à pied la pente qui mène à la grosse demeure de pierre grise coiffée d'ardoises. Mémé est installée dans un fauteuil, au fond de la cour, au soleil, près de la porte de la maison. Marie-Louise étend du linge dans le jardin derrière le poulailler. Le tableau est paisible comme une éternité. Il flotte dans l'air des parfums de foin fraîchement coupé qui me rappellent aussitôt l'impasse du Gaulois. Les yeux mi-clos j'arrange une farandole endiablée menée par pépé, le Gaulois, Jean le tailleur, les boulangères. J'ai le cœur gros. Que l'enfance est éphémère et la douceur de vivre si fugitive.

– Bonjour mémé ! Tu es donc bien installée. Je suis content de te revoir. Embrassons-nous.

– Qui c'est donc ? Louise, il y a quéqu'un ! Vins vite, vins !

De loin, Louise m'aperçoit.

– Parle-lui plus près. Elle perd la vue. Elle n'entend plus guère, mé.

– C'est moi, mémé, P'tit Louis !
– Qui c'est ?

Elle regarde fixement, le regard plissé derrière des verres presque opaques tant ils sont épais. Elle tend une main devant elle. Je lui prends délicatement. Mon Dieu ! que ses doigts sont devenus gourds et ses mains desséchées !

– C'est P'tit Louis, mémé. Je suis venu te voir.
– T'as pas amené le pépé avec toi ? Il est parti chez la Phonsine chercher le tabac. Il tarde. Jean le tailleur l'attend pour aller faner au Créru.

Que dire ? Il serait vain de la chicaner maladroitement. Elle a mis un coup d'arrêt à son grand voyage, mémé. La disparition de pépé a hâté le décalage. Elle n'a pas de vie en solitaire. Les vieux, c'est cela. Une vie à deux et rien d'autre. Son cerveau s'est dépeuplé de tout ce qui n'est pas essentiel à sa survie. Les souvenirs seuls ont de l'importance. Marie-Louise revient du jardin, sa corbeille sous le bras.

– Ah ! mon pauvre garçon, comme c'est fait ! Tu vois, la pauvre mémé a perdu les sens. C'est dégoûtant quand même. J'ai beau lui dire qu'elle se trompe, elle ne veut rien comprendre. Je m'énerve à l'entendre gongonner toute la sainte journée et puis, elle dort rien. Elle n'a jamais eu le sommeil, mais, là, c'est le bouquet. Elle est encore bien gentille de me laisser dormir toute ma nuit. Hein, mémé, t'es contente que le P'tit Louis soit là ? C'est parce que tu as été bien sage tous ces jours qu'il est venu. C'est bien mémé, tu vois, le Bon Dieu, il t'a récompensée !

Comment dire à Marie-Louise que mémé n'est pas un petit enfant ? Je ne supporte pas que l'on dise des vieux qu'ils retombent dans l'enfance.

Mémé n'est pas retombée dans l'enfance. Mémé a continué son chemin à pas de plus en plus courts. Elle est devenue vieille. Voila tout. Elle est tombée nulle part. Elle a acquis une dignité en confiant sa vieillesse, bien malgré elle, à d'autres qu'elle-même. Elle a mis son cerveau en roue libre. À moi de calquer mes pas sur les siens comme elle faisait quand j'étais tout petit et que je confiais ma main à la sienne. Elle a besoin de moi comme j'avais besoin d'elle. Je ne le savais pas plus qu'elle ne le sait maintenant. Marie-Louise a bien du cœur. La dévotion de ceux qui gardent leurs vieux auprès d'eux mérite l'admiration.

– Je vais la faire manger. Après, elle fait un petit clopet. On pourra mieux bavarder pendant ce temps-là.

– Laisse, Louison, je vais lui donner la becquée à mémé.

– C'est pas un travail d'homme. C'est les femmes qui s'occupent des femmes. Tu ne sauras pas faire et puis, il n'est pas dit qu'elle veuille. Elle a gardé son sacré carafon !

– Tant pis, j'essaie. S'il te plaît.

– Comme tu voudras. Sa serviette est sur la table, dedans. Aujourd'hui, c'est purée et blanc de poulet. Elle mange comme un pillot. Il faut toujours finir par un verre de vin. Si t'oublies, elle n'oubliera pas, elle !

Je noue le torchon autour du cou et je glisse la première cuillerée maladroitement entre les lèvres de mémé. Elle fait claquer la langue, mâchouille la purée, avale et ouvre la bouche comme un petit oiseau au nid.

– Eh bien bravo, gamin. D'habitude, elle tord toujours le nez à la première fournée. C'est écrit comme sur du papier à musique !

Le repas de mémé me transporte de joie et d'émotion. J'ai le sentiment de lui rendre tout ce qu'elle a pu me donner d'amour et d'affection. Elle est calme et rassasiée. Cette paix qui émane d'elle trahit son bien-être. Je n'ai cessé de lui causer en la nourrissant. Je lui parle des autrefois dans l'impasse du Gaulois. En vérité, je me fais plaisir à trouver prétexte à évoquer ces instants d'enfance impérissable. Je ne suis pas pressé d'en finir et tout à mes attentions, je pense à maman et je regrette de manquer parfois de patience avec elle. Le moment du calice de vin rouge est arrivé sans précipitation. À petites gorgées, mémé avale, laisse glisser. Ses yeux se ferment à mesure qu'elle ingurgite. À la fin, elle dort. Je retire le torchon. Elle est parfaitement apaisée. Je la contemple avec une tendresse infinie, la gorge un peu nouée.

Louison m'a fait une polinte à l'ail avec un civet de lapin. Elle a acheté un tomme grasse à la fruitière et me sert des rissoles aux culs-de-poulet en dessert. C'est moi qui retombe dans les vertiges de l'enfance. Le soleil éclabousse la toile cirée de la table. Le café a le goût du café qui frissonne tout le jour sur le coin du fourneau. Lyon est bien loin, aux contours incertains. Je me glisse dans mes habits d'enfant au cœur de ce pays qui est le mien.

Un peu fatigué par le voyage, je m'étends un moment à l'ombre du tilleul dans un coin de la cour, un œil sur mémé qui fait son clopet de l'après-midi. Je crois que j'ai dormi un moment quand Louison vient me proposer un morceau de brioche avec un café.

– T'as plongé, gamin ! J'ai eu le temps de changer la mémé. Je l'ai rentrée car la fraîche tombe vite à mesure que le soleil passe derrière la montagne. Il y a longtemps qu'elle n'avait pas aussi bien mangé. Elle est toute docile depuis qu'elle t'a vu !

Mémé occupe une toute petite place au fond de la pièce, entre la cheminée et le placard.

– Alors, mémé, heureuse ? T'es belle comme un sou neuf.

Louison lui a mis un gilet mauve tricoté à la main et des pantoufles en feutrine noire. Je crois même qu'elle l'a un peu recoiffée. Soulagée par ma présence, la Louise a pu s'occuper de mémé en toute tranquillité. On dirait qu'elle veut parler, la grand-mère.

Louise est allée donner aux lapins. Elle goûte à la liberté.

Mémé bredouille des paroles inaudibles.

– Cause-moi, mémé. Je t'écoute.

– La Zénobie, elle a pas apporté *Le Pèlerin* ?

– Mais bien sûr que si. Pendant que tu dormais.

– Je ne dors jamais. J'écoute tout, je vois tout et je ne dis rien !

– C'est vrai, mémé, tu ne dormais pas, tu somnolais. Elle a apporté *Le Pèlerin*, la Zénobie.

– Lis-le moi.

Je fais semblant d'aller chercher le journal. Je reviens avec un prospectus de la coopérative agricole et j'attaque la lecture.

– Nous avons de bonnes nouvelles du pape qui se remet lentement de sa dernière bronchite. Il s'apprête à reprendre ses courageux voyages autour du monde. Nous ne manquerons pas de vous faire vivre son pèlerinage en Terre sainte dans un prochain numéro.

Je suspends la lecture pour tester les réactions de mémé.

– Mais continue, gognand. Il y a quoi comme recette cette semaine ?

Je suis un peu pris au dépourvu. Elle m'a eu mémé. L'exercice est un peu périlleux. Tant pis, je me jette !

– Aujourd'hui, nous vous proposons la recette des pâtes à l'italienne. Prévoir une livre de pâtes fraîches, quelques belles tomates bien mûres et deux cents grammes de parmesan que vous râperez au dernier moment.

– Voila, c'est bien. Il n'y a que *Le Pèlerin* qui donne les bons conseils. Le fromage, on doit le râper au dernier moment. Tu iras m'en prendre un morceau à la fruitière. J'en ferai pour ce soir. Ton pépé va rentrer du marché d'Annecy avec une faim de loup de la Mâchurette. Il me reste des bocaux de tomates stérilisées de l'an passé, sur le rayon, dans le pêle.

Elle se tait et reste figée, complètement exténuée par tant de sollicitations. Elle est indifférente à mes questions. Elle a débranché, mémé. Silence. Elle marmonne à nouveau.

– Tu disais, mémé ?

– Tais-toi donc, tu me fatigues à barjacter tout le temps. Arrête voir un moment. Ameurte ton clapet, dadais.

Voila que je me fais engueuler, maintenant ! C'est bon signe.

XIII

J'ai vécu plusieurs jours au rythme de l'emploi du temps de mémé pour que la Louison puisse prendre un peu de répit. Elle goûte ma présence et n'est pas pressée de me voir repartir. On a bavardé longuement, évoquant les uns et les autres. Elle m'a surtout confié ses soucis avec la santé de mémé qu'elle ne pourra pas garder à la maison bien longtemps encore. Il faudrait la mettre dans une maison. Mais où et quand ?

Mémé est bien trop vieille pour supporter ce changement, mais Louison est encore bien trop jeune pour grignoter sa vie par petits morceaux. Elle a passé quarante ans, Marie-Louise. Elle est vieille fille, mais j'ai cru comprendre qu'un voisin, veuf depuis longtemps, lui faisait les yeux doux. Il est venu un soir nous rendre visite. C'est François. Ses parents ont bien connu pépé et mémé, et toute sa famille a bien connu la nôtre. C'est un habitué. Il est gentil avec mémé. Il est de la Combe, un hameau que l'on aperçoit de la maison. J'ai souvent entendu parler de lui, quand j'étais petit. C'est le Fanfoué de la Combe. Un gars courageux qui n'a pas eu de chance. Sa femme est morte noyée dans les tourbillons des Usses en allant récupérer une vache égarée. Elle a glissé sur les rochers moussus. On l'a retrouvée à la sortie de Frangy, trois jours après. Il a bien failli devenir fou, le Fanfoué, surtout que sa femme était enceinte. Bien des années après, on peut le voir rôder sur les bords des Usses, les jours de cafard. Je crois que Louison a su trouver les mots pour apaiser son chagrin. Ce serait bien qu'ils se mettent ensemble, maintenant. Mais pas tant que mémé est là, bien sûr. Louison vendrait la maison et irait chez Fanfoué de la Combe s'occuper de la ferme. Comme dit Louison : « En plus, c'est un bon chrétien. » Alors, pensez, si c'est un bon chrétien, il n'y a pas d'obstacle. Mais voilà, je ne peux pas faire grand-chose pour eux. Moi, j'ai déjà maman à m'occuper et je ne resterai pas célibataire. C'est sûr.

– P'tit Louis, je te présente François. C'est un ami fidèle et mémé aimait bien japper avec lui quand elle avait encore un peu sa tête.

– C'est toi, le P'tit Louis ? Ta mémé n'arrêtait pas de parler de toi, comme quoi tu es le plus intelligent et le plus gentil. Tu veux faire quoi plus tard ?

– Professeur d'histoire et peut-être écrivain.

– Alors, il faudra que tu cherches mes ancêtres, parce qu'il paraît qu'on est un peu cousin, nous tous. Ce serait rigolo, hein, cousine Louison ?

– Arrête voir, Fanfoué, monsieur le curé ne serait pas content d'y savoir !

– Mais, fais voir tes mains, P'tit Louis. C'est pas des mains d'intellectuel ça ! T'as vu, Louison, comme il a des mains de laboureur. T'es qui, toi, paysan de la Hiaute ?

Il ne pouvait pas me faire plus plaisir, le Fanfoué. C'est vrai que les pots de chambre hésitent toujours à me serrer la main de peur de se faire écrabouiller leurs pinces à sucre ! Quand je vais chez pépé et mémé de Lyon, dans l'Ain, je manie aussi bien la faux que la hache, sans parler du porte-plume. Pour moi, ce sont toujours des outils.

Il est bien ce François. Ce sera un bon mari pour la Louise. Allez, Louison, courage, tu l'auras ton Fanfoué !

Il a dîné avec nous et m'a révélé que l'on a toujours dit au village que mes ancêtres étaient des nobles. Lui aussi.

Décidément, j'ai du pain sur la planche pour les années à venir.

Des nobles alors que le pépé a fini avec quatre chèvres ! Faut voir.

J'ai laissé François et Marie-Louise à leur bavardage. Je me suis installé sous le tilleul, bercé par la brise du soir, dans le noir. J'allume ma radio. Au hasard, je capte une station de grande musique. Je laisse. C'est bon, c'est doux, puis tumultueux, nerveux, empressé et de nouveau délicieusement intimiste.

La 5e symphonie de Beethoven m'envahit, me capture, m'emporte, me plonge tour à tour dans les tourments et les désirs de réussites ambitieuses. L'*andante* me procure des moments de détente inhabituelle et troublante. Cette musique ressemble à ce pays. Sous une apparente fragilité, elle camoufle une subtile détermination à enchanter. Sa force vient des profondeurs de la terre et de l'épaisseur des siècles. Serais-je de la race des seigneurs ? Est-ce cet héritage qui confère à pépé et mémé leur noblesse et leur dignité, même dans les affres du déclin ? Je suis tourmenté par le mystère de mes origines. Personne n'a jamais évoqué cette histoire comme si un voile pudique devait l'envelopper à jamais. On n'a pas le droit de rompre volontairement un maillon de la chaîne.

Encore Beethoven. La sonate n° 8 en ut mineur *opus* 13, la « Pathétique ». Le langage musical est particulièrement original et la douleur poussée à l'extrême. L'*adagio cantabile* est d'un lyrisme touchant sous la forme d'une mélodie simple et chantante, mais ô combien douloureuse. Je pense à maman, à la Miss, mais aussi à Mison avec qui j'ai certainement raté quelque chose. C'est une fille de mon pays. Elle porte en elle les enchantements de mon enfance et les magies de ces monts tant aimés. Devrais-je la revoir ? Je ne suis pas si loin d'elle. En ai-je vraiment le courage ? J'ai peur d'un échec ou pire, de l'indifférence. Je crains de briser le charme des heures anciennes. Je suis si près du village de pépé et mémé que je pourrais m'y rendre en vélo. Je n'ai pas dit à René que je venais auprès de mémé à Sillingy. Je ne peux me résoudre à retourner dans l'impasse devant la porte close de la maison vide.

Sonate n° 14 en ut dièse mineur, *opus* 27, numéro 2, « Clair de lune ». C'est un chant qui naît, grandit et s'achève sans que rien puisse le retenir. L'accompagnement fluide et ininterrompu contraste avec les tristes notes de la douloureuse mélodie. Je n'irai pas au village. Personne ne m'y attend plus. Qu'il grandisse sans moi jusqu'à ce que je ne le reconnaisse plus. Le combat est trop inégal. Les forces terrestres dominent l'homme. Les appels, les soupirs se heurtent au déchaînement de l'océan de l'inexorable marche du temps.

J'ai envie de repartir. Mais où ? Lyon n'est pas un refuge, tout juste un lieu de vie intermédiaire. La campagne de l'Ain a de la beauté, mais ni âme, ni esprit. Ne serais-je bien que dans ma tête avec mes illusions, mes erreurs, mes méprises, mes égarements ?

Je reste pour mémé et pour soutenir Marie-Louise quelque temps encore. Après, on verra bien. Sitôt bouclée ma dernière année de lycée, je partirai sur les chemins de mes ancêtres, à la recherche de moi-même.

– Tu devrais rentrer, P'tit Louis, l'air fraîchit vite sous le tilleul. Tu vas prendre du mal. François te dit au revoir. Il te croyait endormi. Il s'est en allé.

Mémé dort au fond de la grande pièce sur son lit, derrière un grand rideau. Elle a le souffle un peu rauque, le teint grisâtre et le nez pincé. Ses mains sont jointes sur sa poitrine.

– Je lui ai fait faire sa prière. Elle a pris ses cachets pour la nuit. Laissons-la. Regarde comme elle est calme et reposée. Elle n'est plus la même depuis que tu es là.

XIV

Ce matin, l'air sent le foin mouillé et la bouse de vache. Une petite pluie fine ruisselle sur les ardoises. Des effluves de feu de bois parfument la maison. Louison a fait une petite flambée. Elle dit qu'il fait cru quand le temps est humide. Le ciel est bas. Les collines sont sévères, toutes emmaillotées de vert foncé. La nature est renfrognée, toute rembrunie. On dirait une vraie boudeuse. Je descends, appâté par l'odeur du café fumant. Mémé n'est pas levée. Louison est contrariée.

– Il n'y a pas moyen de la remuer ce matin. Elle gongonne à chaque fois que je m'approche. Je ne sais pas ce qu'elle a, mais elle se raidit quand je veux la relever sur ses oreillers. Elle m'a recraché tout son déjeuner. C'est un jour sans qui commence. Ah ! doux Jésus, ça s'annonce tout de travers.

Je m'approche du lit et lui prend une main froide et diaphane où affleurent toutes les veines. Elle me serre fort, très fort. Ses yeux sont humides. Elle fixe le plafond, immobile, le souffle faible comme une brise. Mémé remue les lèvres tout doucement. J'approche mon oreille de son visage. Sa respiration m'adresse quelques mots.

– P'tit Louis, comme c'est gentil d'être venu me voir. Tu me fais un immense plaisir. Tu as quitté tes occupations pour ta mémé. C'est comme si des anges me portaient.

Mémé m'a parlé distinctement d'une voix douce comme avant, quand elle me montait de l'eau sucré pour dissiper mon mal de ventre. Son esprit est exceptionnellement clair, ses pensées terriblement assurées. Un fin et léger sourire décrispe son visage creusé par les rides. Je la laisse se reposer. Je reste bouleversé par cette soudaine lucidité surnaturelle.

J'ai tout juste le temps de prendre le car pour faire un petit tour à Annecy. Le lac sous la pluie se pare d'une étrangeté mystérieuse. Je ne résiste pas. Je serai de retour pour le repas de midi.

Je rapporterai des pâtisseries du *Fidèle Berger*. Les meilleures d'Annecy.

À midi, je gravis le chemin qui monte à la maison. Un pâle rayon de soleil lutte avec la pluie fine. Le diable marie ses filles ! L'eau des fossés herbeux charrie de la paille ; des marques irisées du purin échappé des cours de ferme s'étirent à la surface. La terre sent le chaud, et l'air la fumée de bois. Le portail ne grince pas. Les charnières sont trop mouillées. Les graviers de la cour ne crissent pas sous les semelles en caoutchouc de mes baskets. La terre est gorgée de pluie. Marie-Louise est assise près de la table. Le couvert est mis. Les lunettes sur le bout du nez, elle déchiffre un petit bout de papier couvert de mentions nerveusement composées.

– Mémé n'est pas bien, ce matin. Le docteur est venu. Il faut l'hospitaliser.

Louison a pleuré. Elle a le bout du nez tout rose et les yeux gonflés.

— Tiens, lis, si tu y comprends quelque chose.
Elle me tend la prescription destinée à l'hôpital.

Mon cher confrère,

Je vous confie une patiente âgée de quatre-vingt-douze ans qui présente un panorama de sénilité avancée associée à une grande confusion. Le pronostic laisse augurer une invasion cérébrale progressive et avancée. L'examen clinique confirme l'observation. L'électrocardiogramme fait apparaître une extra-systole incohérente et un grave déficit ventriculaire. La psychasthénie est flagrante ainsi que la faiblesse de réactivité réflexe. Je vous demande un électroencéphalogramme de confirmation. J'émets les plus grandes réserves quant aux chances de prolonger cette patiente. Il est convenable de ne pas la maintenir dans son milieu familial.

Veuillez agréer, mon cher confrère, l'expression de mes fraternelles considérations.

C'est clair, mémé est perdue. Louison l'a-t-elle compris ?
— Alors ?
— Alors, il faut la faire soigner à l'hôpital. Elle a besoin de soins spécialisés.
— T'as compris quoi ? Elle va mourir, hein ?
— Je ne suis pas docteur, tu sais.
— Tu parles assez souvent de tout cela avec ta mère qui était infirmière. Tu dois bien avoir une idée, non ?
— C'est grave. C'est sûr.
— Alors, on la garde. Il ne faut pas qu'elle meure à l'hôpital. Tu as vu comme elle t'a parlé ce matin. Elle comprend tout maintenant que le Bon Dieu vient la chercher. Je vais aller chercher le curé.
— Attends, Louison, si elle voit le curé, elle comprendra tout de suite.

— Il lui faut le curé. Un point c'est tout. Déjà que ton pépé n'en avait pas voulu. Ça l'avait fâchée la mémé. Elle avait bien dit de ne pas l'oublier le moment venu.

— Qui te dit que le moment est venu ?

— La lettre du docteur. Je l'ai ouverte et je l'ai montrée à l'Anna, la sage-femme. Elle m'a traduit. Je voulais seulement savoir ce que tu comprenais. Je ne veux pas que la mémé s'en aille loin de nous, veillée par des inconnus. Si elle doit mourir, c'est moi qui l'habillerai, comme j'ai toujours fait tous les matins depuis qu'elle est là.

— On doit obéir au docteur. Il lui faut des examens plus approfondis et peut-être des perfusions pour la remonter. Si elle est plus costaude, peut-être qu'elle reprendra pour quelque temps.

— Je ne veux pas savoir que des inconnus vont la pitrogner sous toutes les coutures, pour la faire souffrir. Elle qui est si pudique.

Louison reprend à peine sa respiration.

— Et puis, fous-moi la paix. T'es pas en ville, ici. Les vieux, ils meurent chez eux, entourés par la famille et les voisins. T'oublies qu'elle est née dans cette maison. C'est bien beau qu'elle y soit revenue pour y mourir. À l'hôpital, ils font comme ils veulent et ne laissent pas le Bon Dieu décider. Ça sert à quoi de s'acharner ?

— Laisse ton Bon Dieu tranquille, Marie-Louise, tu vas lui donner quoi ce soir à mémé et demain matin ? Tu vas peut-être la regarder s'étioler comme les fanes de carottes mangées par le ver du hanneton. C'est pas une bougie qu'on jette quand elle a fini de vaciller. Tu crois qu'elle voudrait qu'on la regarde tirer la porte derrière elle sans rien faire ? C'est pas son genre. Elle aurait renversé des montagnes en son temps pour sauver une âme. On va prévenir l'ambulancier à Frangy et on la conduit à Annecy. Si son état s'aggrave en route, on fait demi-tour.

– Fais comme tu veux, moi je suis toute perdue. Je ne sais plus quoi faire.

– Tout ce que tu as fait est admirable. Tu ne peux pas faire mieux.

Louison pleure en silence, abasourdie et totalement vaincue par la peine.

Je vais au café téléphoner à l'ambulancier. Ce soir, mémé sera à l'hôpital. Pour combien de temps encore ? Je n'ai plus aucun espoir mais je ne peux pas me résoudre à rester les bras ballants devant cette âme qui s'envole et quitte ce corps émacié. Il ne sera pas dit que je n'aurai pas tout fait pour la faire espérer encore et encore. Si mémé doit partir, qu'elle parte avec toute la provision d'amour que je lui dois.

Je vais m'arranger avec mon copain Gino, le loueur de bateaux que j'ai revu ce matin au port. Il me laissera son cabanon pour dormir près de l'hôpital. Je pourrai veiller sur mémé le plus possible. Je donnerai des nouvelles au café qui montera prévenir Marie-Louise.

L'ambulancier a branché une bouteille d'oxygène pour la durée du trajet. Mémé a repris des couleurs à son arrivée à l'hôpital. Elle est inerte, les yeux pâlots, mais les joues roses. L'ambulancier nous laisse dans le hall des urgences. Je commence à avoir peur d'avoir été un peu vif avec Marie-Louise. Je ne suis plus sûr d'avoir eu raison de transplanter mémé. Une vieille souche comme elle va-t-elle supporter ce bouleversement ? Plus les minutes passent et plus je me sens devenir tout petit dans cet immense hall anonyme. Mémé sans son décor, sans les pierres grises et les ardoises bleutées de la maison acceptera-t-elle de lutter ? Si les médecins se battent pour elle, il faut aussi qu'elle veuille bien coopérer, qu'elle y mette du sien. La pente est raide. Si elle se laisse glisser, personne ne pourra la rattraper. C'est un peu elle qui va décider. J'attends la visite du médecin en lui tenant la main. Beaucoup de monde passe sans même jeter un regard. Ils sont tous pressés, affairés, trop occupés. Et si on nous oubliait ? Je suis pris d'une affolante angoisse. Dépêchez-vous. Mémé préfère les anges à vos blouses blanches. Dans un moment, il sera peut-être trop tard. Elle ne voudra plus de vous et se sera donnée à la Sainte Vierge et au Bon Dieu.

– Madame, s'il vous plaît. Le docteur vient-il bientôt ?
– Ne vous inquiétez pas. Il est en consultation. Dès qu'il a fini, il passe voir votre grand-mère.

L'infirmière se penche vers mémé.

– Alors, la mamie, on se remue ? Hou, hou, mamie, ouvrez les yeux, regardez-moi. On ne fait pas la sotte. On est gentille, sinon panpan cucul !

Non, pas de cela, surtout pas de cela ! Je ne tolérerai à aucun prix que l'on traite mémé comme une enfant débile, sous prétexte qu'elle est très vieille et qu'elle n'a plus toute sa tête. Ce n'est pas sa faute. Elle a mené une vie exemplaire à distribuer des sourires, de la compréhension et de l'amour plus que l'on n'aurait jamais attendu. Alors, s'il vous plaît, de la dignité, du respect pour ce corps qui s'efface. Il reste l'âme, le cœur, la vie longuement déroulée qu'aucune infirmière ne soupçonnera jamais. Dans l'ignorance, abstenez-vous, je vous en prie. Je sais par maman tout le courage et la bonté que vous déployez à longueur de jours et de nuits, mais, pitié, restez pudiques ! Mémé n'a pas réagi. Sa main est glacée. Elle a froid. Je la couvre avec ma veste. Elle respire régulièrement, sans à-coups, mais faiblement.

Un grand gaillard, l'air conquérant et sûr de lui, débouche à l'angle du couloir, entouré par un essaim de jeunes gens en blouse blanche. Ils paraissent tout petits et fragiles à ses côtés. C'est le patron du service. Grand brun, les lunettes sur le sommet du front, le nœud papillon sévère sous le menton, il approche du chariot sur lequel repose mémé.

– Bonjour jeune homme. Vous êtes de la famille ? Vous êtes bien jeune pour rester là. Vous pouvez rentrer chez vous, on vous tiendra au courant.

Vexé, je m'efface légèrement. Je ne suis plus trop rassuré, ni bien fier. Le moment est venu de laisser mémé à l'abandon, entre les mains des professionnels de la santé. Pour la première fois depuis bien longtemps, je crois qu'elle m'échappe et que je ne la récupérerai plus. Que faire, que dire pour qu'ils m'associent à leurs enquêtes ? Non mais, après tout, c'est ma mémé, pas la leur. De quel droit se l'approprient-t-ils ? Ils ne savent même pas tout ce que nous avons en commun, mémé et moi, ni tout ce qu'elle m'a dit ce matin et ils se permettent avec audace de m'évincer, sans une question ! Au bout de quelques minutes, le verdict tombe.

– Réanimation. Encéphalo. Perf de glucose à cinq pour cent. On verra le tableau demain matin. Tension toutes les demi-heures et prise de pouls idem. Vu ? Attention au coma.

Toute la troupe est au garde-à-vous. Le général a fait claquer ses ordres. Ils se précipitent en rangs serrés vers le cas suivant. Je récupère mémé. Elle n'a pas cillé. Je lui reprends la main et je crois percevoir qu'elle m'a un peu serré plus fort que tout à l'heure. Je ne t'abandonne pas, mémé. Tu vas voir, tout va bien se passer. Je ne pars pas tout de suite. Une aide-soignante vient lui faire une piqûre.

– C'est pour qu'elle dorme en paix. Ne vous en faites pas, jeune homme. Elle va bien dormir ainsi. Vous pouvez partir, elle ne vous entend déjà plus. C'est vrai, croyez-moi. Vous venez d'où ?

– De Sillingy.

– C'est bien. Moi, je suis née tout à côté, à Choisy. On est un peu du même pays. Allez, ne vous tourmentez pas. Elle est entre de bonnes mains. Je vais veiller sur votre grand-mère. C'est moi qui fais la nuit. Vous pourrez la voir cinq minutes demain matin en réanimation. C'est défendu, mais vous demanderez Catherine. J'arrangerai tout cela !

Pour un peu, je l'aurais embrassée. Elle est toute jeunette, l'aide-soignante, et bien mignonne. Ses paroles douces et aimables vont m'aider à patienter jusqu'à demain matin. Je téléphone au café pour qu'ils rassurent Marie-Louise qui doit tourner comme une chèvre fiévreuse.

XV

Finalement, mémé a particulièrement bien résisté à cette méchante offensive. Après un séjour plus éprouvant pour moi que pour elle, elle a retrouvé suffisamment de forces pour s'alimenter et rejoindre un établissement de soins de longue durée à Lovagny, dans les gorges du Fier. Le paysage y est splendide et ce n'est pas trop loin de la maison. Je peux m'y rendre tranquillement en vélo avec Marie-Louise quand ce n'est pas Fanfoué de la Balme qui nous emmène dans sa vieille Ami 6. Elle ne s'est pas vraiment rendu compte du changement. Marie-Louise est soulagée et semble revivre même si l'absence de mémé lui pèse beaucoup, au bout du compte. Elle meuble sa solitude en accueillant de plus en plus souvent François qui arrive même à rester la nuit à la maison. Elle fait mine de lui préparer un lit dans la réserve au fond de la cuisine, mais je sais bien qu'il va la rejoindre dès que je suis couché. Au matin, il rejoint son lit, en chaussettes, et la plupart du temps, il oublie ses souliers dans la chambre de Marie-Louise !

Aujourd'hui, je vais écrire à maman et à Totor. J'ai préféré ne pas la prévenir pour mémé avant d'être fixé plus sûrement. Elle va être contente de recevoir une longue lettre qu'elle lira à Totor plusieurs fois, je le sais. Je n'ai pas eu le temps de me faire du souci pour elle. C'est mieux ainsi, car j'aurais bien été capable, sur un coup de bourdon, de rentrer plus tôt que prévu. J'enverrai aussi une belle carte d'Annecy à la Miss. J'ai trouvé une carte postale du lac avec une mère cygne qui promène ses petits sur son dos. Elle est archi-connue ici, mais la Miss ne le saura pas. J'aurais préféré en dénicher une avec des papillons de nuit, histoire d'entretenir le feu qui couve sous la braise !

Maintenant que mémé est en maison à Lovagny, les soirées sont parfois longues et monotones. Nous avons épuisé, Louison et moi, la plupart des sujets de conversation. J'étais venu pour tenir compagnie à mémé. Je ne regrette pas le voyage qui m'a permis de lui témoigner mon attachement et de montrer à Louison toute mon énergie et mon sens des responsabilités. Je ne vais pas tarder à repartir auprès de maman et de la Miss dont je suis bien privé. Demain, j'irai dire au revoir à mémé.

– Dis, P'tit Louis, j'allais oublier de te dire que demain soir nous sommes invités à dîner chez François. Il voudrait t'offrir un casse-croûte avant ton départ.

C'est curieux, mais je n'ai pas encore parlé de mes intentions de retour. Je crois que Louison est impatiente de se retrouver seule avec son François !

– Tu m'as assez vu, la Louise, hein ? Tu me mets à la porte !

– Ameurte, grand badadia ! Tu peux rester tant que tu veux.

– Mouais, c'est ce qu'on dit quand on est poli !

Elle rajeunit, la Louise, depuis qu'elle fricote avec François.

Elle s'est fait coiffer par l'Anna, l'ancienne sage-femme. Elle lui a lavé les cheveux, puis lui a roulé des bigoudis qu'elle a gardés toute la matinée sous un fichu. Elle est frisée comme un mouton avec la nuque rasée. Cela lui dégage le cou qu'elle a large et court, posé sur ses épaules fortes et bien roses. Une belle plante, la Louise, d'une bonne venue comme disait pépé, et il ajoutait que la sage-femme avait dit à sa mère : « Faites encore un effort... » et elle, depuis, elle a un nez fort. C'est le seul bon mot que j'ai entendu de la bouche de pépé. Il en était tout fier !

Ce soir, on part à la Combe pour dîner chez François. On ira à pied, et au retour François nous ramènera avec l'Ami 6. En attendant, j'enfourche le vélo et je file à Lovagny rendre visite à mémé.

En poussant la porte de la maison de vieillards, je suis saisi par l'odeur. Un mélange de crotte de chien, de soupe de légumes et d'eau de Cologne épaissit l'air ambiant. Dans le hall d'entrée, des vieux, immobiles, sont sanglés sur des fauteuils roulants. Ils sont absents, attendant le départ pour un ailleurs dont ils n'ont pas conscience. Les vieilles dames ont leur sac à main posé sur les genoux, serré bien fort dans des mains pétrifiées. Leurs yeux vidés de toute expression n'expriment plus que le néant. Un homme, recroquevillé dans un fauteuil trop vaste, balance la tête de droite et de gauche, la bouche béante et la langue sortie. En parvenant au pied des escaliers, une vieille dame encore élégante m'interpelle.

– Bonjour monsieur. Vous êtes le chauffeur de taxi ? Je suis prête. Nous prenons l'avion à Genève ce soir. Je pars en tournée en Argentine. Je suis la maîtresse de Carlos Gardel, l'empereur du tango. Mais cela, personne ne le sait, alors, silence, vous serez bien payé de votre discrétion. Le temps de passer le collier de pierres tombales qu'il m'a offert et je suis à vous !

Je reste paralysé par cette soudaine apparition. Les couloirs sont vides. Je ne sais comment me défaire de mon encombrante accompagnatrice.

– Un instant, madame. Je vais chercher mon passeport et je suis à vous !

– C'est cela, je vous attends, faites vite.

Ouf ! Je suis momentanément soulagé. Grimpant les escaliers à toute vitesse, j'aperçois enfin une infirmière qui me rassure.

– Vous êtes tombé sur notre cantatrice maison ! Ne vous inquiétez pas, elle fait son numéro à tous les nouveaux venus. Bravo pour l'esquive, j'ai tout entendu ! Pauvre mamie. Elle n'a plus de visites depuis longtemps. Elle était professeur de chant à Annecy et a perdu la raison très jeune à la suite d'un chagrin d'amour. Un chirurgien argentin, en stage à l'hôpital d'Annecy, lui a fait miroiter la gloire à Buenos-Aires avant de la laisser tomber et de rejoindre femme et enfants dans son pays. Depuis, elle s'est imaginé une vie argentine toute de strass et de paillettes.

Je suis frappé par la cohérence des propos que tiennent ces pauvres gens. Mais, après tout, sont-ils si pauvres d'esprit, ces vieillards qui se forgent des chimères passionnelles, dans lesquels ils s'immergent ? Dans la relative quiétude de leurs certitudes, ils façonnent des mondes qui ne sont pas les nôtres. Avons-nous le droit de les persuader que la vérité unique est celle que nous leur proposons, au risque de les troubler douloureusement ? Aurions-nous l'audace de nous insurger contre leurs constructions de l'esprit qui font appel à la profondeur de leur vécu alors que nous réclamons pour eux la considération et le maintien dans une existence digne ? Leurs égarements ne sont que la correspondance directe avec de profonds traumatismes de la vie. Ils ont droit au respect.

Je crois que l'attitude la plus courageuse et la plus obligeante à leur égard consiste à visiter en leur compagnie ces tranches d'existence qu'ils nous livrent sans pudeur. C'est finalement sans fard qu'ils expriment leurs souffrances, véritables expressions de ce qu'ils avaient tu autrefois, par convenance, par nature, sous le joug de la culture ou de l'éducation. Ce que nous entendons d'eux n'est-ce pas la stricte vérité enfin dépouillée de tout préjugé et de toute retenue ? Je crains que la vérité pure et parfaite n'émane au bout du compte de ces esprits que l'on dit dérangés.

J'entrevois enfin la chambre de mémé. À pas silencieux, j'approche avec précaution. Mémé tourne le dos à la porte, assise dans un fauteuil roulant, les deux pieds entravés par une bande de tissu, le corps sanglé contre le dossier. On lui a mis des tuteurs à cette bonne mémé ! La tête se fane, le tronc se courbe et les racines s'étiolent. Elle est face à la fenêtre, le regard perdu sur une crête de sapins noirs, au loin, par-delà les champs cultivés. Les paysages de son enfance et de sa vie laborieuse ne sont plus qu'un film incertain. La chambre, pourtant très coquette, empeste l'urine et la nourriture gâchée. En s'éloignant, la vie néglige l'essentiel.

Mémé n'a pas bougé. Pas un mouvement de paupière, pas un frémissement sur son visage. La tête calée entre deux oreillers, elle semble intemporelle. Cela ne suffit pas à devenir éternel, malheureusement. Que reste-t-il de mémé, à part ce corps inerte et ce cerveau asséché ? Il me reste, Dieu merci, tous les merveilleux souvenirs d'une enfance incomparable accordée au lent écoulement du temps dans un espace aux contours limités et rassurants.

Une aide-soignante entre en trombe dans la pièce.

— Pardon, je la croyais seule. Vous êtes son petit-fils ? Elle est bien gentille votre mémé. Toujours contente. Le docteur est venu hier. Elle va bien...
— Vous trouvez ?
— Oh, oui. Elle mange bien.
— Et cela vous suffit ?
— Vous savez, quand ils ont encore un bon coup de fourchette, comme on dit, ils peuvent tenir le coup longtemps !
— À part manger, que fait-elle ?
— Mais rien, mais c'est déjà bien. On voit bien que vous n'avez pas l'habitude des vieux. Elle est très docile et ne rouspète jamais. Ça nous facilite bien les choses. Vous savez, pourvu qu'ils nous fichent la paix, on est bien contente. À ces âges, il ne faut plus espérer grand-chose.
— Le docteur l'a trouvée solide ?
— Un vrai roc et un cœur de jeune fille. On peut la garder des années encore. C'est bien.
— Vous trouvez que c'est bien ? Je l'ai connue déjà vieille, mais active, prévenante, curieuse de tout. On a du mal à la reconnaître. Ça sert à quoi de les tripoter dans tous les sens comme une peluche ou de les nourrir comme une plante ?
— Taisez-vous donc. C'est pas bien ce que vous dites. Le Bon Dieu la choisira quand il voudra.

Encore le Bon Dieu ! Décidément pépé avait bien raison d'être agacé par les discours du curé. Si le Bon Dieu existe, il ne doit pas accepter de voir ses enfants partir en miettes, sans réaction. Mémé n'a pas choisi de s'échapper par bribes. Les êtres ne se fragmentent pas selon le bon vouloir du Bon Dieu.

— Vous croyez qu'elle m'a vu ?
— Non ! Il y a déjà quelque temps qu'elle n'a plus sa connaissance. Elle a fait une attaque. Elle est bien plus

heureuse comme cela. C'est notre plus gentille poupée, votre petite mémé.

Suffit. Assez. Poupée. Gentille. Joujou des infirmières. Bon nounours bien docile. Je n'en peux plus. J'éclate en sanglots et quitte la chambre précipitamment. J'enrage. Je voudrais emporter mémé avec moi. Louison n'avait pas tort. Sa place est chez elle, au milieu de son décor familier. Maintenant que Marie-Louise fricote avec son François, mémé ne peut plus revenir. Son tombeau se creuse à l'hospice. Place aux vivants. Jamais je n'accepterai que maman devienne la chouchoute du personnel de l'hospice. Elle avait rêvé d'un avenir éblouissant sur des terres d'aventures, elle ne finira pas sur une voie de garage. Promis. Juré. Ou alors, il faudrait qu'un espoir de rémission me convainque d'accepter un exil temporaire, pas une relégation définitive.

Le retour est pénible. Marie-Louise est au jardin en train de désherber quand je pousse le portail de la cour.

– Tu l'as trouvée comment la mémé ?

– Par hasard, sous une feuille de salade.

– Tu pourrais me répondre autrement. T'oublies pas que ce soir on va chez François ?

Elle a tourné la page, Louisette. Elle est déjà avec le Fanfoué de la Balme, soulagée que mémé soit prise en charge par d'autres. Bon, allez, je veux bien la comprendre. Après tout, Louise et mémé formaient un beau duo, tant que mémé pouvait papoter et partager les commérages du village. Mais maintenant Louise est désemparée, pas prête à jouer les bonnes sœurs et la garde-malade. Elle est dépassée par l'étendue des dégâts et l'ampleur de la tâche. Il me semble que François a dû récemment lui faire connaître quelques émois insoupçonnés jusqu'alors ! Elle a changé trop vite, la margoton.

À six heures du soir, Louison a déjà arrosé le jardin, fermé les poules, retourné les fromages dans la panière et donné aux lapins. Elle est frisée comme un agneau de la crèche et les lèvres sont un peu peintes. Ça, c'est nouveau ! Elle a passé une robe droite à grosses fleurs multicolores et mis un petit collier de perles.

– Tu gardes tes galoches, Louise, pour aller danser ?

– Hou, comme c'est fait ! J'allais oublier de me chausser. L'habitude, ça fait faire de ces choses ! Heureusement que t'étais là, sinon, j'y allais comme ça. Il y aurait fait beau voir d'avoir ces façons.

Elle a la tête à l'envers, la marquise. Du coup, mes idées noires ont disparu. Tant mieux.

On est parti à pied, comme prévu.

– Tu crois que j'ai bien fermé la maison ? Je ne sais plus si j'ai débranché mon fer à repasser. On a mis la chaîne au portail, au moins ?

– Mais oui, Marie-Louise ! Il n'y a pas de voleurs quand on n'est pas là.

Elle avance allègrement, bien raide dans sa robe fleurie en faisant claquer ses souliers vernis qu'elle pose bien à plat. Elle prend une démarche de militaire au défilé. Elle a glissé dans son sac à main un paquet de tabac à rouler pour offrir à François. Avant de partir, elle est allée cueillir un bouquet de dahlias au bord du carré de salades. D'habitude, c'est la bordure de fleurs réservées pour nos morts au cimetière. Elle a fait exception aujourd'hui. C'est vraiment un grand jour.

Il y a beaucoup de monde chez François. Notre arrivée est saluée par des applaudissements. La table est dressée dehors, sous l'avant-toit. L'apéritif est déjà bien avancé. Tout le monde a un verre à la main. Sûrement pas le premier étant donné le ton des conversations !

– Voilà ma caille toute belle ! s'exclame François.

Il l'étreint voluptueusement et l'embrasse sur la bouche sans vergogne. Marie-Louise est rouge et abandonnée dans les bras impressionnants de son amoureux.

– On fait les présentations. Viens, P'tit Louis. Louison, tu connais presque tout le monde. P'tit Louis, je commence par ce qui doit t'intéresser le mieux. Delphine, la nièce de mon voisin Jeannot. Une Parisienne en vacances à la campagne. Dis donc, la tourterelle, t'as pris des belles couleurs chez nous. Elle est à pleine peau la génisse et t'as vu sa croupe ?

Un brin embarrassée, Delphine me tend une belle main pâle et soignée.

– Lui, c'est Fernand, le maréchal-ferrant, un sacré garenne. Hein Fernand ? Marius, mon voisin et la Marie, sa femme, les rois du trot monté. Je rigole, Marie ! Jeannot qui couve sa nièce et l'Huguette qui veille au grain. Il y a du boulot, n'est-ce pas ? Tu connais l'Anna, la sage-femme ? On l'appelle Madame guette-au-trou !

Un formidable éclat de rire ponctue la fin des présentations. Delphine a souri poliment. Nous voilà dix autour de la table, bien serrés. Delphine a, bien sûr, été placée à côté de moi. Sa mini-jupe ne dissimule rien de ses jambes nues qui s'écrasent contre mon genou. Elle ne porte pas de soutien-gorge sous un léger maillot à fines bretelles. Chacun de ses mouvements laisse deviner des rondeurs de poitrine plutôt troublantes. Comme dirait maman : « Elle est blonde comme les blés, cette gosse. Une vraie beauté. Un profil de médaille ! » Delphine est à ma gauche. À ma droite, il y a la Marie qui n'arrive pas à camoufler l'odeur de la vache sous une inondation d'eau de violette. C'est entêtant au possible ! Je suis naufragé dans l'eau de violette. Marie est visiblement trop à l'étroit.

Ses formes abondantes se déversent sur la table. Elle est rouge de partout. Du nez jusqu'au décolleté en passant par les bras, elle est rouge. Plus elle parle fort et plus elle descend des verres de vin rouge. Plus elle boit et plus elle est rouge. Elle transpire et s'éponge sans cesse avec des serviettes en papier dont des morceaux humides commencent à lui bigarrer le visage. On dirait un arbre de Noël ! Marius, son mari, en face d'elle, lui lance une remarque tonitruante :

– Si tu continues à téter comme ça, la Marie, t'auras plus de force pour cette nuit. Ça va encore être l'hôtel du cul tourné !

Le maréchal-ferrant n'en peut plus.

– Tu me la laisseras, Marius, il paraît que ça améliore le veau de le changer de pré !

Marius ne rit plus.

– Comme si ça t'avait gêné quand j'étais en Algérie de venir rôder, salopard de garenne !

Fernand s'est levé d'un bond, renversant la chaise.

– Non mais, vous l'entendez ce pisse-trois-gouttes. Elle était bien contente, la Marie, que quelqu'un veuille enfin s'occuper d'elle. Heureusement qu'on t'a pas attendu quand on était jeune pour taquiner la bébête, sinon la Marie elle serait encore dans la salle d'attente. Tu me l'a piquée. Maintenant faudrait peut-être que tu la déboutonnes quelques fois.

Marius a empoigné Fernand par le col de la chemise. Ils roulent tous les deux sous la table. François se défait difficilement de Marie-Louise pour remettre de l'ordre.

– Bordel de foutre de cré vingt dieux ! C'est chaque fois pareil quand vous avez bu un coup. C'est pas bientôt fini ce chantier. Allez ouste, debout, serrez-vous la main et buvons un coup.

François entonne un retentissant chant de beuverie repris en chœur par l'assistance. On a frôlé le drame. Je commence à sérieusement m'ennuyer.

– Delphine, tu viens, on va marcher un peu.
– Volontiers.

Tandis que la compagnie reprend une nouvelle fois du pot-au-feu et du gratin de patates, arrosé de gamay de Savoie, nous nous esquivons. Derrière la maison, un petit chemin forestier grimpe jusque dans les coupes de bois. La nuit est claire et le terrain bien sec. La température est douce. On entend les grillons s'époumoner, même si leurs poumons n'ont rien à voir !

C'est elle qui se manifeste la première.

– Merci de m'avoir enlevée. Je commençais à ne plus supporter.
– Alors, d'accord, on dit que je t'ai enlevée ! Mais attention, peut-être que je ne vais pas te ramener ! Tu viens de Paris, Delphine ?
– Oui, enfin, j'habite la région parisienne. Pas loin de Versailles. J'allais au lycée à Versailles. À la rentrée, je rentre à la fac de droit, à Paris. Et toi ?
– Je passe le bac l'an prochain et j'attaque des études d'histoire.
– C'est drôle. J'ai longtemps hésité entre l'histoire et le droit. J'ai choisi le droit pour devenir juge pour enfants.

Le chemin est de plus en plus abrupt et encombré de rochers que les engins des forestiers ont mis à nu. Delphine est essoufflée. Naturellement, je lui prends la main pour l'aider à grimper. Quand le chemin nous conduit à un replat, elle laisse sa main dans la mienne.

– Tu ne leur ressembles pas, P'tit Louis. Tu es d'ici ?
– Je crois bien que oui. J'habite à Lyon avec ma mère, mais ma vie est là, dans ce pays. Tu sais, il ne faut pas leur en vouloir. Ce sont des braves gens. Tu peux compter sur

eux dans les pires moments. En dehors de cela, ils aiment la vie. Tu as vu comme les deux catcheurs se sont finalement réconciliés ? Il n'y a pas un brin de méchanceté chez eux. Ils sont comme cela, tout d'une pièce, nature. Au fond d'eux-mêmes, ils sont solidement arrimés à des valeurs pures et honnêtes. Je les aime comme ils sont. Quand ils commencent à m'agacer, je m'éloigne.

– Tu es un sage, P'tit Louis. Je ne les avais pas compris ainsi. Je suis bien avec toi. Tu es rassurant. Il y a une extraordinaire force qui émane de toi.

Nous avons marché de longues minutes sans parler, main dans la main.

Delphine a le front perlé de sueur. Je lui éponge doucement avec mon mouchoir. Elle se rapproche de moi, sans me quitter la main. Son regard subtilement bleuté me bouleverse. Je l'attire à moi. Sa poitrine frôle ma chemise. La lune irise les feuilles des grands chênes et bleuit le sommet des épicéas. Nous ne bougeons plus. Je me risque à la presser légèrement contre ma poitrine. Je devine ses formes de femme. C'est une femme, Delphine. À ce moment, je pense à la Miss. Je ne pense pas la trahir. Elle m'apparaît soudain comme une toute petite fille, comme ma petite sœur bien-aimée. Elle est autre et je l'aime d'un pur amour. Delphine passe ses bras autour de mes épaules et m'embrasse délicieusement dans le cou.

– P'tit Louis, tu es sucré comme une pomme rouge de la fête foraine.

Je cherche ses lèvres.

– Non, P'tit Louis, je ne peux pas. Même si j'ai très envie, je ne peux pas. Je suis promise à un garçon. Il m'attend, il compte sur moi. Nous nous aimons, même si c'est très dur d'être éloignés. Il fait des études d'ingénieur à Paris. Il termine l'an prochain. En ce moment, il est dans sa famille en Bretagne. Il prépare des concours pour la rentrée de septembre. Je ne sais pas si je serai assez forte pour l'attendre. Nous ne nous voyons que quelques semaines par an. Parfois, j'ai la tentation de tout laisser tomber et, d'autres fois, je me dis que nous serons très heureux ensemble. L'avenir me fait peur. Ne sois pas triste, P'tit Louis. Quand on t'a rencontré une fois, on ne peut plus t'oublier. C'est juré.

Nous nous embrassons comme des fous, éperdument. Delphine est la femme que j'aimerais avoir auprès de moi. Belle, intelligente, douce et tellement séduisante. À coup sûr, elle plairait à maman.

– Si tu viens à Lyon, écris-moi. Je veux te revoir, Delphine.

– Je te le promets, mon P'tit Louis.

Je n'ai jamais été aussi bien de ma vie.

À notre retour à la ferme de François, nous découvrons un spectacle, disons hilarant, puisque nous avons pris le parti de rire avec indulgence. François dort, repu et béat, sur l'épaule de Marie-Louise. Marius et la Marie s'empiffrent de crème fouettée tandis que Fernand ronfle la tête dans les bras sur son assiette. Anna n'est plus là. L'oncle et la tante de Delphine sont également partis. Des cadavres de gamay de Savoie jonchent le sol en terre battue. Le pot-au-feu est refroidi et pris dans son gras au fond du plat. Il n'y a plus de gratin de patates. Les bouteilles de goutte ont subi un assaut en règle. Marie-Louise me fait signe qu'elle ne peut plus bouger. Elle sourit aux anges la dulcinée ! Marius nous interpelle.

– Alors, les amoureux, on a cueilli des violettes avec les fesses ? Il paraît que les bogues de châtaignes par terre, ça fait gigoter les filles, pas vrai, P'tit Louis ? Vous avez quand même pas mis le petit Jésus dans la crèche ?

Marie lui assène un coup de poing entre les épaules.

– T'exagères pas un peu, Marius ? Dis, ils sont pas tous comme on était !

Je décide de rentrer. Je fais signe à Louison que je pars. Visiblement, c'est le cadet de ses soucis. À mon avis, elle n'est pas près de rejoindre le bercail.

– Je t'accompagne, Delphine ?

– Si tu veux.

À peine avons-nous quitté la maison que nous sommes de nouveau tendrement enlacés. Tous les dix pas, nous faisons une halte pour échanger de longs baisers et des promesses tendres. Je commence à deviner sans peine toutes les délicieuse formes épanouies de Delphine.

– Tu as une façon si attentionnée et douce de me cajoler que je serais prête à faire des folies avec toi, mon P'tit Louis. Coquin.

Pour la première fois de ma vie, j'ai fait semblant de dormir avec quelqu'un à côté de moi. J'ai étreint mille fois le délicieux souvenir du corps de Delphine et je lui ai dit tous les mots d'amour du monde.

Je ne resterai pas un jour de plus chez Marie-Louise. Elle a besoin d'être seule afin de vivre sa vie avec François. Mémé est présente dans chaque recoin. Je suis à la poursuite d'un fantôme. Le désir de posséder Delphine me hante, me taraude, me transperce, me fait atrocement souffrir. Je suis imprégné de ses délicats parfums. Je suis encore ivre des senteurs de fraise des bois de sa gorge légèrement gonflée. Sa chute de rein duveteuse a des fragrances de mandarine. Ses lèvres sont baignées d'eau de rose. Le souvenir de son corps agréablement souple et ferme m'ôte toute raison et tout jugement. Est-ce cela la folie amoureuse ? C'est à la fois redoutable et infiniment délicieux. Je vis un martyre et je me souviens des rappels à l'ordre de maman : « Respecte les jeunes filles. Elles sont terriblement complexes. Un mot déplacé, un geste de travers et tu peux gâcher pour toujours des espérances éblouissantes… » Il faut que je parte, loin, très loin, hors des traces laissées par mémé et Delphine. La fuite est mon seul salut.

XVI

Des nuits et des jours et des jours et des nuits n'effacent ni les images du calvaire de mémé, ni les chastes étreintes de Delphine. J'ai retrouvé maman avec bonheur, mais sans réel enthousiasme. Totor, tout à sa joie débordante et exubérante, accepte volontiers d'être mon confident. Mon absence fut pour maman une parenthèse de repos. Elle paraît assez en forme et j'en suis particulièrement heureux. J'ai fait le colossal effort de lui narrer les étapes de l'accident de santé de mémé, sans entrer dans les détails. Je ne lui livre que l'essentiel, positif et réconfortant. Il faut lui raconter tout, par le menu, en n'insistant que sur ce qui peut la distraire. Satisfaite, gavée de détails piquants ou savoureux concernant les amours de Marie-Louise, elle n'en demande pas plus. Elle en a beaucoup souri. Pour moi, la mission est accomplie. Elle est ravie que mon séjour ait été aussi riche. La vie continue.

La petite Miss a guetté mon retour. Elle me rejoint sur les bords du Rhône. Je la trouve toute petite et très enfant. Son corps est bien loin d'avoir atteint l'épanouissement de celui de Delphine. Je redoutais ces retrouvailles, de peur de ne ressentir que du détachement ou, pire, de la contrariété. Heureusement, il n'en est rien. La résonance des paroles de Delphine m'a considérablement appris à dominer mes émotions. J'ai des devoirs envers la Miss. Elle est si jeune, si fragile, si vulnérable. Je suis son refuge. Avec Delphine, j'ai traité d'égal à égal, en toute franchise. Avec Miss, j'ai un devoir de complicité.

– Tu sais, tu m'as beaucoup manqué, P'tit Louis. J'ai bien reçu ta jolie carte. Elle est épinglée au-dessus de mon lit. Ma mère n'arrête pas de faire des réflexions méchantes. Elle a déjà essayé de l'arracher plusieurs fois. Elle me mène la vie dure. Chaque fois que je veux partir voir une copine, elle me donne du travail. Chaque fois que j'ai demandé à aller voir la nouvelle piscine sur le Rhône, elle a refusé. Avec ton retour, je respire un peu. Elle n'ose pas s'en prendre directement à toi ; tu l'impressionnes, je crois. J'en ai vraiment marre d'elle. Elle est jalouse de moi, c'est sûr.

Elle est triste la souricette. De grosses larmes roulent sur ses joues.

– Allez, viens dans mes bras, Marie-Minette, viens te faire câliner. Sèche tes larmes. Elle ne mérite même pas ton chagrin, ta mère. Serre-moi bien fort.

Enhardi par cet abandon de ma nistoune aux yeux de braise, je me laisse aller à une coquine chasse aux papillons dans des petites cachettes inexplorées jusque-là. Je lutte contre les apparitions de Delphine qui vient se mêler à nos petits jeux. Je m'égare en pleine confusion, allant de l'une à l'autre, de la gamine des bords du Rhône à la femme savoureuse des bois sombres de Sillingy. Les yeux clos, je respire Delphine en apaisant la Miss, je frôle la Miss en caressant Delphine. C'est redoutablement voluptueux, terriblement troublant et forcément dévastateur. Miss m'arrache violemment à mon égarement en me repoussant, l'air fâché.

– Arrête, tu es devenu fou. Ça suffit. Je n'aime pas cela. Je ne veux pas. Ne recommence jamais. Là, vraiment tu m'embêtes.

– Désolé, j'ai cru qu'on était de vrais amoureux.

– C'est quoi des vrais amoureux, pour toi ? Des dingues qui se vautrent comme des malpropres ? Très peu pour moi. D'accord ? Si tu m'aimes, tu me fiches la paix avec ces choses déplacées. Je suis trop jeune pour avoir des regrets.

– C'est nouveau, tout ce cinoche ?

– Non, c'est pas nouveau. Toi, jusqu'à présent tu ne ressemblais surtout pas aux bonshommes qui passent à l'épicerie. Tu as toujours été un modèle de douceur, de gentillesse, de tendresse. T'étais pas pareil. Reste pas pareil, je t'en prie. Déjà que ma mère me répète à longueur de journée que les hommes c'est des cochons qui ne pensent qu'à tripoter les filles et à les mettre au lit. J'en ai plus que marre. Je me suis persuadée qu'avec toi, au moins, il n'y avait rien à craindre. Jamais de déception, toujours du réconfort. Il faut que ça dure. C'est trop bien comme ça. Capito, P'tit Louis ?

– On ne va quand même pas passer notre temps à se regarder dans le blanc des yeux… ?

– Arrête, tu veux ? T'en rajoutes. C'est pas nécessaire.

Bon, j'ai décidé de laisser grandir tranquillement la petite Miss. Si elle ne veut plus de moi, je suis bien coincé. Bec dans l'eau ! Mison a mis la grand-voile, face au large. Delphine a fait vœu de fidélité à son bâtisseur de cathédrales. Si je fais le bourricot, je vais me retrouver gros Jean comme devant, couillon de la lune !

Il y a un truc qui me turlupine un peu, quand même. Si je fais le compte, il n'y a que des femmes qui meublent ma vie : Maman, mémé, Mison, Miss, Marie-Louise… Tiens, leurs noms commencent tous par « M »… Comme j'M ou comme merde, pendant qu'on y est. Résultat, je grandis au milieu des femmes. Si ça continue, je ne vais même plus savoir comment on parle à un garçon. Heureusement que les nuits au marché ont rétabli l'équilibre. Là-bas, c'était le contraire. Pas de femmes, à part le fret de cabine des routiers ! Rien que des hommes et pas n'importe lesquels. Des costauds, des durs avec qui je ne partirais pas en vacances, tout de même. Des jours, j'ai envie d'avoir un frère. Il y a bien Totor qui fait ce qu'il peut, le bêtian à quatre pattes. À force de lui parler, j'en arrive à oublier que c'est un chien. Je lui dis qu'il est la réincarnation d'un vieux pote que j'aurais pu rencontrer. On fait équipe tous les deux. Je commence à parler chien avec beaucoup de succès. C'est essentiel pour nos relations. Tout bien réfléchi, je crois que je ne supporterais pas longtemps un frère. Il y a trop longtemps que je suis seul avec maman. Une personne de plus avec nous serait une personne de trop. Tant pis. Quand la Miss aura l'âge de Delphine, on avisera. Elle aura peut-être changé et grandi dans sa tête.

En attendant, je me sens un tantinet honteux de l'avoir brusquée et un peu merdeux d'être passé pour un camionneur bourru. Je crois qu'elle m'a vexé. Mon image en a pris un coup. J'ai peur de la fermeture de la chasse aux papillons. J'étais loin d'avoir épuisé toutes mes cartouches. Il va falloir que je range mes munitions dans l'attente de jours meilleurs. La Miss, c'est un peu comme la passée aux canards au bord des étangs de la Dombes. On vient plein d'espoir planquer au milieu des roseaux, à la tombée du jour, et on repart bredouille. Pas la queue d'un ! Avec Delphine, ça s'annonçait plus sportif. Le genre safari en brousse au milieu des fauves en liberté... J'aimerais bien qu'elle m'envoie une lettre parce que pour tout dire, j'ai un mal fou à la chasser de mes pensées. J'ai de plus en plus besoin de mes deux petites nanas, toutes les deux à la fois. Est-ce possible ? Et si j'en parlais à la Miss ? Elle est peut-être trop petite encore pour avaler ces confidences et pourtant je lui dois un peu de vérité, tout de même. Delphine passe et elle, elle reste fidèlement avec ses idées bien arrêtées. Bien fait pour moi.

TROISIÈME PARTIE

LE TEMPS DES AMERTUMES

I

J'ai souffert durant toute l'année de terminale. Pas de problèmes en français, en latin et en grec. Pas trop de difficultés en physique-chimie, en sciences naturelles et histoire-géographie. Le triomphe en éducation physique. Par contre, en mathématiques, en allemand et en philosophie, ce fut Hiroshima puissance cinq ! La nuit noire. Le mercredi, j'avais cinq heures de philo et trois heures de math. L'enfer de Dante et l'Apocalypse selon saint Jean. Si je pouvais succomber au sommeil, le tour était joué, sinon j'accumulais les bêtises ! Je me suis forgé une solide réputation d'amuseur public. Quelle notoriété, quelle popularité et quelle revanche sur les pots de chambre confits dans leur obligation de résultats ! Je crois que plus l'année avançait et plus mon renom dépassait les frontières du lycée Ampère. On se pressait dans les cours de math, de philo ou d'allemand rien que pour goûter aux délices de mes numéros toujours plus élaborés. J'y puisais une jouissance exquise et toujours renouvelée. Maman était au comble du désespoir. Tous ses arguments demeuraient vains.

– C'est une honte ! Avec tout ce que je fais pour toi. Tu devrais au moins penser à ton pépé et à ta mémé de la

Hiaute qui t'ont appris le respect du travail bien fait. Et pépé et mémé de Lyon qui sont si fiers de te voir au lycée... Et moi, qui aimerais tant être à ta place... Tu finiras à l'usine avec les Calabrais ou sur les chantiers avec les Nord-Africains... Et même pas, parce que tu n'es pas assez courageux. L'agriculture manque de bras. Si tu continues, je vais te placer en Haute-Savoie, dans une ferme...

– Pas chiche ! C'est le plus beau cadeau que tu pourrais me faire. J'en rêve d'élever des chèvres dans une baraque paumée, face à la vallée. Tu me laisses mon chien et de quoi écrire mes mémoires et je pars tout de suite !

– Mais qu'est-ce que j'ai fait au Bon Dieu pour récolter un gamin pareil. C'est pas juste. Il y en a tant qui voudraient ta place. Et ta Miss, bien sûr, elle est d'accord avec toi ? Elle boit tes paroles, cette godiche !

– Laisse tomber, mémère, tu déparles. Ça va me fâcher pour de bon.

– Fais gaffe, petit, ma patience a des limites. Le proviseur m'a écrit. Ça chauffe pour toi. Tu vas te faire virer.

– Même pas vrai. Montre-moi la lettre. T'inventes, mais ça ne marche plus. Je fais ce que je veux, tu ne peux pas comprendre. T'es toujours coincée à la maison. Tu ne sais même pas ce qu'il se passe dehors. Moi, j'y suis, dehors, avec les culs brodés de la bonne société lyonnaise. J'en crève de toutes leurs gôgnes. Ils m'étouffent ces bâtons de guimauve. Ils croient qu'ils vont tout commander à Lyon ou ailleurs parce que leurs pères sont connus, même si ce sont tous des incapables. Tu vas voir, ce que je te dis. Un jour, ça va péter. C'est les plus débrouillards qui prendront le pouvoir, et les pots de chambre, ils viendront à la soupe en mendiant. Ras le bol des injustices. Une seule solution, la révolution !

J'ai mis le paquet pour lui clouer le bec à la mère. J'ai forcé un peu la dose, quand même. Elle est blême, maman.

– Je crois surtout que les chiens ne font pas des chats. Tant pis pour moi.

L'entretien avec le proviseur s'est annoncé sous la forme d'une convocation officielle envoyée à la maison. Je n'en mène pas large, tout de même. Le matin du rendez-vous, j'ai mis une chemise blanche et un pantalon bien repassé. J'ai mouillé mes cheveux bien tirés en arrière. Un surveillant est venu me chercher en cours de math. J'ai cru percevoir quelques murmures dans les rangs. Heureux, les pots de chambre, que ce ne soit pas leur tour. La tête haute, tel le condamné à l'écartèlement public, j'ai quitté la salle en vociférant un « *o tempora, o mores* » de défi à la cantonade. Ultime baroud d'honneur avant l'échafaud. J'ai la stature d'un héros, d'un martyr ou du couillon qui s'est fait épingler. C'est selon.

Le bureau du proviseur est au bout d'un vaste couloir carrelé de mosaïques blanches et noires. Sur les murs, tendus de tissus rouge et or, des tableaux gigantesques rappellent que le lycée fut un couvent puissant au XVIIe siècle. Des bustes de bienfaiteurs tournent leurs regards, accompagnant mon chemin de croix. Une double porte de chêne sculpté ouvre sur une antichambre aux battants recouverts de cuir rouge fixé par des clous dorés à tête ronde. Le surveillant m'a, entre-temps, confié au censeur des études qui frappe imperceptiblement aux battants habillés de cuir. Une secrétaire stricte et impavide remercie le censeur et me prie d'attendre. Ce petit réduit entre deux portes sent bon la cire et le cuir, un peu comme un cartable neuf à la rentrée. J'ai une trouille carabinée et une envie incontrôlable de me sauver en courant longtemps, longtemps et loin jusqu'aux montagnes de Sillingy, au milieu des chèvres. J'étouffe, j'ai mal au ventre quand soudain la porte s'ouvre sur le bureau du proviseur. Je vais enfin voir celui que l'on appelle le protal ou le bédol sans jamais le rencontrer. En fin de compte, je suis un privilégié. Il est planqué derrière la porte qu'il a tirée doucement.

– Entrez, monsieur.

La pièce est immense. Les murs sont garnis de beaux livres alignés derrière des vitrines pleines de reflets. La table de travail est aussi grande que le plot du boucher de l'avenue Berthelot. De profonds fauteuils de cuir foncé font cercle devant le bureau. Je n'ai toujours pas vu le patron. Il se tient derrière moi. Je n'ose pas me retourner. Le parquet craque. Il arrive à ma hauteur avant d'aller s'installer à son poste de mitrailleur. Je suis subitement très détendu car il est exactement tel que je l'ai imaginé. Pas de surprise. Il sort du moule des grands patrons. C'est marrant, mais ces gars-là, ils veulent tous se ressembler. Je le vois tour à tour habillé en chef de service de chirurgie, directeur financier du Crédit lyonnais, propriétaire de chevaux de course, ministre des Colonies ou proviseur du lycée Ampère. Il est déguisé, mon procureur. Encore un qui ne va pas m'impressionner. Calme-toi, P'tit Louis. C'est lui le chef. N'oublie pas. Il a droit de vie et de mort sur toi. Je demeure au garde-à-vous, à cinq pas de son bureau. Je m'imagine dans le bureau du lieutenant de cavalerie, comme Rusty. Il ne me manque que Rintintin, assis à mes côtés.

– Monsieur, je n'ai pas pour principe de perdre mon temps avec des olibrius de votre espèce. Vos excentricités stupides relèvent du conseil de discipline et de la compétence des surveillants généraux. Votre professeur de grec, un homme d'exception, a bien voulu me faire part de sa satisfaction quant à vos résultats. Seule son intervention motive votre présence en ces lieux. Je vous lance un avertissement solennel et unique. Un seul manquement à la discipline de votre part et c'est l'exclusion *sine die* et *manu militari*. Vous comprenez ce langage, je présume, étant donné votre appétit pour le latin ?

– Oui, monsieur le proviseur.

– Fort bien. Qu'envisagez-vous à la rentrée prochaine ?

– Je souhaite faire des études d'histoire.

– Vous n'êtes pas sans connaître la tâche quasi insurmontable qui vous attend...

– Ah ?

– Ah, quoi ? Oui, monsieur, il n'est de bon professeur d'histoire que muni de l'agrégation. L'agrégation, monsieur, est réservée à une élite, l'élite de la nation, le fleuron de la République. Je ne trouve nulle trace dans votre dossier d'ascendants, serviteurs de l'Université ou grands commis de l'État. Travaillez, monsieur, mais n'espérez pas trop, votre standing familial incite à vous conseiller d'autres voies plus raisonnables. Votre présence dans cet établissement est une chance insigne. Vous y côtoyez des fils de familles renommées. Prenez des leçons et faites fructifier ce capital. Ne le gâchez pas. Cet avantage que la République vous a gracieusement accordé ne se renouvellera pas avant longtemps, sans aucun doute. Monsieur, quand on n'a pas eu la chance de recevoir une éducation à la mesure des ambitions que vous affichez, on reste coi et on apprend des autres. Il reste un mois avant le baccalauréat. Notre établissement a horreur des médiocres. Au revoir, monsieur.

– Au revoir, monsieur le proviseur.

J'ai décidé, en sortant du bureau du proviseur, de ne plus retourner au lycée jusqu'au bac. L'état de santé de maman me fournira le prétexte nécessaire et suffisant. J'écrirai à mon vieux prof de grec qui deviendra, j'espère, immortel. Quand au proviseur, qu'il crève la bouche ouverte et que les asticots le bouffent à petit feu. S'il est le porte-parole de la société, je hais la société. Je serai professeur d'histoire, agrégé ou pas. Je leur montrerai ce que vaut un descendant des farouches soldats des ducs de Savoie, tôt ou tard, à ces aristos dégénérés. J'ai le temps. On comptera les cadavres dans quelques années au bord des chemins de la vie. Font tous chier. Je suis seul et je suis bien.

Comme il fallait s'y attendre, je me suis ramassé une pelle gigantesque en math et philosophie. Bon pour repasser ces deux épreuves en septembre. Le bac est à ce prix. Il me faut plancher tout l'été avant d'exhiber fièrement le diplôme. J'ai pris la décision d'aller travailler dans ma Hiaute qui m'a toujours porté bonheur. La maison de pépé et mémé est trop tristement vide pour m'accueillir et me permettre de me préparer à l'aise. En accord avec René à qui j'ai envoyé un petit mot, j'irai planter la tente dans les Vions, sous le pommier de tochons, petites et vertes à faire lever la queue à un merle. Ça promet d'être le nirvana. Ascèse sans douleur et réincarnation en petit bonhomme coureur des prés et des bois. Maman se reprendra donc quelques jours de solitude silencieuse avec Totor comme l'année dernière, quand je suis allé voir mémé à Sillingy. En parlant de mémé, je ne manquerai pas de me rendre à l'hôpital pour la regarder respirer. C'est tout ce qu'elle peut faire, maintenant.

Le dernier mois de cours loin du lycée m'a paru d'autant plus long que la Miss préparait le brevet avec un acharnement qui en dit long sur son caractère obstiné. Elle est entrée en révision comme en retraite au couvent.

Je crois bien que ses forces décuplent tant elle a de choses à montrer à sa mère. Les défis à relever, l'adversité à vaincre nous rapprochent et nous stimulent.

Comme il me reste des sous de l'été dernier, je me suis offert des leçons de conduite. Pépé de Lyon m'a promis de me donner une deux-chevaux Citroën qu'il a récupérée dans l'Ain. Elle était promise à la pourriture dans une grange quand un de ses copains lui a demandé de l'en débarrasser. Brave pépé. Il a pensé à moi. La guimbarde lui a coûté deux bouteilles de Pernod pour son copain et une bouteille de marc du Bugey chez le maréchal-ferrant reconverti en mécanicien. J'ai pris livraison de mon inestimable trésor un dimanche matin. Le rêve éveillé. Elle est un peu plus jeune que moi. Elle est née en 1954, la grise. Deux têtes de chevaux trônent à la pointe du capot. On dirait les chevaux de la fontaine de Bartholdi, place des Terreaux, surgis de l'océan, les naseaux frémissants. Elle est complètement décapotable. Le volant en ferraille brûle les mains après l'exposition au soleil. S'il pleut, pépé m'explique, on doit actionner à la main les essuie-glaces. C'est un monstre de 375 centimètres cubes. À peine plus de puissance que la pétrolette du facteur ! À la moindre bosse, elle entame un tangage et un roulis qui n'en finissent plus de vous balancer la tête dans la capote dans un chuintement de suspensions en colère. À soixante kilomètres à l'heure dans les descentes, je rallie fièrement Lyon. C'est Totor qui va se régaler. Je vais pouvoir emmener maman faire un tour de quartier et plus, si affinités ! Il faudra prévoir un coussin car la place du passager est complètement défoncée. C'est un des plus beaux jours de ma vie. Ma Deuche et moi, on est les rois.

II

En un peu plus de deux heures trente, nous avons rayé de la carte les cent soixante kilomètres qui nous séparent de la Hiaute. J'ai enroulé la toile au-dessus de ma tête. Le gros problème à régler reste la stabilité de la vitre latérale qui s'obstine à s'effondrer sur mon coude négligemment posé sur la portière. Au bout du troisième bleu sur le petit juif, l'os du coude, je renonce. Un méchant coup de klaxon est censé avertir René de mon arrivée. Manifestement, il n'a rien entendu. L'avertisseur n'est peut-être destiné qu'aux occupants de la voiture !

En trois coups de cuiller à pot, la tente est montée dans les Vions. La chape est complètement effondrée. Les derniers hivers ont eu raison de sa carcasse. C'est mieux ainsi. Elle n'a pas survécu à notre absence et ne s'est pas donnée à des intrus. De longues heures durant, nous avons évoqué, René et moi, nos folles escapades d'autrefois sans émotion, sans nostalgie. Personne ne nous reprendra jamais ces moments si intenses. C'est un patrimoine qui ne se partage qu'à deux. J'apprends que Mison est en vacances dans le Midi avec son chéri du moment. Tant mieux. Il sera bien temps demain de faire la tournée des popotes à la rencontre des vieux complices et de se mettre sérieusement au travail. Ma tente deux pièces-cuisine me permet de travailler à l'abri sous l'auvent, les pieds dans les dents-de-lion épaisses comme des coussins. L'herbe est grasse dans les Vions. Plus personne ne vient la faucher pour les lapins. Ce sont les lapins de garenne qui viennent se servir.

En quelques jours, ils se sont approchés de la tente et n'hésitent pas à venir, en famille, grignoter du bout des dents les dentelles des grandes feuilles de pissenlit. Je leur laisse les croûtes de pain de mes repas de scout. Rituellement, René passe prendre le café à midi, avant de déguerpir pour travailler à l'atelier avec son père. Je n'ai jamais aussi bien compris les mathématiques et lu avec autant d'avidité les philosophes du programme. Tout baigne.

Je ne cherche surtout pas à reconstituer mes emplois du temps d'autrefois et je m'interdis d'imaginer les jeux de quilles et de boules d'avant. La roue tourne. Les gamins qui passent près des Vions et que je ne connais pas sont loin de se douter qu'un revenant a planté son camp de base sur les lieux les plus paradisiaques de son enfance. Fermée, la porte de l'armoire aux souvenirs. Plus rien ne sera jamais comme avant. L'histoire continue avec d'autres. Elle n'est sûrement pas moins belle. Elle est à eux, voilà tout. Je ne dirai jamais, comme d'autres ronchons bourrus : « Moi, de mon temps... » Ce n'était pas mon temps, mais un morceau du temps, une tranche de vie. La mienne. Seulement, je trouve que ces paysages incomparablement beaux ont un étonnant pouvoir pour assimiler le temps qui passe et qui complète les vides que la nature me laissait. Tout bien pesé, les Gravines avec des maisons restent séduisantes, le Viéran aux rives nettoyées a un charme intact, les Crets saupoudrés de villas fleuries ont belle allure. Entre deux textes de Kant ou de Socrate, entre deux fonctions affines, je me laisse entraîner vers d'invraisemblables rêveries et je me plais à imaginer mon pays dans cinquante ou cent ans. Insoupçonnable de gâcher de telles merveilles, je le vois plutôt de moins en moins sauvage et isolé, toujours plus beau, toujours à la mesure des rêves de quiétude et de douceur de l'homme. Un jour, il y aura des autoroutes et des magasins, des stades et des parcs à voitures, là où courait le Viéran, là où les bécassines se dissipaient dans les bruyères, mais, sans difficulté, la machine à remonter le temps recomposera les lieux de vie pour le bonheur des petits-enfants qui écouteront leurs grands-parents... Surtout s'ils ne disent jamais « Moi, de mon temps ! ».

J'ai demandé à maman de faire suivre mon courrier chez René. À l'heure du café, il m'apporte deux lettres. L'une est de la petite Miss, l'autre de Delphine. Ironie du sort. Je ne sais par laquelle commencer. Je brûle de lire Delphine. J'ai hâte d'écouter la Miss. Si je décachette le courrier de Delphine en premier, je relègue la Miss au second plan. Si je commence par celle de Miss, je fais le deuil de mes espérances en Delphine !

– René, ouvre-moi ces deux bafouilles !
– Tu ne veux peut-être pas que je te les lise aussi.
– Ouvre, je te dis. C'est tout.
– C'est bon. Tiens, c'est fait avec un Opinel n° 8 en plus !
– Maintenant, je ne regarde pas. Écris le chiffre 1 sur celle que je lirai en premier.
– T'es complètement brindzingue, mon cadet. C'est fait. Allez, à ce soir. Au fait, si on allait se taper une fondue au restaurant à Épagny ?
– Nickel, gari. C'est moi qui rince, en plus. Il me reste des pistoles de l'an passé. Et la Deudeuche de Môssieur sera avancée !

Je m'en lèche les babines à l'avance. Une fondue savoyarde en Haute-Savoie, c'est comme un *Je vous salue Marie* à Lourdes. C'est l'endroit idéal. Je me sens redevenu tout petit. Dans pas longtemps, on va fumer de la moelle de sureau !

La première lettre est celle de Delphine. L'écriture est très régulière, ample et arrondie, ferme, sans ratures. Papier blanc et grandes feuilles écrites au recto seulement, numérotées. Encre violette. Celle de la Miss est écrite sur des feuillets de petit format vert pâle avec une rose blanche en surimpression fondue. L'écriture est fine, les lettres bien formées, un peu scolaires, sans point sur les *i*. Pas de ratures, non plus. Les feuillets sont utilisés recto verso et écrits au stylo à bille un tantinet baveux.

Fidèle à mon engagement et avec la complicité involontaire de René, je commence par le courrier de Delphine.

Mon P'tit Louis,

Je ne t'ai envoyé que deux missives depuis notre rencontre de l'été dernier à Sillingy et encore l'une d'elles se résumait à une carte de vœux. Je me dois de réparer ce qui n'est surtout pas un oubli, mais plutôt un essai de conjurer le tourment.

Depuis ce soir divin sous les frondaisons des bois savoyards je n'ai pas cessé de penser à toi. Crois-moi, c'est une souffrance poignante. Ni les distractions parisiennes, ni les travaux universitaires exigeants, ni les amis pleins de sollicitude pas toujours désintéressée n'ont réussi à me détourner de mes douces pensées à ton égard. Tu m'as envoûtée, littéralement subjuguée, étymologiquement réduite à l'esclavage sentimental. Que faire devant tant de désolation affligeante ? Tu as donné des couleurs à ma vie et je ne peux absolument pas détacher ton image des paysages pleins de séduction de notre Haute-Savoie aimée. Il y a du Jean-Jacques Rousseau en toi. Suis-je Madame de Warens ? Je relis avidement Rousseau et les Rêveries du promeneur solitaire. C'est toi, mon P'tit Louis, tout toi. Mon promis se morfond loin de moi et tout à ses études, plein d'espoir d'en finir vite et de me rejoindre, il a des accents pathétiques qui m'émeuvent mais ne réussissent pas à m'enchanter. Dois-je me soumettre à la raison ?

Comment lui faire admettre que mon cœur a ses raisons... Tu connais la suite. Il est absolument ancré dans ses projets d'avenir avec moi, ensemble. Il ne mérite pas le désenchantement dont je fais preuve, ni la mélancolie qui m'envahit. C'est un garçon tellement sincère et honnête, aux sentiments tellement purs. Dernièrement, je l'ai rejoint pour le grand bal annuel et mondain de l'École centrale. Je m'y suis ennuyée à mourir et lui, n'a pas su quelle gentillesse déployer pour que je retrouve enfin le sourire. Ma robe longue m'a fait encore plus regretter la mini-jupe de notre soirée délicieuse. P'tit Louis, tu m'habites tout entière. Je t'en veux parfois de t'être ainsi trouvé sur mon chemin et de m'avoir fait aimer ton pays qui me semble parfois devenir un peu le mien. Aide-moi, mon bel amour, à retrouver la raison. Je t'embrasse de toutes mes forces.

Ta Delphine qui est déchirée.

J'ai relu cette lettre plus que de raison. Je la connais par cœur. Au bout d'un long moment, je m'aperçois que la lettre de la Miss est toujours déposée sur la table de camping, là où René l'a laissée. Elle a l'air si pauvrette cette petite enveloppe vert pâle avec sa rose blanche en surimpression. Je déplie les petits feuillets.

P'tit Louis,

Depuis que tu es parti dans ton beau pays, il s'est passé bien des choses ici. Mon succès au brevet n'a pas radouci ma mère. Elle me harcèle sans cesse et a le projet de m'envoyer finir les vacances dans le Massif central, chez des cousins. Je ne veux pas y aller. C'est un coin complètement paumé au milieu des bouses de vaches. J'en ai le bourdon rien que d'y penser. Reviens vite. Peut-être que tu sauras dissuader ma mère. Elle te craint, tu le sais.

Je voudrais te dire que je suis bien dans tes bras et qu'il ne faut pas m'en vouloir pour l'autre jour, quand j'ai été méchante, mais ce n'est pas facile. Je me sens tellement jeune et un peu perdue. Je ne comprends pas bien ce qu'il m'arrive avec toi. J'ai envie que tu sois là et quand tu es là, j'ai peur que tu précipites trop les choses. Tout va trop vite et je n'ai personne à qui en parler. Si tu ne veux plus me voir et aller avec une autre, ne te gêne pas. Je n'en suis pas à cela près. Ce ne sont pas les occasions qui doivent te manquer, tu es si gentil. Que tu sois beau ou moche, je m'en fiche complètement. L'important, c'est que tu ne sois jamais loin, même avec une autre. Même si je ne parle pas beaucoup quand nous sommes ensemble, il ne faut pas m'en vouloir. J'ai plein de choses dans la tête, mais ça ne sort pas. J'espère résister à ma mère jusqu'à ton retour. Après, même si je dois partir, alors tant pis. Je t'aurais revu. C'est ça qui compte. Je t'embrasse très fort.

Ta Miss qui pense toujours à toi.

Il y a des jours comme cela où j'aimerais ne pas avoir grandi. Dieu qu'elle était belle la musique de l'harmonium de l'église d'Épagny quand tout à leur ferveur les filles de mon pays chantaient l'*Ave Maria*. L'émotion m'emportait vers des cieux radieux, au-dessus de cimes nimbées de lumière. Je reconnaissais la voix cristalline de Mison entre toutes. Je la rejoignais par la pensée. Je croyais qu'elle ne chantait que pour moi. Il m'était si doux de croire que le dimanche suivant serait encore plus beau et que la semaine écoulée n'apporterait que douceur et enchantement.

De quoi puis-je me plaindre ? N'ai-je pas reçu tout l'amour auquel j'aspire ? Maman a pour moi une aveuglante admiration et repousse loin l'idée que la vie pourrait nous éloigner. Mison est trop sensible pour oublier nos serments innocents d'enfants émus. Pépé et mémé m'ont appris l'amour du prochain et le respect des valeurs essentielles. Delphine de Warens a cru trouver son Jean-Jacques et la Miss a enfin commencé un long chemin de recherche de l'âme sœur. Sa lettre est nourrie de toutes ses espérances. N'est-ce pas trop pour un jeune homme un rien idéaliste comme moi ? En vérité, ils me les faut tous et toutes, également comblés. Je ne suis en paix que lorsque chacun s'est miré en moi et y a puisé le bonheur. N'arriverai-je qu'à m'oublier et les négliger à force de vouloir tout leur donner ? C'est aventureux et présomptueux, car enfin, je confesse humblement que j'aime recevoir d'eux et compter pour eux. Je crains qu'en en perdant une seule, je ne me décourage à jamais de persévérer à toutes les posséder.

– Oh ! P'tit louis, t'oublies de respirer ?

René est là. Depuis combien de temps ? Je n'ai même pas soupçonné sa présence. Il est debout devant l'auvent de la tente, les mains dans les poches de son bleu de travail, la mèche blonde en bataille.

— Je monte me changer. On prend l'apéro chez Moïse et on part se taper la fondue. D'accord ?

— D'accord. Je file chez Midali pour retenir. J'ai complètement oublié. La Deudeuche connaît le chemin. À tout à l'heure.

Il y a du monde au bistrot de Moïse et Marie-Rose. On se fait une petite place au bout près de la machine à café. Le bar ressemble maintenant à tous les bars du monde. Les travaux ont effacé les traces de la vieille cuisine de Phonsine. C'est un ailleurs. Tant mieux.

— Eh ! le Lyonnais, t'es revenu goûter à l'air du pays ? T'en as marre du bruit des voitures et des trains. Tu vas bien te salir chez nous !

Rigolo et Dédé ont été rattrapés par la connerie. Ils ne savent pas la peine qu'ils me font.

— Rigolo, donne-moi ta place. On échange, si tu veux. Moi je reste, toi tu pars !

— T'es trop bien là-bas avec les instruits. J'en ai rien à foutre de ton bled.

— C'est trop te demander de ne pas être trop con pour une fois ?

— Vous entendez, le Môssieur comment il me parle ? Tu te prends pour le grand moutardier du pape maintenant que t'es aux études ? T'es venu sans ta femme ? C'est trop bouseux chez nous, elle a peur de salir ses bas de soie ?

— Je n'ai pas de femme.

— T'as peut-être un homme dans ta vie ? Il paraît que ça se fait bien chez les intellectuels... de gauche en plus !

Il a levé l'index devant mes yeux, l'air plus aviné que menaçant.

— Surveille tes lectures, Rigolo, tu ne comprends pas tout. Allez bois un coup. C'est la mienne.

— Enfin une parole intelligente. T'énerve pas, P'tit Louis. Je t'ai fait de la peine ?

– C'est ce que tu es devenu, toi, qui me fait de la peine.
René me tire par la manche et m'entraîne dehors.
– Viens, laisse quimper. Il a toujours été comme ça. Il n'est pas méchant. Il a bu un coup de trop. Tu sais, ce n'est pas tous les jours joyeux de voir le village partir en brioche. La maison à Rigolo doit être démolie pour faire un rond-point. Il n'a plus de boulot depuis que l'Ouisse a arrêté la menuiserie. Il croyait reprendre l'affaire, mais l'Ouisse a tout vendu, même les machines, pour faire des appartements à louer aux touristes. Rigolo en veut à tous ceux qui ont quitté le village. Il croit qu'il a été abandonné, qu'il est le seul à ne pas avoir été lâche avec notre passé. Un moment, on a cru qu'il allait s'arranger quand il s'était mis avec l'Évelyne, ton ancienne voisine qui campait sur son mur. À force de rentrer cuit tous les soirs, elle l'a laissé tomber.

Mémé ne reviendra jamais. C'est beaucoup mieux. Pépé est peinard aux Rebattes. Il est parti avant que les marteaux-piqueurs n'attaquent ses vieilles pierres. Il n'aurait pas supporté. J'ai de la peine. Le Pastis de Moïse m'a collé des brûlures d'estomac. Envolés les rouges limés, les petits verres cannelés à vingt sous, les pots de blanc. Maintenant on boit du Pastis. Comme ailleurs. Comme partout. Comme n'importe où.

La salle à Midali sent le fromage qui mijote. C'est pour nous. Je dis Midali, mais il y a belle lurette que ce n'est plus la famille Midali qui tient la boutique. Il y a au mur des photos du café Midali prises au début du siècle. Soixante ans plus tard, il était encore pareil. Il n'y a que le père Midali qui avait pris des grosses moustaches blanches et jaunes à cause des cigarettes roulées, de l'embonpoint et une jambe raide. La guerre de 14 était passée par là. Les propriétaires sont aimables. La jeune femme est sûrement du pays. Elle a un gentil accent un brin chantonnant et un rien traînant. Son homme est au fourneau. C'est un Suisse. Idéal pour faire la fondue ! J'ai les babines qui débordent.

À table. On s'enquille un coup de vin blanc des Abymes un peu vert, en guise d'apéritif. Du coup, ma brûle d'estomac a disparu. Le patron nous fait choisir entre un crépy, un fendant de son pays ou un vin de Seyssel. Pour lui faire plaisir, on va attaquer au fendant. Il en est tout fiérot, le patron. On l'invite avec sa jeunette à boire le premier verre ensemble. Je les taquine un peu.

– J'espère que vous n'avez pas lésiné sur le parmesan ?

– Vous plaisantez, j'espère, sinon je vous signe un bon pour la cafétéria de Casino au pont de Brogny !

– Vous fâchez pas, Vatel, bien sûr que je plaisante. Alors, on récapitule. Trois fromages, n'est-ce pas ? Gruyère, emmental et comté. Un caquelon frotté à l'ail et le tout fondu au blanc de Savoie, à feu doux, en petits dés. Pas du râpé, hein ?

– Bien vu. Si ça continue, ça va me coûter plus cher qu'à vous ! J'aime bien servir la fondue aux connaisseurs, pas aux Parisiens de passage.

– Je connais une petite Parisienne qui a fait ses classes à Sillingy. Elle pourrait nous en remontrer ! Pas touche aux Parisiennes !

C'est René qui amorce :

– Et toi, tu y as touché à la Parisienne ?

En piochant dans un gigantesque saladier de batavia à l'ail, je lui raconte à larges traits ma rencontre avec Delphine. J'y prends un plaisir immense. Lui aussi, je crois !

– La sauce de la salade est aussi bonne que celle de ma mémé Franceline. Chapeau. Ça faisait longtemps.

Arrive le réchaud, annonciateur de la fondue. Le fendant est mort, à bouchon dans le seau d'eau fraîche. On passe d'un commun accord à une roussette couleur chartreuse verte. Du nectar. Du coup, nous voilà partis, René et moi, à la pêche aux écrevisses à Viéran, à la maraude aux pommes tochono, à la braconne aux truites pleines d'œufs rosés. Le pain rassis arrache au fromage de longs fils onctueux et mordorés que l'on enroule à la fourchette. La fondue n'est pas trop liquide et elle ne fait pas non plus la pommade. C'est du grand art. La bouteille de roussette a souffert. Nous aussi !

– Oh, patron, on voit le fond du caquelon !
– Et alors ? Ça veut dire quoi ?
– Faut vous faire un dessin ?
– J'ai vraiment affaire à des connaisseurs. J'arrive.

Il casse un œuf sur le fond de fromage qui commence à grilloter. C'est pain bénit. Une symphonie de saveurs qui vous envahit le palais. On est tout mouillé de chaud. C'est à cause du réchaud et peut-être aussi grâce au blanc de Savoie ! J'ai la tête qui vire. Le bonheur nous tourne autour.

– Dites-donc, les jeunes, il reste des morceaux de pain au fond. Ça vaut un gage.

Je ne lui laisse pas le temps de finir sa phrase.

– D'accord. C'est la bise à la patronne !

III

Les douceurs de mon pays retrouvé m'ont suffisamment nourri le cœur et l'esprit pour que je décroche enfin ce baccalauréat tant espéré. Très fier et soulagé, j'ai emmené maman et Totor passer quelques jours dans l'Ain chez pépé et mémé de Lyon. Nous allons tous goûter les délices d'un repos bien gagné. Je laisse la Miss affairée à sa rentrée scolaire au lycée. À son tour de connaître les joies sans mélange de la confrontation avec le nouveau monde façon pot de chambre. La fille de l'épicière pousse la grande porte de la bonne société lyonnaise et entre filles, s'il vous plaît ! La mixité, c'est pour moi, à la faculté des lettres. Je n'ai aucune expérience de la vie commune avec les étudiantes. J'aurai le temps d'y penser dans quelques jours.

En attendant, je marche sur les bords de l'Ain en compagnie de Totor. Maman fait de la chaise longue dans la cour de la vieille maison. Totor a adopté la Deudeuche. Au retour des gambades au bord de l'eau, il n'est pas question qu'il en descende. C'est sa deuxième maison et peut-être même la première. Je lui laisse volontiers les portes ouvertes tout le jour. Il vient y manger ses os, y cacher ses trophées en bois ou ses balles. Ce n'est plus une Deuche, mais la brocante à Totor.

Le marronnier de la cour commence à se parer de feuilles mordorées. Les fleurs du tilleul entament les unes après les autres leur envol tournoyant. Mémé installe de grands draps afin d'en récupérer le maximum. Bien serrées dans des boîtes de fer, elles vont sécher pour les tisanes embaumées de l'hiver.

Aujourd'hui, c'est moi qui cuisine. On fête le baccalauréat. Mémé, pépé et maman ont l'ordre de ne rien entreprendre dans la cuisine. La table est dressée sous le marronnier. J'ai exhumé du fin fond d'une armoire l'immense nappe blanche des banquets des jours de vogue, quand on invitait tous les amis du village. Un peu jaunie aux pliures du repassage, elle a conservé intact l'entrelacs brodé des initiales de mes arrière-grands parents. Le tissu est rêche, lourd à déployer. Une fleur de tilleul vient se poser délicatement. Je ne l'enlève pas. C'est beau comme un dimanche de mon enfance. La nappe sent le moisi, le renfermé un peu humide à peine voilé par l'arôme de la lavande en bouquet tombée en poudre au cœur de la pile de linge. J'ai ressorti le service en porcelaine blanche grossière et l'argenterie noircie. D'énormes verres à pied évasés et aux bords épais s'incrustent sur le tissu épais. Des serviettes coupées dans le même tissu que la nappe, grandes comme des linceuls, complètent l'agencement de la table. Une jatte de terre vernissée, décorée de fleurs peintes, trône au centre. J'y édifie une pyramide de pommes rouges aux rides jaunâtres. Le vin que j'ai mis à décanter dans deux carafes est au frais dans le fond d'un seau d'eau puisée au puits.

J'ai déniché dans la cave de pépé un saint-véran blanc 1962 – il est temps de le boire – et un pommard 1947 qu'il m'a exceptionnellement autorisé à déboucher ! C'est un grand soir. Je ne me lasse pas de contempler mon œuvre. Il y a là une exquise combinaison de Renoir, de Chardin et de Van Gogh. Les styles se côtoient, s'effleurent sans s'importuner. Je me délecte. Les jours raccourcissent. On dînera de bonne heure quitte à prendre le café à l'intérieur.

– Tout le monde à table !

Maman est en retard. Il y a la rituelle prise de médicaments pour être en forme. Pensez donc ! Un repas du soir aussi copieux lui procure des angoisses digestives par avance ! Ses devoirs de mère comblée ne lui autorisent pas la moindre remarque, mais je sais bien ce qu'elle ressent. Tant pis pour elle. Le bac est un événement. Le premier de la famille et le seul pour longtemps encore, sans doute !

Pépé s'est autoritairement installé en bout de table, à la place du patriarche. Maman et mémé se font face. J'occupe l'autre bout, la place du héros de la soirée.

– Alors P'tit Louis, il est toujours en prison ?
– Mais qui pépé ?
– Celui qui sert à boire !

Je connais la réponse mais il est de mon devoir de marcher dans la feinte. Pépé est si content de nous la servir, réchauffée, à chaque fois.

– Comme apéritif, vous avez droit à un saint-véran bien frais avec des gratons croustillants et tout frais.

Les gratons de couenne de lard frit dégoulinent d'huile. Ils sont dorés à souhait, juste moelleux comme il faut, un peu croquants sur les bords, pas trop gros pour ne pas écœurer et pas trop petits pour ne pas craquer sous la dent. Maman est effrayée.

– Quand j'en aurai mangé deux, j'aurai fini !
– *Mige, mige donc, c'est to paya !*

Pépé, euphorique, lui dit de manger puisque tout est payé !

– Allez, bonnes gens, goûtez-moi donc ce pâté en croûte. C'est du richelieu avec du foie gras au cœur. Prenez bien de la rosette. Il y en a encore à découper.

Entre deux bouchées inondées de saint-véran, pépé trouve la place pour avancer sa théorie archi-connue sur la rosette.

– Le saucisson de Lyon, on doit le couper très fin et en sifflet. C'est comme ça qu'il est bon ! C'est comme le gruyère. (Il dit [gruère].) T'attaques toujours d'un coup à gauche et puis d'un coup à droite sur le devant. Il ne faut pas que le dernier servi ait tout le trottoir de la croûte.

Sa serviette a déjà hérité d'une lichette de saint-véran mêlée au richelieu mal remâché. Mémé dit toujours qu'à la fin du dîner, il a tout le menu sur la cravate et les genoux, même s'il n'a pas de cravate. C'est bon signe. Il s'essuie le museau sans fermer la bouche et tout en parlant. Totor a déjà écopé de quelques coups de serviette, ce qui ne l'empêche pas de garder la tête sur les genoux de pépé en lui lançant des regards de supplication.

Mémé reprend deux fois de tout en mastiquant sur les dents de devant à grande vitesse. On dirait une souris qui déguste un croûton. On ne l'a pas entendue. Mémé est gourmande.

– Quand t'auras fini, mémé, tu pourras aller te confesser !

– J'y ai assez fait quand j'étais jeune. C'est bon pour le restant de mes jours.

Pépé enchaîne.

– C'était pas quand t'étais jeune que t'avais le plus à confesser, mais à partir du jour où on s'est connus ! Ah, si la luzerne pouvait parler, dans la verchère, hein, tu crois pas ?

– Pouh, tais-toi donc, sale bête, et moi qui y comprenais rien à tout ce que tu me faisais !

— Je ne te faisais rien de mal, pas plus que le bouc à ton père faisait aux chèvres !

— Vraiment c'est d'un goût et d'une poésie, renchérit maman qui ne pense plus à ses embarras gastriques ni à sa migraine absolument nécessaire demain matin.

Tout le monde en rit. On est bien. La fraîcheur ne nous atteint pas. Le pommard est un nectar des dieux. Il accompagne admirablement le poulet sauté aux chanterelles persillées. Totor est sous la table aux prises avec les os jetés dans l'herbe.

On s'octroie une petite pause avant le fromage. Pépé se lève pour aller se soulager contre la porte du jardin. Totor s'étire, pète un coup et se regarde la queue d'un air navré. Mémé bâille et profite de l'absence de pépé pour nettoyer sa place qui ressemble aux trottoirs du marché vers midi. Maman a un sourire béat et, enfin, les yeux qui pétillent. Il y a si longtemps qu'elle n'a pas eu la mine aussi réjouie. J'éprouve quelques difficultés à effectuer les allers-retours en cuisine. Le pommard doit culminer autour des treize degrés. Les jambes accusent le coup. On finit la bouteille avec le fromage.

Un merle s'égosille dans le tilleul. Il fait doux. C'est l'heure de la tarte aux pommes, fabrication maison. Pépé revient avec la braguette ouverte. Normal. Il est allé chercher une bouteille de pétillant à la cave. Je n'avais pas osé le lui demander. Si cela continue, on va être beau ! À moins que le mal ne soit déjà fait !

— Alors, dis-nous, P'tit Louis, t'embauches chez qui à la rentrée ?

— Chez personne. Je rentre à la faculté. Je vais faire des études d'histoire.

Maman a grandi de quelques centimètres. Mémé est attentive et cherche à savoir.

– À la faculté ? Mais, là-bas c'est tous des feignants, des couche-tout-nu barbus aux cheveux en bataille ! Qu'est-ce tu vas y foutre ? T'en as pas assez comme ça ?

– Il faut une bonne situation, maintenant, pour s'en sortir.

– Bouh ! Et nous, on s'en est pas sorti ? T'es pas content comme t'es ?

– Il y a plein de choses intéressantes à faire...

– Ta mère va pas t'entretenir vieux garçon jusqu'à trente ans, quand même ?

Le pétillant s'évente. La tarte n'a pas trouvé de preneur et Totor s'impatiente. Moi aussi.

– C'est comme ça maintenant, pépé.

– Encore un qui va nous jouer le coup du grand moutardier du pape. On n'a pas besoin de ça à la maison.

Décidément, je n'échapperai donc jamais au grand moutardier du pape. C'est une maladie honteuse ou quoi ? Je me sens subitement bien seul avec mes projets d'avenir. Incompris.

– Je vais travailler, ne t'en fais pas. Je peux faire les deux. Allez, prends de la tarte et buvons un coup. On verra bien.

IV

Les premiers mois à la faculté ne m'ont pas laissé un souvenir impérissable. Peu de cours, pas trop de travail à part quelques exposés à préparer et des bouquins à lire, ce qui n'est pas fait pour me déplaire. J'ai déniché un emploi de surveillant, de pion, dans une boîte archi-privée où j'ai retrouvé quelques pots de chambre qui s'échinent dans des classes préparatoires chèrement payées par papa. La Deuche connaît Lyon par cœur et le chemin des bords de l'Ain aussi. Dès que j'ai un peu de liberté, je file dormir à la campagne dans ma chambre qui ouvre sur la verchère sans oublier Totor qui m'accompagne partout. Je commence à promener la Miss qui se bagarre avec sa mère pour grignoter un tout petit peu de liberté. Tous les prétextes sont bons pour lui interdire nos escapades si bien qu'un jour, à bout de nerf, elle m'a téléphoné d'aller la chercher à la sortie du lycée.

– Viens me chercher, P'tit Louis, j'en ai marre. Emmène-moi et garde-moi avec toi. Je laisse tomber le lycée, je me barre de chez moi. C'est devenu irrespirable.

C'est un vendredi soir. Je l'emmène dans ma campagne. Je téléphone à sa mère pour l'avertir. Je raccroche avant qu'elle ne réagisse.

Nous avons dormi sous la tente au bord de l'eau. J'ai bien essayé de la bercer, de la rassurer, de la calmer, mais en vain. Elle s'est endormie, recroquevillée sur elle-même, crispée, le souffle court. Elle a dormi pendant près de quinze heures. Le réveil est pâteux, ronchon et insatisfait. Les papillons de nuit ont émigré sous d'autres cieux.

– J'ai rêvé toute la nuit. Plutôt des cauchemars. Je me suis battue avec ma mère. Je l'ai poussée dans les escaliers. Elle avait posé ma valise devant la porte de ta maison et déchiré tous mes livres de classe. Je suis crevée.

– Essaye de ne pas y penser. Viens dans mes bras. On est bien ici tous les deux. Écoute la rivière. Regarde le ciel bleu. C'est notre désert à nous, rien qu'à nous. Habille-toi, il fait frais.

– Laisse-moi. Je me sens mal. Je ne sais pas où je suis bien.

– Et si je t'invitais au restaurant ? Je connais une petite auberge « omelette grenouilles fromage de chèvre » des plus tranquilles. On y va ?

– Je n'ai pas faim. J'ai envie de dormir. Laisse-moi dormir encore.

Elle se pelotonne dans son duvet et se rendort. Je me plonge dans mes bouquins. Pauvre Miss. Elle a craqué nerveusement. Elle est à bout physiquement. Elle a travaillé comme une forcenée les deux premiers trimestres, sans répit, abîmée dans les études comme tapie au fond d'une grotte. Maintenant, le sommeil est son refuge. Comment vais-je pouvoir la ressusciter ? Entre maman et Miss, je suis voué à la psychothérapie de longue durée. Le grand moutardier du pape doit être aussi un grand sorcier.

Je m'éloigne de la tente pour écouter la radio. Le poste que j'ai acheté autrefois avec mes économies du marché-gare ne me quitte pas. Les informations quotidiennes sont une de mes nourritures favorites. Justement, cet après-midi, il y a un débat sur le mécontentement des étudiants de Nanterre. Je suis captivé. Je me sens solidaire de leur lutte. Je la comprends et je l'approuve. Comment est-il possible que l'on installe un campus universitaire en pleine campagne, loin de Paris, au milieu d'un énorme chantier, à l'emplacement de l'ancien bidonville ? J'enrage. C'est de la ségrégation. La France que l'on dit riche et heureuse négligerait-elle à ce point ses vagues de jeunes nés dans les années de l'après-guerre ? J'en suis. Allons-nous nous taire encore longtemps ? Nous sommes si nombreux que les hommes politiques ne peuvent que compter avec nous.

Le débat est consternant. Un délégué de l'action étudiante rabâche des professions de foi importées de la Chine maoïste et clame des slogans entendus à Cuba. Un sociologue s'embourbe dans des théories fumeuses sur la contestation de l'autorité du père et ne veut rien entendre aux souhaits légitimes des jeunes qui revendiquent une place dans la société. C'est un dialogue de sourds. C'est du genre « Il faut bien que jeunesse se passe... ».

Je crois sincèrement que le malaise est plus profond. Je le vis quotidiennement avec les incompréhensions de la Calabraise vis-à-vis de la Miss, avec les effarements de pépé de Lyon quand je lui parle de mes ambitions, avec les certitudes de maman quant au génie de Charles de Gaulle. Le décalage est profond et les mots du dialogue butent sur des conceptions trop différentes de l'avenir. L'Histoire est allée trop vite depuis la fin de la guerre. Nos parents y sont encore plongés et avec eux tous ceux qui persistent à cataloguer les Français en bons et méchants. Les bons ont résisté, ont suivi de Gaulle, les méchants ont collaboré avec l'occupant, ont profité de la guerre pour s'engraisser. Est-ce si schématique ? Le croquis crayonné ainsi est trop simpliste pour convaincre la jeunesse. Nous, les étudiants du printemps de 1968, nous ne pouvons nous satisfaire des nostalgies passéistes de l'an quarante. Laissez-nous peu à peu prendre une place ou, plutôt, faites-nous une place. Nous ne supporterons pas éternellement de n'être que les enfants de ceux qui ont fait la guerre, de n'être que des enfants obéissant aux anciens, emblèmes de toutes les sagesse et de toutes les références. Auschwitz, Buchenwald, Hiroshima, le refus de l'avortement, l'humiliation des femmes divorcées, la honte d'être subitement chômeur... Sont-ce là des références exemplaires et des manifestations de sagesse ? Je suis fou de rage quand j'entends qu'il est tout à fait normal que les filles et les garçons n'aient pas la possibilité de se rencontrer dans les cités universitaires.

Au nom de quelle morale figée et archaïque nous impose-t-on ce renoncement à la convivialité avec les étudiantes ? Qu'on nous laisse tranquillement dérouler nos interminables palabres chez les unes ou les autres autour d'un verre. Si nous refaisons le monde des nuits entières, c'est que celui qu'on nous a légué n'est plus à nos mesures. Je le trouve bien étroit, bien étriqué, ce costume trop terne qu'on veut me faire endosser. Encore un débat stérile pour contenter tous les vieux qui monopolisent les pouvoirs et confisquent notre avenir. Nanterre est en colère. Moi aussi. De Gaulle se fait une certaine idée de la France, mais n'entend pas les Français. Il est sourd aux appels des jeunes générations. Remplaçons-le. Dehors, les vieux poussiéreux qui sentent les vieux meubles cirés ! À eux le confort douillet, à nous l'aventure.

J'éteins la radio. Les stations sont à la solde du pouvoir. C'est une évidence. L'opposition entre la gauche et la droite a vécu. Du passé faisons table rase. Nous ferons la guerre à la guerre et, main dans la main, nous danserons autour du monde. Je suis prêt à brandir l'étendard de la révolte, seul assis sur les graviers de la berge en écoutant s'écouler la rivière.

Il fait frais. Miss est éveillée.
– J'ai faim !
– Voilà une bonne maladie. Viens, on rentre et on s'arrêtera pour casser la croûte.
– Et ma mère ?
– Je l'ai prévenue. Elle a eu le temps de se calmer, la tigresse !

La Miss a dormi plus de vingt heures. Elle est apaisée, mais groggy, sans ressort. Si c'est à ce prix qu'elle peut retrouver un semblant de goût à la vie, je souscris tout de suite. Envolés, mes espoirs d'émois bucoliques. Ce sera pour une autre fois. Pourvu qu'elle se soit ressaisie le temps d'une nouvelle fugue à deux. Le temps qui passe joue en ma faveur. Elle s'attache à moi et n'aspire qu'à se réfugier auprès de moi. Elle est désespérément seule et traverse son année scolaire comme entre deux murs.

– Je suis bien avec toi, P'tit Louis. Mais j'ai peur. Tu me portes à bout de bras. Tu souffles l'air que je respire. Tu précèdes mes désirs. Tu penses pour moi, tu décides pour moi. Je ne suis qu'une feuille morte. Parfois, il me semble que je m'entends craquer de l'intérieur comme une feuille de platane que l'on écrase. C'est confortable et effrayant à la fois. Je voudrais pouvoir me déshabituer de toi, juste pour voir. Tu dois accepter qu'on ne se voie plus pendant quelque temps. Juste pour essayer. Hein, dis, tu veux bien ?

– Et si tu ne désires plus du tout me revoir, après ?
– Et alors ? On dira que cette solution qui s'impose est la meilleure. Il ne faut pas aller contre son destin. Il ne

faut pas contrarier ce qui est écrit depuis nos origines. À chacun sa route. On ne peut que l'embellir un peu, mais quant à en changer, c'est de l'utopie ! Il faut des générations pour amorcer un virage.

– Tu ne m'aimes donc pas ?

– Je ne sais pas ce qu'est aimer. Je suis attachée à toi. Trop, peut-être. Je suis liée, emprisonnée, commandée à distance. Suis-je moi-même ? Peut-être ne suis-je, bien involontairement, que très malhonnête avec toi. Qui sait si je ne profite pas de ta bonté, de ta patience. J'ai beaucoup réfléchi ces deux jours...

– Tu parles ! Tu n'as fait que dormir.

– C'est ce que tu crois. On peut penser les yeux fermés. Si j'avais ouvert les yeux, tu m'aurais détournée de mes réflexions. J'avais besoin de ce temps de recueillement. Je sais bien que tu aurais aimé que l'on se cajole tendrement. J'ai ressenti toute ton impatience et tes désirs. Le moment n'est pas venu. Viendra-t-il un jour ? Tu es un homme et moi ce n'est pas d'un homme que j'ai besoin, mais d'une compagnie en qui j'ai une confiance absolue.

– En mieux, il me semble entendre les théories de ta mère sur les hommes.

– Peut-être. Elle ne peut pas être étrangère à tout ce qui me préoccupe ces temps. Crois-moi, laisse-moi le temps de faire le point. Tu es trop pressant. Tu bouillonnes, cela me trouble. Je ne veux être à la traîne de personne. À chacun son rythme. Tu comprends ?

– Je n'ai pas le choix.

– Exact. Tu n'as pas le choix. On fait comme on a dit.

– Comme tu as dit, nuance !

J'ai longtemps regretté de ne pas m'être fâché tout rouge, de ne pas l'avoir secouée et d'avoir accepté ses choix. Je m'en veux de m'être soumis à sa volonté comme je fais souvent avec maman. Je me suis conduit avec la Miss comme avec ma mère. Erreur. Trop tard. Confusion des genres.

Le mouvement du 22 mars a pris les rênes de la contestation étudiante. Nanterre est en grève, la Sorbonne est un vaste laboratoire d'idées, Nice a cessé les cours, la faculté des lettres de Lyon a emboîté le pas. Les facs de droit respectent frileusement la légitimité gouvernementale et le mouvement Occident n'a pas besoin de faire la quête pour acheter le papier des tracts. J'ai bien eu raison de n'accorder aucune confiance aux pots de chambre boutonneux. Ils nous narguent par-dessus les grilles du quai Claude-Bernard. Droit et Lettres face à face. Les uns refont le monde, les autres sont au boulot pour poursuivre l'œuvre de papa. Les jurons pleuvent. Les frictions physiques sont imminentes.

Je passe le plus clair de mon temps dans les locaux occupés de la fac. Les assemblées générales se succèdent. Les commissions se font et se défont au rythme des noyautages par les courants d'idées.

J'ai pris ma carte à l'Union des étudiants communistes et je vend le journal *Clarté* à l'entrée des locaux. J'ai un mal fou à me décider. Les trotskistes sont plus déterminés que les communistes, enlisés dans leur dialectique partisane. Ils m'effraient, mais moins que les maoïstes qui prônent l'action violente et la révolution culturelle immédiate. Un jour, on décide de rallier les grévistes de chez Berliet, le lendemain on veut organiser des raids dans les campagnes pour convaincre les paysans de se joindre à nous. Les paysans, je les connais trop pour me joindre aux quelques idéalistes, irréalistes illuminés qui vont à la cueillette des plaisanteries faciles et des sarcasmes bien sentis.

Personne ne prend vraiment la tête du mouvement. Tout n'est qu'improvisation impulsive dans le plus stérile désordre. Au bout d'une semaine, le bilan est maigre. On filtre les entrées, on a peint la statue de Claude Bernard en rouge dans le jardin, on a barbouillé les murs des amphis d'inscriptions définitives et péremptoires empruntées à d'autres : « Les révolutions sont les locomotives de l'Histoire », « Sois jeune et tais-toi », « Il est interdit d'interdire… » Tout n'est que désordre au nom de la liberté qui nous encombre. Nous n'avons aucune pratique de la liberté d'expression et d'action. Nous sommes fragiles. Les bruits les plus fous circulent et prennent racine au cœur de nos débats : la Sorbonne est en feu, il y a eu des morts sur les barricades du Quartier latin, les ultras-rouges allemands sont à Paris, de Gaulle est en fuite, Pompidou fait appel aux forces armées stationnées en Allemagne.

Les étudiants en droit et de droite se régalent. Nos mères sont en transe. La France est paralysée. Les syndicats ouvriers, rompus à l'action militante et subversive, infiltrent les rangs des étudiants. Je suis de plus en plus excité. Les journaux locaux donnent au bon peuple lyonnais une version des faits que nous jugeons si édulcorée que nous décidons de descendre dans la rue manifester notre colère. De Gaulle répond à Michel Droit, à la télévision, qu'il tient les rênes du pays sinon la subversion emporterait tout. Il parle de subversion, maintenant. Il y a quelque temps, il dénonçait la chienlit.

En mon absence, maman reste l'oreille collée à mon poste. Elle est morte d'inquiétude, et pourtant elle paraît vivre par procuration ces moments d'incomparable liberté qui lui rappellent les folles journées de la libération de Lyon. Elle ne comprend rien au mouvement des étudiants qu'elle désapprouve fermement.

– Ce n'est tout de même pas très correct de casser votre outil de travail comme vous le faites. Il y en a tant qui voudraient être à votre place sur les bancs de la fac ! Toutes ces dégradations, il va bien falloir les payer.

– T'inquiète, mémère, la France est riche. Quand on aura bien transformé la société, il lui faudra bien reconstruire quelque chose de plus beau. On veut laisser aux générations à venir un bonheur nouveau.

– Quand je pense à tout le mal qu'on s'est donné pendant la guerre pour que vous soyez libres. Profitez-en donc au lieu de perdre votre temps à gueuler dans les rues. Ça la fiche mal. Si quelqu'un te reconnaît, qu'est-ce qu'on va penser de nous ?

– Si tu savais comme je m'en bats les flancs ! Au point où on en est, on ne peut plus reculer. Les facs sont fermées, les usines sont en grève, il n'y a plus d'essence, les commerçants commencent à manquer dans leurs rayons. Le gouvernement n'en peut plus de s'essouffler et Marcellin, le ministre de l'Intérieur, est impatient de faire donner ses troupes de bouledogues. Qu'ils viennent, on a ce qu'il faut pour les accueillir. Ça va bouillir. Le grand feu d'artifice est proche. Il faudra être aux premières loges pour ramasser les morceaux de la vieille société qui se désagrège !

– Arrête, tu me fais trop peur. D'ailleurs, ce soir, tu vas rester là. C'est devenu trop dangereux.

– Pas question. Ce soir, c'est moi le responsable de la sécurité à la fac. C'est chacun notre tour. Je passe la nuit. Les Renseignements généraux nous ont balancé des types déguisés en étudiants. Il faut les mettre à poil. On les a tous repérés, ces guignols. Et puis, dans les souterrains de la fac, on a découvert des stocks d'essence et des bouteilles pour fabriquer des cocktails Molotov. C'est sûrement eux qui les ont déposés pour mieux nous piéger. Il y a du boulot, cette nuit. Il faut virer les truands qui se planquent, les clochards qui viennent dormir, les putains qui bossent sur des matelas dans les caves. Ce soir, au menu, c'est veste de cuir, casque de motard et gourdin durci au feu. Dors tranquille, petite mère. Les jeunes veillent sur ta tranquillité ! Allez, bye !

Elle a la tremblote. Son visage est défait. Personne ne peut me retenir. Depuis que je ne vois plus la Miss, je ne suis plus le même. J'ai gagné en liberté ce que j'ai perdu en indulgence. Si seulement Delphine m'écrivait pour me raconter les événements parisiens avec sincérité. Les radios et la télévision nous mentent. C'est du bidonnage organisé pour nous discréditer et nous faire céder.

La nuit de mai est tiède. Malgré tout, on allume un grand feu dans la cour de la fac avec les dossiers d'inscription récupérés dans les sous-sols. Nos petits copains de la fac de droit nous harcèlent en passant en voiture sur le quai :

– Sales connards dégénérés. On vous pendra tous. Trotskistes, maos, léninistes, cocos, sales rouges, on va vous faire crever. Vous n'avez que de la gueule. Vos cerveaux puent la merde.

Costumés et cravatés comme à la messe du dimanche, ils brandissent des drapeaux tricolores à la fenêtre de leurs voitures. Un camarade se glisse contre moi, près du feu :

– Et si on en chopait quelques-uns, histoire de leur filer un lavage de cerveau ?

– Laisse faire. C'est de la provoc. Tu sors et tu as une armée de CRS au derrière. Ils les hébergent dans leur fac, ces trous du cul. Il y a peut-être les enfants du préfet de police dans les bagnoles. Je me méfie. Tu ne t'es pas demandé comment ils avaient encore de l'essence pour rouler, eux ?

— Comme tu veux. Mais ce qui est sûr, c'est qu'on croupit comme des rats dans ces bâtiments.

Il a à peine terminé son discours qu'une bande de garçons et de filles complètement hirsutes se jettent sur les grilles cadenassées.

— Ouvrez-vite ! Ça castagne rue Vendôme. Il y en a qui montent une barricade. On n'en a pas reconnu un seul. C'est tous des vieux, des ouvriers de chez Berliet et de la Rhodia.

Une manifestation était prévue sous les fenêtres du *Progrès* de Lyon en fin d'après-midi. Je n'y étais pas car il fallait organiser les rondes de nuit à la fac. Nous présumons que les affrontements ont dû commencer place Bellecour. La manif a menacé la préfecture, ce qui explique le face à face de la rue Vendôme.

— Rassemblement ! Effectif minimum dans les bâtiments. Aucune entrée sous aucun prétexte. Après nous, personne ne ressort. On verrouille. Renforcez les issues avec du mobilier ! On file rue Vendôme à pied !

On se précipite en évitant les bâtiments de la fac de droit. Il y a déjà du monde qui se hâte rue de Marseille. Les cafés baissent leurs rideaux. Les chauffeurs de taxi vont se mettre au vert. À mesure que l'on approche de la rue Vendôme, à l'angle du cours Lafayette, la fumée des grenades lacrymogènes épaissit. Je ferme ma veste de cuir et je noue un foulard sur mon visage. La clameur gronde. Des grappes de civils courent en tous sens, poursuivies par les CRS en manteaux de cuir noir, matraque au poing. À l'aveuglette, ils tapent sauvagement sur tout ce qui bouge encore. Une mémé qui promène son chien est projetée à terre. Un livreur de lait, tombé de son triporteur, est roué de coups de pied. Je suis écœuré par tant de barbarie inutile. C'est la guerre civile. Je n'ai pas peur. Bien au contraire, une haine farouche me donne le vertige. Ma salive introuvable a le goût du sang, un mélange de ferraille et de sucre.

La barricade est impressionnante. Des voitures renversées brûlent dans un fracas de tonnerre. Les pavés s'entassent mêlés au mobilier des terrasses de café. À cent mètres en avant de la barricade, les flics sont serrés sur quatre ou cinq rangs, déployés sur la largeur de la rue. Ils tapent avec les matraques sur leurs boucliers de plexiglas. À intervalles réguliers, ils projettent une pluie de grenades lacrymogènes dans l'espace libre et avancent de quelques pas, impressionnante muraille noire qui progresse inexorablement. Les plus enragés de la barricade se risquent dans le no man's land pour balancer des cocktails Molotov qui explosent dans un épouvantable fracas et une illumination incendiaire. La muraille noire rentre la tête dans les épaules, recule d'un pas et avance de deux. Des cris effrayants surgissent de toutes parts. Des asphyxiés, des blessés se replient dans les rues adjacentes. Les pompiers et les ambulances sont stationnées à l'écart. La bataille fait rage dans une clameur effrayante et le vrombissement assourdissant de l'incendie. Nous avons tous perdu les sens et la raison. Ceux d'en face et nous tous, au coude à coude dans le sang, la sueur, la fumée, les membres brisés par la souffrance et les tensions insupportables. La haine est à son paroxysme. Ces salopards ne vont quand même pas nous flinguer ! Il va y avoir des morts, ce n'est pas possible qu'une telle tempête déferle encore longtemps sans qu'il y ait de la casse.

Tout à coup, le temps d'un peu de répit, le temps de s'éponger les yeux, la police charge à une vitesse infernale. Une clameur rauque et gutturale engloutit le bruit de l'incendie. L'armée noire s'abat sur nous. Les fuyards sont impitoyablement matraqués et traînés par les pieds et les cheveux. Des visages baignés de sang émergent des regards effarés et douloureux. Les pompiers investissent les lieux du sinistre. Les ambulances sont repoussées sans ménagement par les flics qui n'ont cure des soins qu'on pourrait nous apporter. Ils nous veulent tous et vite. À plat ventre par terre, j'ai une montagne de cuir noir puante et suante à genoux sur mon dos et qui me tabasse. La montagne se relève. Je reste abruti par les coups. Un croquenot à semelle comme un pneu de tracteur me retourne et termine son sale boulot en me filant un épouvantable coup de pied dans le bas-ventre. J'ai chaud dans mon pantalon. Je dois être en train de me pisser dessus. C'est bon signe. Ainsi, je vais éviter de pisser du sang et de faire une infection plus tard. Les cars de police affluent pour charger le bétail ahuri et désarticulé. La suite est classique. Vérification d'identité, fichage, déshabillage et au trou jusqu'au matin. Il y a bien trop de monde dans leurs sales cabanes pour s'encombrer de nous tous. J'ai juste eu le temps, avant d'être embarqué, de demander à un copain d'aller rassurer maman.

Au matin, dans les brumes fraîches de mai, Lyon a la gueule de bois. De Bellecour à la préfecture, ce n'est qu'un cimetière de ruines et de carcasses calcinées, reliefs des combats de la nuit. Les rues sont dépavées, des arbres abattus, des vitrines éventrées. Le bon peuple de Lyon descend dans la rue pour constater les dégâts. J'ai souvent rêvé de démocratie participative et de cogestion paritaire au sein de la fac ou dans les usines. Je ne constate que haine et arrogance, incompréhension et mépris ulcéré. Les Lyonnais, conservateurs, nostalgiques du radicalisme frileux à la mode Herriot, sont épouvantés. La police a ordre de disperser les rassemblements de plus de deux personnes. Sur le pont de la Guillotière, un réverbère tordu est replié sur lui-même. Une dépanneuse évacue un camion de chantier, le capot enfoncé. J'apprends, sidéré et complètement abasourdi, qu'un commissaire de police est mort cette nuit, écrasé par le véhicule lancé par des manifestants. J'ai froid et envie de vomir.

Écœuré, je rejoins la fac, broyé par la douleur et le découragement. Bande d'assassins. On pouvait voir briller le soleil avec le fol espoir de changer le cours des événements. Nous ne sommes plus que des tortionnaires responsables de la mort d'un type qui bossait là. Ses gosses étaient peut-être en face. On a perdu des disciples ce matin. Combien de temps faudra-t-il pour se relever de conneries pareilles ? En ce qui me concerne, j'ai le sentiment fade d'un ratage complet et grotesque. Je rêve de partir loin, dans les montagnes embaumées de la Provence intérieure, élever des chèvres en écoutant Bob Dylan, Santana ou Joan Baez. Loin, très loin du capitalisme dévorant ses enfants, je me la ferai tout seul ma société idéale. Je ne trouve mes marques nulle part. Tous les partis, toutes les appartenances idéologiques ne me sont que prisons et vassalité. Solitaire je suis, solitaire je resterai. Ce mai 1968, je ne suis pas près de pouvoir le raconter. Le délai de rigueur est d'au moins trente ans avant de pouvoir me laver de toutes ces amertumes. Prague, la guerre du Vietnam m'obsèdent et me glacent autant que l'avion américain U2 abattu en 1962 au-dessus de Cuba m'avait terrorisé. Et, pourtant, je n'avais que quatorze ans. J'y repense intensément en poussant les grilles de la fac étrangement déserte. De Gaulle va bientôt s'exprimer. Il va nous filer une dérouillée comme il en a le secret et les choses vont reprendre leur cours. On va obtenir, pour la forme, des queues de cerise : le droit de visite aux cités universitaires des filles, un allongement des congés payés, peut-être une notation continue à la place des examens. Mazette. Des airs de fifre. Qui se souviendra encore de mai 1968 dans dix ans ? Combien seront-ils à déposer une gerbe au pied du monument de nos espérances défuntes ? Combien de nos prétendus leaders auront-ils été récupérés par le système et s'engraisseront sous la vache à lait qu'ils ont voulu abattre ? J'ai en mémoire les mots du proviseur du lycée Ampère qui me prédisait l'échec pour défaut de standing familial. Perdu, mon gars, t'as perdu au jeu de société. Le Monopoly de la vie t'a plumé. Comme disait le P'tit Louis de la Hiaute : « On verra bien ! »

Fin juin, j'ai appris que j'étais admis en deuxième année sans examen grâce à mes résultats brillants. Une maigre victoire au rabais. C'est tout. Je n'ai pas remis les pieds à la fac. Enfin une lettre de Delphine :

Mon cher P'tit Louis,

Maintenant que les Postes ont repris le travail, je sais que mon courrier te parviendra. Nous en avons enfin fini avec ces inconcevables guignoleries. Il n'y a pas d'autres mots pour qualifier cette explosion de désœuvrés, n'est-ce pas ? Je ne décolère pas à l'idée de tout ce temps perdu en Droit par la faute d'enragés irresponsables. Tu as dû trouver le temps long, toi aussi, toi qui es si sage et mesuré. J'ai réussi mes examens tout de même et mon fiancé aussi. Lui, a brillamment obtenu son diplôme d'ingénieur. Grâce aux relations de son père et à l'annuaire des anciens de Centrale, il a obtenu un emploi de responsable d'agence d'une grande société de travaux publics à Marseille. Nous allons nous marier en septembre prochain et partir nous installer dans le Midi. Je préparerai une maîtrise à Aix-en-Provence. Formidable, non ? Dès que les faire-part seront impri-

més, tu en recevras un avec une invitation. Je tiens absolument à ce que tu sois présent lors de ce grand jour. Pour l'instant, nous préparons le mariage avec un aumônier de sa famille. C'est très enrichissant sur le plan spirituel. La cérémonie aura lieu à Saint-Philibert-du-Roule, dans le 17e. C'est leur paroisse. Ses parents y tiennent beaucoup. Ma paroisse parisienne est, il est vrai, un peu miteuse pour une famille de décideurs !

Je suis sûre, mon P'tit Louis, que tu te réjouis pour moi. Nous avons tellement de beaux souvenirs en commun que ces projets ne peuvent te laisser indifférent, bien sûr. Tu occupes une place à part dans mon cœur et ton exemple m'aide chaque jour et me renforce dans mes décisions. Je prie pour ton bonheur. Je t'embrasse de tout mon cœur. À bientôt, en septembre pour faire la fête.

Ta Delphine des montagnes.

Ne sachant si je dois rire ou pleurer, je prends le parti d'être heureux. C'est bon pour la santé. De toute façon, Delphine n'aurait jamais pu traire une chèvre ni refendre du bois. C'était voué à l'échec. En voilà une façon de retourner la situation en ma faveur ! En septembre, je reprends le chemin du pionicat chez les pots de chambre friqués. Il me faut de l'argent pour mettre de l'essence dans la Deudeuche et emmener la Miss manger l'omelette au bord de l'Ain. Elle a fini sa retraite volontaire et son repli sentimental. Nous passons l'été à Lyon. Je la regarde grandir. Elle est reposante. Maman a décrété que j'en avais terminé avec ma crise de fin d'adolescence. Elle est rassurée. Totor vieillit en sagesse.

J'ai décidé de devenir amnésique. On verra bien...

DICTIONNAIRE DE FRANÇAIS-LYONNAIS-SAVOYARD
selon P'tit Louis

Abadée (une) : bonne engueulade.
Abader (s') : se lever ou se relever.
Aboser (s') : s'écraser.
Ados : les montants avant et arrière d'un char agricole.
Acuchonner (s') : mettre en tas (*cuchon*) ou s'empiler.
Agacins : les pieds.
Agoiller (s') : s'étouffer.
Agotiaux : les membres, et plus particulièrement les jambes.
Ameurte : interjection signifiant : « Tais-toi. »
Arbater : travailler.

Bachat : abreuvoir.
Bacot (le) : vin de récolte locale.
Badru : un peu benêt.
Baguenauder (se) : errer sans but.
Barjacter : bavarder sans cesse.
Bassouiller : jouer avec de l'eau.
Benner : renverser.
Beurler : hurler.
Bidoillon : le jus de pommes directement issu du pressoir.
Bisangoin : « tout de bisangoin » équivaut à « tout de travers ».
Bocon : une odeur insupportable ou un gamin turbulent.
Boillasse (la) : les tripes, les boyaux ou un ventre proéminent et flasque.
Boille : bidon pour transporter le lait.
Boillon : veau.
Bordiafe : écureuil.
Borgnon (à) : à l'aveuglette.
Bornicle (à) : à l'aveuglette.
Bouchon (à) : affalé sur une table, la tête dans les bras repliés.

Bouèmes (les) : les Bohémiens.
Brochet (faire un) : au jeu de boules, faire un écart au tir.
Broncher : réagir.
Broger : faire des commentaires souvent superflus.

Cacaboson (à) : en position accroupie.
Cacagnolet : synonyme de benêt ; emprunté.
Cacati : les toilettes
Cacavite : la diarrhée.
Cafi : rempli, plein.
Caillon : cochon.
Caquenanot : synonyme de benêt, plutôt penaud.
Carton (taper le) : jouer aux cartes.
Carcasser : tousser grassement.
Cavagne : un être minable sur qui on ne peut pas compter.
Chape (une) : petite grange près des maisons ou en pleine terre.
Chnater : crier plaintivement comme un chat en rut.
Clopet : une petite sieste.
Clapet : la bouche.
Corgnolon : l'œsophage ; souvent, l'arrière-gorge.
Couchette : petite fontaine de quartier.
Culs-de-poulet : pruneaux rouges séchés et dénoyautés.

Daille : la faux.
Débarouler : chuter.
Débelloire : la cafetière.
Décabaner (se) : sortir du lit ou d'une maison.
Défracher : couper les rameaux à brûler des arbres abattus.
Dégabouiller (se) : se nettoyer.
Déguiller : tirer au sort quelqu'un, avançant l'un vers l'autre en posant les pieds.
Dégouiller : décaper.
Détrancané : tout cassé.
Dormille : petit poisson d'eau douce reposant immobile au fond.

Éclapion : éclat de bois servant à couvrir les toitures.
Éclafoirer (s'): se briser.
Embierne : embêtement, désagrément.
Emboquer : faire avaler de force.
Embringue : synonyme d'*embierne*.
Encofailler : salir, souiller.

Éplucher (s'en éplucher une) : pleuvoir.
Équevilles : les ordures.

Fiarder (ça va) : il va y avoir des règlements de compte.
Fieuzer : déguerpir.
Fiole : ivre.
Foutraud : acte impulsif.
Fréquenter : sortir assidûment avec une personne du sexe opposé.

Gamattée : une grande quantité.
Ganivelle : une fille pas très futée.
Gargane : l'arrière-gorge.
Gaufre : au féminin, c'est une chute ; au masculin, une pâtisserie.
Gauné : mal habillé.
Ginguer : ne pas cesser de s'agiter.
Gobilles : les yeux.
Gognandises : faire des sottises comme un benêt (un gognand).
Gôgnes (faire des) : faire des manières.
Golauge : une rigole, un caniveau.
Golet : un trou.
Gongonner : marmonner, rouspéter.
Gouille : trou d'eau dans un ruisseau ou flaque d'eau dans un pré.
Goyet : serpe.
Graboter : ne pas cesser de prendre et reposer des objets sans but précis.
Graton : petits morceaux de couenne ou de gras de porc frits.
Graton (être) : être ivre.
Grolle : synonyme de traîne-savate.

Jambelu : pas très dégourdi.

Lanli-lanla : comme ci, comme ça.
Lantibardaner : perdre volontairement du temps.
Lantibardaner (se) : errer comme un désœuvré.
Larmise (ou larmouise) : petit lézard des murailles.

Manoille : une manette ou une oreille.
Margot (prendre une) : s'enivrer.
Mé : encore une fois.
Miaille (se faire péter la) : s'embrasser sur les joues.
Moder : partir. « *Il faut modo.* »
Morneille (ça) : le temps est incertain.

317

Mouiner : pleurnicher.
Moyen (tâcher) : essayer de faire.

Niarée : une nombreuse famille.

Panosse : chiffon en mauvais état.
Passenaille : carotte.
Pataler : trotter.
Patier : marchand de pattes.
Péclet : petite pièce de bois ou métallique en relief (loquet de porte, crochet…).
Pelossier : prunellier.
Pillot : poussin.
Piouler : crier.
Pitrogner : malaxer.
Pluche : épluchure.
Poire : la poire, le fruit, est au masculin.
Polaille : volaille.
Polinte : farine de maïs ou, parfois, synonyme d'embêtement.
Pot : bouteille de vin de 46 centilitres.
Poutronne : petite poupée.

Quincher : pousser des cris stridents.

Raboulot : personnage petit et trapu.
Rapiapia (faire des) : bavarder sur le ton de la confidence.
Ratelles : les flancs.
Rebioller (se) : se reprendre, se remettre.
Riz : toujours employé au pluriel : *des riz*.
Sampille : femme négligée.
Sandrouille : synonyme du précédent.
Snailler : secouer vigoureusement.

Tozon (avoir le) : être ivre.

Voyage : une grande quantité.
Vôger : tourner en rond.

Yoyotter : perdre la raison.

Achevé d'imprimer
en juillet 2002
pour le compte et le plaisir des éditions

La Fontaine de Siloé

à Montmélian,
Savoie.

LOUIS - JEAN
avenue d'Embrun, 05003 GAP cedex
Tél. : 04.92.53.17.00
Dépôt légal : 458 – Juillet 2002
Imprimé en France